Simon Lelic

The Haven

Im Untergrund

SIMON LELIC

THE HAVEN

IM UNTERGRUND

Aus dem Englischen übersetzt von Ann Lecker

Loewe

ISBN 978-3-7432-0550-5
1. Auflage 2020
erschienen unter dem Originaltitel *The Haven*
First published in Great Britain in 2019 by
Hodder and Stoughton

Aus dem Englischen übersetzt von Ann Lecker
Umschlaggestaltung: Ramona Karl
Printed in Germany

www.loewe-verlag.de

FÜR BANJO

PROLOG

Maddy Sikes nahm den Hörer ab, zuversichtlich, dass es der Anruf war, den sie erwartete.

»Ist die Sache erledigt?«

»*Sie ist erledigt*«, antwortete die Stimme.

»Die Frau?«

»*Die Frau. Und das Kind.*«

»Das Kind?«

»*Sie war nicht allein. Da war auch noch ein Kind. Aber keine Sorge. Ich hab mich drum gekümmert.*«

Sikes drückte Daumen und Zeigefinger gegen den Nasenrücken. »Du hast ein Kind getötet. Ich habe dir nie aufgetragen, ein Kind zu töten.«

»*Ich habe nicht gesagt, dass ich das Kind getötet habe. Ich habe nur gesagt, ich hab mich drum gekümmert.*«

»Moment mal«, hakte Sikes nach. »Das Kind ist *nicht* tot? Du hast ihn, sie, was auch immer es ist – du hast es am Leben gelassen? Wofür zum Teufel bezahle ich dich eigentlich?«

»*Ihn. Ich habe* ihn *am Leben gelassen. Aber keine Panik, okay? Wenn ich sage, dass die Sache erledigt ist, ist sie das auch. Es besteht keine Gefahr mehr, ich schwör's. Die ach so wichtige Lieferung ist auch sicher. Diese ganze Geschichte – die Polizei, die Ermittlung, sogar der Junge. Das ist alles vorbei. Das garantiere ich.*«

1 ALBTRAUM

Ollie Turner schlief, als die Männer kamen.

Sie waren schwarz gekleidet und trugen Skimasken. Bevor er begreifen konnte, was los war, zogen sie ihn aus dem Bett und zerrten ihn über den Teppich zum Treppenabsatz.

»Hey!«

Ollie erhaschte einen flüchtigen Blick auf einen Mann, der kleiner war als die anderen und das Ganze von der Treppe aus beobachtete. Ollie konnte sein Gesicht nicht sehen, aber von der Art, wie er dastand – breitbeinig und mit verschränkten Armen –, war sich Ollie sicher, dass er das Sagen hatte.

Ollie wehrte sich mit Händen und Füßen, doch vergebens. Als er nach seiner Pflegemutter Nancy rief, hielt ihm einer der Männer die Hand über den Mund. Aus der Ferne drang ein gedämpfter Schrei herüber und Ollie wusste, dass sich die Männer auch Nancy geschnappt hatten. Sie schleiften sie bereits in Richtung Wohnungstür. Offenbar war es eine spontane Entscheidung, Ollie mitzunehmen. Eine noch zu klärende Kleinigkeit. Nancy war der Grund, warum die Männer hier waren.

Um Nancy so zu überrumpeln, mussten sie wirklich gut sein. Ollies Pflegemutter war Polizistin und ein Profi in allem, was sie tat. Aber diese Männer hatten es irgendwie geschafft, sie in ihre Gewalt zu bringen. Was wollten sie von ihr?

Oben an der Treppe packte einer der Männer Ollie und warf ihn sich über die Schulter, so wie es sein Vater immer getan hatte, als Ollie noch klein war. Er versuchte, um Hilfe zu rufen, aber es fiel ihm schon schwer genug, mit dem Knebel im Mund zu atmen. Irgendwann mussten sie es auch geschafft haben, ihm die Hände auf dem Rücken zusammenzubinden, und der Mann hielt seine Beine fest, damit er nicht um sich treten konnte.

Draußen auf der Straße wartete ein Kleintransporter, der schräg über den Bordstein geparkt war. Die Hintertüren standen offen wie ein weit aufgerissener Schlund, und der Mann setzte dazu an, Ollie hineinzuwerfen. Kurz bekam Ollie Nancy zu sehen, die bereits hinten im Wagen lag. Auch ihre Fuß- und Handgelenke waren gefesselt und sie schien sich nicht zu regen.

»Nancy«, versuchte Ollie hervorzupressen, doch als der Mann ihn neben sie in den Kleintransporter warf, knallte Ollie mit dem Kopf gegen den Metallboden und alles um ihn herum wurde schwarz.

Als Ollie wieder zu sich kam, war der Boden unter ihm kalt und hart, und seine Hände waren immer noch hinter dem Rücken gefesselt. Er befand sich nicht mehr in dem Kleintransporter, sondern in einem Raum, den er nicht kannte. Keine Fenster, nackte Wände und ein staubiger grauer Betonboden.

Nancy lag gleich neben ihm. Ihr Rücken war zu ihm gedreht und sie rührte sich nicht.

»Nancy!«, zischte Ollie verzweifelt.

Seit er sieben war, lebte Ollie bei Nancy. Seit dem Tag, an dem seine leiblichen Eltern bei einem Terroranschlag umgekommen waren. Jetzt, sechs Jahre später, war Nancy die wichtigste Person in Ollies Leben und der einzige Mensch, dem er wirklich etwas bedeutete.

Als Nancy nicht reagierte, hievte er sich unbeholfen hoch und wand sich so lange, bis er endlich aufrecht saß.

»Nancy!«, sagte Ollie noch einmal. Er sprach leise, damit seine Entführer nicht mitbekamen, dass er aufgewacht war. Ollie hatte keinen Zweifel, dass sie ganz in der Nähe waren und auch nur das kleinste Geräusch sie auf ihn aufmerksam machen könnte.

Er versuchte, seine Pflegemutter mit den Knien anzustupsen, und flüsterte in ihr Ohr.

»Nancy! Wach auf. Bitte, Nancy. Du musst aufwachen!«

Keine Reaktion. Nancy stöhnte nicht einmal.

Ollie stellte fest, dass er weinte. »Bitte, Nancy«, wiederholte er. Mittlerweile war es ihm egal, wie laut er redete. Ihm waren sogar die Männer egal, er wollte einfach nur, dass Nancy irgendein Lebenszeichen von sich gab.

»Nancy. Nancy!«

Diesmal reagierte Nancy endlich. Sie wimmerte und versuchte, sich auf den Rücken zu rollen. Als Ollie noch einmal ihren Namen sagte, wirkte sie plötzlich hellwach.

»Ollie? Bist … bist du das? Wo bist du? Ist mit dir alles in Ordnung? Bist du verletzt?«

»Nein, ich …« Im selben Augenblick, als Ollie antworten

wollte, durchfuhr ihn ein stechender Kopfschmerz, der ihn zusammenzucken ließ. Er hatte sich den Schädel wohl ziemlich fest angeschlagen, als er in den Kleintransporter geworfen worden war.

»Nancy, du musst dich aufsetzen«, drängte er. »Wir müssen hier raus. Diese Männer, sie ...«

Wie aufs Stichwort drangen Stimmen von draußen herein. Es gab zwei Türen, eine vor und die andere hinter ihm, doch keine der beiden ließ erahnen, wohin sie führten.

Nancy hatte die Stimmen auch gehört. Mit weitaus größerer Geschicklichkeit, als Ollie an den Tag gelegt hatte, rollte sie sich in eine aufrechte Position. »Dreh dich um, Ollie. Drück deinen Rücken gegen meinen.«

Ollie stellte keine großen Fragen. Er tat, was Nancy ihm sagte, und spürte sofort, wie ihre Finger an dem Knoten rupften, mit dem seine Handgelenke aneinandergefesselt waren. Obwohl sie vollkommen blind arbeitete, waren Ollies Hände in Sekundenschnelle frei.

»Jetzt binde mich los«, sagte Nancy. »Mach schnell, Ollie«, schob sie hinterher, als von draußen erneut die Stimmen hereindrangen.

Ollie betrachtete den Strick um Nancys Handgelenke und konnte nicht fassen, dass sie ihn so schnell losgebunden hatte. Der Knoten vor ihm war ein undurchschaubares Wirrwarr.

»Beeil dich, Ollie. Sie kommen.«

Ollie rupfte mit den Fingernägeln an dem Strick, konnte ihn aber nicht einmal das kleinste bisschen lockern.

»Ich schaff's nicht, Nancy! Der Knoten ist zu fest!«

Nancy wirbelte zu ihm herum. »Versuch's mit dem Strick an meinen Füßen.«

Ollie gab sich alle Mühe, doch dieser Knoten war sogar noch fester. Wieder rupfte er mit den Fingernägeln daran und spürte, wie einer davon abbrach. Es hatte keinen Zweck. Er fing an, sich nach etwas Scharfem umzusehen, mit dem er den Strick durchtrennen könnte. Der Raum war leer, der Boden nackt – es würde schon genügen, wenn er eine einzige Scherbe oder ein Stück Metall oder …

»Ollie? Ollie. Schau mich an, Ollie.«

Ollie hielt inne. In der Stille hörten sie direkt vor der Tür Stimmen.

»Lauf weg. Hörst du mich, Ollie? Du musst weglaufen.«

»Aber …«

»Los, Ollie! Sofort. Geh schon!«

Ollie schüttelte den Kopf. Er spürte, wie ihm Tränen aus den Augen traten. »Ich werde dich nicht im Stich lassen. Auf gar keinen Fall!«

Seine Sicht wurde trüb und er wischte sich über die Augen. Nancy lächelte.

»Ich hab dich lieb, Ollie Turner. Von ganzem Herzen. Und wenn du mich auch lieb hast, tust du jetzt, worum ich dich bitte. Lauf weg, Ollie. *Bitte.*«

Die Tür vor ihnen öffnete sich einen Spaltbreit. Die Männer waren hier. Ollie hatte gerade noch Zeit, ein letztes Mal aufzuschluchzen, und dann rannte er los.

Er war keine drei Schritte aus der gegenüberliegenden Tür heraus, als er die Schüsse hörte.

Sein erster Impuls war, stehen zu bleiben, auf dem Absatz kehrtzumachen und zurückzurennen. *Nancy. Oh, Nancy.* Aber ihre Stimme in seinem Kopf trieb ihn weiter voran. *Lauf weg!*, hatte sie gesagt. *Bitte.*

Er würde sie nicht enttäuschen. Er konnte es nicht.

Nach den Schüssen ertönte hinter ihm ein Schrei und dann das schnelle Hämmern von Stiefeln. Ollie rechnete sich bestenfalls einen Vorsprung von zwanzig Metern aus.

Im Rennen versuchte er, seine Umgebung einzuschätzen und einen Anhaltspunkt zu finden, in welche Richtung er laufen sollte. Der Korridor, in dem er landete, war ein langer, karger Durchgang. Seiner Einschätzung nach befand er sich im Büroflügel irgendeiner Fabrik. Auf jeden Fall irgendetwas Gewerbliches, bei dem niemand besonderen Wert darauf legte, wie das Gebäude aussah.

Er rannte um eine Ecke und hörte, wie sich ihm weitere Männer aus der entgegengesetzten Richtung näherten. Im Schloss einer der Türen im Korridor sah er einen Schlüssel und Ollie wusste sofort, dass das seine einzige Chance war.

Er öffnete die Tür und streckte den Kopf hindurch. Dahinter entdeckte er das obere Ende einer Holztreppe. Das Licht war ausgeschaltet und niemand war zu sehen oder zu hören, nur die Schritte, die in der Dunkelheit unter ihm verhallten.

Ollie schluckte. Obwohl er schon dreizehn war, hatte er Angst vor der Dunkelheit – unterm Strich war seine Angst vor

Männern mit Waffen allerdings ein wenig größer. Er trat über die Schwelle, schloss die Tür, bevor die Männer ihn sehen konnten, und drehte den Schlüssel um.

Er atmete aus. Die Luft fühlte sich stickig und verbraucht an und es roch mindestens so schlimm wie der eine Woche alte Inhalt seiner Sporttasche.

Plötzlich fing die Tür an zu beben. Auf der anderen Seite rüttelte jemand an der Klinke.

Ollie wich zurück und sein linker Fuß schlitterte ins Leere. Er sah nach unten und stellte fest, dass er ganz am Rand des obersten Treppenabsatzes stand.

Ollie ruderte mit den Armen und spürte, wie seine Fingernägel über Mauerwerk kratzten. Seine andere Hand umfasste den Treppenpfosten aus Holz und es gelang ihm irgendwie, sich nach oben zu hieven. Mit pochendem Herzen warf er einen Blick nach unten, um zu sehen, wohin er gestürzt wäre – und rutschte beinahe ein zweites Mal aus, als er in der Dunkelheit ein Augenpaar ausmachte, das nach oben schaute.

Gollum-Augen, ging es Ollie durch den Kopf, während er sich die Figur aus *Der Herr der Ringe* vorstellte. Aber nicht den lustigen Gollum, sondern den fiesen. Den mit den Zähnen.

Ollie stieß einen kurzen Schrei aus. Er huschte von der Treppe weg und drückte den Rücken an die Tür. Sie klapperte heftig und die Augen unter ihm verschwanden.

Er hielt sich eine Hand vor den Mund, aber es war zu spät. Stimmen drangen aus dem Flur durch die geschlossene Tür.

»Hier drin. Ich glaube, ich hab was gehört.«

»Na, dann mach sie auf!«

»Ich kann den Schlüssel nicht finden. Er sollte im Schloss stecken.«

Der Schlüssel. Ollie nahm die rechte Hand vom Mund und stellte fest, dass sie leer war. Er musste den Schlüssel fallen gelassen haben, als er das Gleichgewicht verloren hatte. Wie um alles in der Welt sollte er jetzt wieder rauskommen?

Ein Knall gegen die Tür hinter ihm war seine Antwort. Ollie musste sich keine Sorgen darüber machen, wie er rauskommen sollte. Wer auch immer da draußen war, hatte die klare Absicht, reinzukommen.

»Uff.«

»Fester. Leg dich ins Zeug.«

So heftig, wie die Tür diesmal erzitterte, hatte Ollie keinen Zweifel, dass sie jeden Augenblick nachgeben würde.

Sie erbebte von der Wucht eines weiteren Schlags und der Rahmen spaltete sich bis ganz runter zum Boden. Noch ein Hieb und sie wären durch.

Ollie ging in die Hocke und machte sich bereit, sich auf die Männer zu stürzen … aber der letzte Hieb kam nie.

Stattdessen hörte er die Stimme von vorhin erneut: »Was war das?«

Stille, gefolgt von einem dumpfen Geräusch irgendwo in der Ferne.

Dann: »Hier drüben. Schnell!«

Die Männer vor der Tür polterten davon. Ollie stieß die Luft aus, von der er nicht einmal gewusst hatte, dass er sie angehalten hatte. Er war außer Gefahr. Jedenfalls fürs Erste. Das dachte er zumindest, bis die Tür aufbarst. Ollie zuckte zusammen und wich schwankend zurück. Als er sich umdrehte, sah er in der Tür einen grinsenden Mann, der voller Schadenfreude auf seinen Fang hinunterblickte.

2 IN DIE DUNKELHEIT

Ollie wollte nicht kämpfen, würde es aber, wenn nötig, tun.

Der Gedanke daran, was diese Männer Nancy angetan hatten, fachte seine Wut an. Doch gerade, als er nach vorne stürmen und seine Schulter in den Magen des Mannes rammen wollte, erkannte er, dass es überhaupt kein Mann war. Der Besitzer des Grinsens war ein Junge, genau wie er. Älter zwar, zwei oder drei Jahre vielleicht, aber trotzdem ein Junge. Er hatte helles Haar, freundliche Augen und eine Narbe, die von seinem linken Ohr bis fast zu seinem Kinn verlief.

»Sorry«, sagte der Junge. »Hatte keine Zeit, dich zu warnen, von der Tür wegzutreten. Alles in Ordnung? Gut. Dann lass uns von hier verschwinden. *Sofort.*«

Der Junge wirbelte herum. Ollie blieb wie angewurzelt stehen und starrte seinem davoneilenden Rücken mit heruntergeklappter Kinnlade hinterher.

Als dem Jungen auffiel, dass Ollie ihm nicht folgte, drehte er sich um.

»Die kommen bestimmt zurück. Es wird nicht lange dauern, bis diese Männer kapieren, dass das Geräusch, das sie gehört haben, nur eine Ablenkung war.« Als Ollie immer noch nicht reagierte, hielt der Junge ihm die Hand hin. »Ich bin übrigens Dodge«, stellte er sich vor.

Ollie nahm ganz automatisch die Hand des Jungen. »Ich bin … Ollie. Ich …«

Aber er hatte keine Zeit, den Satz zu beenden. Dodge packte Ollies Hand und riss ihn durch die Tür in den Flur.

»Wer bist du?«, keuchte Ollie im Rennen. »Von wo bist du gekommen?«

Dodge warf ihm von der Seite einen Blick zu. »Keine Zeit für Erklärungen«, schnaufte er.

Als sie eine Abzweigung erreichten, verlangsamte Dodge sein Tempo und legte Ollie eine Hand auf die Brust. Der ältere Junge spähte um die Ecke. »Die Luft ist rein«, sagte er. »Gehen wir.«

Sie schienen denselben Weg zurückzugehen, den Ollie gekommen war, bis Dodge sie einen Seitengang hinunterführte, an dem Ollie vorbeigelaufen war, ohne es zu bemerken.

»Warte.« Wieder hielt Dodge Ollie zurück. Vor ihnen lag eine Abzweigung und ein bewaffneter Mann rannte direkt an ihnen vorbei. Er sah sie nicht, weil er sich ganz auf die Stimmen konzentrierte, die aus seinem Funkgerät kamen.

»Die Luft ist rein«, sagte Dodge erneut und versuchte, Ollie mitzuziehen.

Diesmal widersetzte sich Ollie.

»Wir müssen zurück«, sagte er.

Dodge blieb abrupt vor ihm stehen. »Was? Wovon redest du überhaupt?«

»Nancy … Wir müssen zurück. Wir müssen uns vergewissern, dass sie … ob sie …«

Dodge warf schnell einen prüfenden Blick hinter sich. Als er sich sicher war, dass niemand kam, trat er näher heran und legte Ollie eine Hand auf die Schulter.

»Diese Frau«, sagte er. »Du hast sie gekannt?«

Tränen brannten hinter Ollies Lidern. Er nickte.

Dodge zuckte zusammen. »War sie … deine Mum?«

»Nicht meine Mum«, presste Ollie hervor. »Meine Freundin.«

Für einen kurzen Moment schloss Dodge die Augen. Er seufzte.

»Sie war Polizistin«, sagte Ollie. »Ich glaube, das ist der Grund, warum sie … warum die Männer …« Er schüttelte den Kopf, um ihn freizubekommen. »Ich muss zurück«, beharrte er. »Ich lasse sie nicht zurück. Auf keinen Fall.«

»Ollie, hör mir zu.« Dodge beugte sich leicht vor, sodass sie beide etwa auf gleicher Augenhöhe waren. »Wir können nichts für sie tun. Nicht jetzt.«

»Aber wenn die Chance besteht …«

»Es besteht keine Chance, Ollie. Hörst du, was ich sage? Es besteht keine Chance. Es tut mir leid.«

Ollie befreite sich aus Dodges Griff. Er spürte, wie er den Kopf schüttelte, denn er wollte einfach nicht wahrhaben, was der ältere Junge gerade gesagt hatte.

Sie konnte nicht tot sein. Das konnte einfach nicht sein.

»Ich war im Schacht der Klimaanlage versteckt«, erklärte Dodge. »Ich habe alles gesehen. Wir beobachten schon seit einiger Zeit, was hier vor sich geht«, fügte er hinzu, als er Ollies

Verwirrung bemerkte. »Hör mal, es ist kompliziert. Ich erklär dir alles später. Erst mal müssen wir von hier verschwinden. Okay?«

Ollie zögerte … aber dann nickte er.

Sie schlichen um die nächsten beiden Ecken und wechselten vom Flurlabyrinth in eine Fabrikhalle, in der es eine Vielzahl von Orten gab, an denen sie sich verstecken konnten. Arbeiter luden Kisten um und fuhren mit Gabelstaplern durch die Gegend. Soweit Ollie erkennen konnte, waren sie alle unbewaffnet und konzentrierten sich auf ihren Job. Niemand schien nach entflohenen Gefangenen oder sonst irgendjemandem Ausschau zu halten.

In geduckter Haltung führte Dodge sie zwischen aufgestapelten Paletten hindurch. Wie schon zuvor schien er genau zu wissen, wohin er ging. In der hintersten Ecke befand sich eine Brandschutztür und Ollie vermutete, dass sie sich darauf zubewegten.

»Was ist in diesen Kisten?«, flüsterte Ollie, während sie weiterschlichen.

Dodge runzelte die Stirn, als hätte er sich dasselbe gefragt. »Ehrlich gesagt, ich habe keine Ahnung. Das ist nicht ihre übliche Art von Lieferung.«

»Wessen übliche Art von Lieferung?«

»Maddy Sikes. Ihr gehört dieser Ort.«

Wer ist Maddy Sikes?, wollte Ollie gerade fragen, entdeckte aber im selben Moment eine der Wachen.

Die Arbeiter hatten nach niemandem Ausschau gehalten,

weil sich andere Leute darum kümmerten. Und jetzt, da er eine Wache entdeckt hatte, fielen ihm gleich mehrere auf: Typen, die sich nicht an den Arbeiten beteiligten und stattdessen mit nach außen gewandtem Blick und griffbereiten Waffen am Rand herumstanden. Was auch immer in diesen Kisten steckte, war offensichtlich viel wert.

Ollie und Dodge warteten, bis ihnen der Wachmann in ihrer Nähe den Rücken zudrehte, und rannten dann zur nächsten Kiste, die ihnen Deckung bot.

»Wer sind diese Leute?«, fragte Ollie. »Du hast gesagt, ihr hättet sie beobachtet. Warum? Und was wollen sie von mir? Was wollten sie von Nancy?«

»Deine Freundin war Polizistin, oder?«, erwiderte Dodge.

»Ja«, sagte Ollie und versuchte, nicht darüber nachzudenken, dass Dodge schon wieder die Vergangenheitsform benutzt hatte. *War* Polizistin. Nicht *ist.*

»War sie Teil irgendeiner Sondereinheit oder so was?«

»Ich ...« Ollie war sich nicht sicher. Er wusste nur, dass Nancy irgendeine Art von Kriminalbeamtin gewesen war.

Dodge hatte offenbar nicht bemerkt, dass Ollie seine Frage nicht beantwortet hatte. Während sie weitereilten, holte er ein Handy aus seiner Hosentasche heraus. Ein altes iPhone, das man wohl irgendwie modifiziert hatte, denn im Lightning-Anschluss steckte eine Antenne.

Dodge tippte eine Nachricht und steckte das Handy zurück.

»Hilfe ist unterwegs«, erklärte er. »Jetzt müssen wir es nur noch hier rausschaffen.«

In geduckter Haltung steuerten sie auf die Brandschutztür zu und blieben nur kurz stehen, bevor sie durch zwei weitere Reihen von Paletten huschten, um nach Wachleuten Ausschau zu halten.

»Geradeaus. Wir sind fast da, Ollie. Jetzt müssen wir nur noch hoffen, dass die Brandschutztür nicht …«

Sie erreichten den Notausgang und Dodge drückte, ohne zu zögern, die Metallstrebe hinunter. Sobald sich die Tür vom Rahmen löste, wurde die Luft von einem durchdringenden elektronischen Heulen erfüllt.

»… an die Alarmanlage angeschlossen ist«, beendete Dodge den Satz und schluckte.

Ollie drehte sich um und sah, dass eine Wache sie entdeckt hatte und die Waffe hob.

»Hey! Stopp!«

»Los!«

Dodge schubste Ollie durch die Tür, bevor der Mann schießen konnte. Sie zwängten sich nach draußen und Ollie hatte kaum Zeit wahrzunehmen, dass es hell war. In seinem Kopf war es draußen immer noch dunkel gewesen. Aber die Sonne bewegte sich schon langsam über den Horizont und tauchte alles in ein warmes zuckerwattefarbenes Licht.

Sie stürmten über den Fabrikhof und wichen auf ihrer Flucht einem weiteren Gabelstapler aus. Niemand verfolgte sie – noch nicht – doch soweit Ollie das erkennen konnte, waren sie hier draußen nicht besser dran als drinnen. Die Fabrik lag am Ufer der Themse, aber um den gesamten Hof herum erhob sich ein Zaun, der mindestens dreimal so hoch war wie Ollie und ihnen den Zugang zum Fluss versperrte. Stacheldraht schloss den Zaun oben ab.

»Und jetzt?«, schrie er angsterfüllt.

Dodge führte Ollie um eine Ecke und zeigte auf eine feste Backsteinmauer. »Da lang.«

»Aber ... dann sitzen wir in der Falle!«

Dodge warf ihm einen Blick zu, doch Ollie war sich nicht sicher, ob er eine Grimasse zog oder ihn angrinste.

Sie schlüpften zwischen einen geparkten Lkw und die Mauer und drückten sich mit dem Rücken an die Backsteine.

Ollie spähte hinter einem Lkw-Reifen hervor. »Und jetzt?«, wiederholte er, während er zum Hof sah. In einiger Entfernung suchten Männer blindlings nach ihnen und bewegten sich immer weiter in ihre Richtung. »Wir können nicht einfach hier rumsitzen und warten, bis sie ...«

Ollie drehte sich um und stellte fest, dass Dodge verschwunden war.

»Dodge?«, zischte er ängstlich. »Dodge. Wo bist du?«

Er spürte, wie Panik in ihm aufstieg, und einen Moment lang hatte er das Gefühl, er müsste sich gleich übergeben. Doch dann schloss sich eine Hand um sein Fußgelenk und Ollie sah überrascht hinunter.

Dodge blickte aus einem Loch im Boden zu ihm hinauf. Neben ihm lag ein zur Seite geschobener Gullydeckel.

»Kommst du?«, fragte Dodge. »Oder wolltest du lieber hierbleiben und mit deinen neuen Freunden spielen?«

Ollie versuchte, an Dodge vorbei in die Dunkelheit darunter zu spähen. Auch wenn er nicht viel sehen konnte, so roch er doch umso mehr.

»Was ist das für ein Gestank?«, fragte er und rümpfte die Nase. »Ist das ein Abwasserkanal?«

»Volltreffer«, erwiderte Dodge. »Und dieser Gestank, mein Freund, ist der Duft der Freiheit.« Er atmete tief ein und schenkte Ollie ein Grinsen. »Also kommst du jetzt, oder was?«

Ollie betrachtete noch einmal den Gullydeckel und stellte fest, dass Dodge schon die Leiter hinunter in den Kanal verschwunden war. Er holte tief Luft und mit einem letzten Blick auf den frühmorgendlichen Himmel folgte Ollie ihm nach unten in die Dunkelheit.

3 DIE GEHEIME STADT

Es war, als würden sie in eine andere Welt absteigen. Die Luft war kühl, feucht und völlig reglos. Sobald Ollie den Gullydeckel zurück an seinen Platz geschoben hatte, erleuchtete nur noch die Taschenlampe von Dodges Handy die Dunkelheit.

Ollie folgte Dodge die Leiter hinunter, wobei sich die Sprossen schmierig an seinen Händen anfühlten.

»Pass auf«, sagte Dodge. »Fast da. Nur noch zwei … geschafft. Sei vorsichtig, wenn du unten ankommst.«

Ollie ließ sich neben Dodge fallen und landete mit den Füßen direkt in einer Wasserpfütze. Es war kein Abwasser – hoffte er jedenfalls. Vermutlich eher Regenwasser, das durch den Schacht reingetropft war, den sie gerade heruntergeklettert waren. Besonders angenehm war es trotzdem nicht und Ollie zog die Zehen ein, weil es so kalt war.

»Du könntest ein Paar Schuhe gebrauchen«, meinte Dodge, als wäre das nicht offensichtlich. »Und dieser Pyjama …« Er richtete das Licht auf Ollie. »Versteh mich nicht falsch, ich mag Dinosaurier wie jeder andere auch, aber meinst du nicht, dass du ihn eine Nummer größer hättest kaufen sollen?«

Ollie sah an sich hinunter und erstarrte fast vor Verlegenheit. Er hatte immer noch seinen Dinosaurierschlafanzug an, was schlimm genug war, doch noch schlimmer war, dass er ihn vor mehr als zwei Jahren zum Geburtstag bekommen hatte und schon längst rausgewachsen war. Die Ärmel gingen ihm kaum bis zu den Handgelenken und die Hose endete über seinen Knöcheln. Dodge hingegen trug eine Kampfhose, ein Nike-T-Shirt und abgewetzte karierte Vans.

»Hey«, sagte Dodge, der Ollies Unbehagen spürte. »Keine große Sache. Die härtesten Typen tragen Pyjamas. Karatekämpfer, Ninjas und ... äh ... Sträflinge. Und wir können dich mit etwas Passenderem ausstatten, wenn wir zu Hause sind.«

Dodge drehte sich um und lief den Tunnel hinunter los – direkt durch die riesigen Pfützen. Sie befanden sich auf einer Art Fußweg, während das Abwasser parallel dazu einen unterirdischen Fluss bildete.

Dabei tippte Dodge wieder auf seinem Handy herum. Ollie nahm an, dass er eine weitere Nachricht schrieb.

»Funktioniert es hier unten? Hast du überhaupt Empfang?«

Dodge grinste ihn über die Schulter hinweg an. »Jemand, den ich kenne, hat es ein wenig modifiziert. Kurzwellenantenne, Nachrichten-App und unsere eigene private Frequenz.« Er wedelte mit dem Handy in Ollies Richtung und Ollie sah flüchtig dieses komische Antennendings, das ihm vorhin schon aufgefallen war. »Sieht nicht toll aus, funktioniert aber einwandfrei. Jack ist ein Genie. Ich stelle euch einander vor, wenn wir zu Hause sind.«

Da war er wieder, dieser Hinweis auf *zu Hause*. Wo um alles in der Welt sollte das sein? Ollie war sich ziemlich sicher, dass es keine gemütliche Vier-Zimmer-Doppelhaushälfte in der Vorstadt sein würde und auch keine Wohnung wie die, die sich Nancy und er in Chalk Farm geteilt hatten.

Nancy.

Ollie spürte ihre Abwesenheit tief in sich drin, ein plötzlicher Schock wie ein Schlag in den Magen. Sie war nicht mehr da. Ihr gemeinsames Leben für immer vorbei. Es kam ihm so vor, als wäre der Boden unter seinen Füßen eingebrochen, und es gab keine Chance herauszufinden, wo er landen würde.

»Da lang«, sagte Dodge und bog links ab. Er fummelte an seinem Handy herum, und als er es vor sich hielt, war der Lichtstrahl so hell, dass Ollie zusätzliche zehn, zwanzig Meter nach vorne blicken konnte. Der gesamte Tunnel war erleuchtet, sodass man den uralten Mauerwerkbogen in seiner ganzen schleimüberzogenen Pracht sehen konnte.

»Noch eine Verbesserung«, erklärte Dodge und zeigte auf sein Handy. »Hochleistungsstrahl. Killt zwar den Akku, kann aber genauso nützlich sein wie die Antenne. Über diese Tunnel kommen wir überallhin, verstehst du. Abwasserkanäle, alte Eisenbahneinschnitte, Lüftungsschächte stillgelegter U-Bahn-Tunnel. Manchmal sogar durch die Tunnel selbst. Über die haben wir Zugang zu allen Orten, die wir erreichen müssen. Nur haben die Leute, die sie gebaut haben, vergessen, Röhrenlampen und WLAN einzubauen. Ganz schön gedankenlos, wenn du mich fragst.«

»Du sagst ständig ›wir‹«, erwiderte Ollie. »Von wem redest du? Und warum benutzt ihr nicht den Bürgersteig wie normale Leute?«

Dodge lachte. »Weil wir nicht wie normale Leute sind. Wir sind Teenager wie du, Ollie. Sogar genau wie du. Und was die Tunnel betrifft … so kommen wir überallhin, ohne von jemandem gesehen zu werden. Was bei unserer Arbeit äußerst wichtig ist.«

»Arbeit? Aber … wie alt bist du denn? Solltest du nicht in der Schule sein?«

»Ich bin fünfzehn. Und das mit der ›Arbeit‹ ist nur so 'ne Redewendung. Ich gehe zur Schule. Das tun wir alle. Nur nicht die Art von Schule, auf die du gehst.«

Ollie wollte gerade nachhaken, was Dodge damit meinte, als sie um eine weitere Ecke bogen und auf einen so überwältigenden Gestank trafen, dass es sich anfühlte, als würden sie geradewegs gegen eine Wand laufen.

»Boah«, keuchte Ollie, dem Tränen in die Augen traten. Er hielt sich die Nase zu, und als er etwas sagte, hörte Ollie sich total verschnupft an. »Dieser Jemand, den du kennst, hätte er nicht so was wie anständige Nasenstöpsel erfinden können, wenn er schon dabei war?«

»Jack ist eine *Sie* und kein *Er.* Und außerdem wäre es mit Nasenstöpseln ziemlich schwer zu atmen«, hob Dodge hervor. »Ein paar Leute benutzen *Wick*. Du weißt schon, das Zeug, das man sich auf die Brust schmiert, wenn man eine Erkältung hat. Ein kleiner Klecks unter jedes Nasenloch und der Abwassergeruch ist gar nicht mehr so schlimm. Aber das ist mir die Mühe nicht wert. Nach einer Weile hat man sich eh an den Mief gewöhnt.«

Ollie bezweifelte stark, dass er sich jemals daran gewöhnen könnte.

»Und weißt du was?«, fuhr Dodge fort. »Ich würde einen Abwasserkanal jederzeit allen anderen Tunneln hier unten vorziehen. Zunächst einmal sind sie geräumiger. Bei manchen U-Bahn-Lüftungsschächten könnte man meinen, sie wären für Baby-Hobbits gebaut worden.«

Ollie hätte den Abwasserkanal, durch den sie sich gerade bewegten, nicht wirklich als geräumig bezeichnet.

»Und was die U-Bahn-Tunnel betrifft«, erklärte Dodge, »kann ich wirklich sehr gerne darauf verzichten, von vorbeirauschenden Zügen mit Wasser vollgespritzt zu werden. Von daher sind die Abwasserkanäle im Großen und Ganzen wie für uns gemacht.«

In genau dem Moment trat Ollie in etwas, das definitiv *nicht* wie für ihn gemacht war. Seine Schlafanzughose klebte feucht an seinen Waden und ließ die Kälte fast bis zu seinen Knien hochziehen.

»Ich glaube immer noch, dass ich lieber den Bürgersteig benutzen würde«, grummelte er.

»Ha.« Dodge blickte mit einem weiteren Grinsen zu ihm zurück. »Wart's ab«, sagte er. »Ich wette mit dir, dass du schon bald anders denkst. Über uns ist übrigens gerade der Tower von London. Wir müssen noch ein paarmal abbiegen und dann sind wir direkt unter der Bank von England.«

»Die Bank von England?«

Dodge lächelte. »Siehste? Ich wusste, du würdest beeindruckt sein. Die Welt hier unten ist wie eine geheime Stadt. Eine Stadt, die außer uns niemand kennt.«

Das *war* ganz schön cool, musste Ollie zugeben.

»Das Einzige, worüber du dir wirklich Sorgen machen musst, sind die Ratten.«

Ollie drehte sich um. »Ratten?«

»Kannst du sie nicht hören?«

Ollie lauschte und stellte fest, dass er es durchaus konnte. Kleine trippelnde Geräusche entlang des Kanals unter ihnen. Gelegentlich auch ein Quieken. Er schielte und versuchte, sie zu erspähen, aber Lichter, die am Ende des Tunnels tanzten, lenkten ihn ab.

»Entspann dich«, sagte Dodge, als Ollie erstarrte. »Die Männer von vorhin suchen uns jetzt bestimmt auf dem Hof. Die Leute hier unten gehören zu mir. Oh, bevor ich es vergesse. Gib mir deine Hand.«

»Was?«, fragte Ollie

»Deine Hand. Streck sie aus.«

»Aber … warum?«, fragte Ollie, während er Dodge seine Handfläche hinhielt.

»Sicherheitsmaßnahmen«, antwortete Dodge, und bevor Ollie wusste, wie ihm geschah, hatte Dodge ihn auch schon herumgewirbelt und ihm den Arm auf den Rücken gedreht.

»Hey!«

»Tut mir leid, dass ich das tun muss, Ollie.«

Ollie wand sich, aber es hatte keinen Zweck. Dodge drückte ihn gegen die schleimige Kanalwand. Schwarzer Stoff blitzte kurz vor Ollies Augen auf und plötzlich wurde es vollkommen finster um ihn herum. Danach spürte er, wie ihm auch sein freier Arm auf den Rücken gebogen wurde und sich etwas schmerzhaft in seine Handgelenke bohrte. Zum zweiten Mal in zwölf Stunden wurde Ollie zum Gefangenen, mit einem Kissenbezug über dem Kopf und hinter dem Rücken gefesselten Händen.

4 ABWASSERKANAL-WOHLTÄTIGKEITSLAUF

Wer auch immer die Leute vor ihnen waren, sie kamen näher. Ollie konnte zwar die Lichter nicht mehr sehen, hörte aber Schritte in dem flachen, stehenden Wasser. Es war schwer zu sagen, wie viele es waren. Mindestens zwei, vielleicht sogar drei oder vier.

Dodge ging hinter Ollie und schob ihn mit einer Hand um den Nacken voran. So viel zu seinem neuen Freund. So viel zu seiner Rettung. Er hätte an den schmierigen Sprossen abrutschen und sich auf Dodge fallen lassen oder riskieren sollen, über den Stacheldraht zu klettern, als er noch die Chance dazu gehabt hatte.

Die Versuchung, seinem Entführer mit der Ferse gegen das Schienbein zu treten, war groß, doch Ollie hatte das Gefühl, dass Dodge schon fast damit rechnete. Und auch wenn es Ollie gelang zu entwischen, hatte er immer noch den Überzug auf dem Kopf und war gefesselt. Dodges Freunde würden ihn mit Sicherheit in Sekundenschnelle wieder einfangen.

»Ganz ruhig«, sagte Dodge, schob Ollie hinter sich und brachte ihn so zum Stehen.

»Hey, Dodge!«, rief eine sich nähernde Stimme. Es war die eines Mädchens. »Wo ist dieses ›Paket‹, von dem du uns in deiner Nachricht geschrieben hast? Ich kann nicht … Oh.«

Das Mädchen hatte Ollie wohl in Dodges Schatten ausgemacht. Und wieder ging ihm durch den Kopf, wie albern er gerade aussehen musste. Er war nicht nur barfuß und trug einen Kinderschlafanzug, sondern hatte auch noch einen Kissenbezug auf dem Kopf.

»Was hast du so lange getrieben, Dodge? Kleine Kinder aus ihren Betten entführt?« Diesmal war es die Stimme eines Jungen: tiefer, fieser. »Das ist hier nicht wie im Film *Big Friendly Giant*, weißt du.«

Ollie wich langsam zurück, in der Hoffnung, dass es niemand bemerken würde. Seine Hände waren fest zusammengebunden, aber der Überzug war locker. Wenn er den Kopf nach vorne warf und ihn heftig schüttelte, würde der Stoff vielleicht abfallen.

Genau in dem Moment, als er dachte, er hätte genügend Abstand zwischen sich und die anderen gebracht, um einen Fluchtversuch zu starten, spürte er den vertrauten Druck von Dodges Fingern um seinen Nacken.

Diesmal wehrte er sich. »Finger weg!«, blaffte er.

»Ja, sieh mal einer an? Es spricht!« Der Junge wieder. »Was ist das für'n Aufzug, Kleiner? Machst du das für einen wohltätigen Zweck? Der Barfuß-Minipyjama-Abwasserkanal-Wohltätigkeitslauf. Ich spende fünfzig Pence pro Kilometer.«

»Halt die Klappe«, gab Ollie zurück und wand sich. »Und nenn mich nicht ›Kleiner‹.«

»Das reicht«, ging Dodge dazwischen und Ollie war sich nicht sicher, ob er ihn oder seinen aggressiven Freund meinte.

»Sol? Lily? Nehmt jeder einen Arm, okay? Flea, du gehst voran. Ich bilde das Schlusslicht.«

»Alles klar, Boss.« Diese Stimme hatte Ollie noch nicht gehört. Sie kam von einem anderen Jungen, war freundlicher und nicht so tief. Ohne Ollie und Dodge mussten sie insgesamt zu dritt sein. Zwei Jungs, Sol und Flea, und ein Mädchen, Lily.

»Moment mal«, sagte der Junge mit der tieferen Stimme, der zuerst gesprochen hatte. »Wir nehmen ihn mit?«

»Genau«, antwortete Dodge.

»Auf keinen Fall. Vergiss es, Dodge.«

»Das ist, was wir tun, Flea. Das ist, was wir schon immer getan haben.«

»Aber die Dinge haben sich geändert. Das sagst du uns doch ständig.«

»Klar, aber … das ist anders. Ich hab so ein Gefühl.«

»Ein *Gefühl*?«, höhnte Flea. »Na, dann ist ja alles in Ordnung, wenn du ein *Gefühl* hast.«

»Halt die Klappe, Flea!«, blaffte ihn das Mädchen an. Sie sprach direkt neben Ollies rechtem Ohr und er spürte, wie sie seinen Arm nahm.

Auch Ollies anderer Arm wurde gepackt, vermutlich von Sol.

»Lasst mich gehen«, verlangte Ollie. »Ich will nicht mit euch kommen. Lasst mich einfach hier.«

»Siehst du?«, sagte Flea. »Pyjama-Party will nicht mal mitkommen. Lassen wir ihn hier und konzentrieren uns auf die Mission.«

Lily schnalzte mit der Zunge. Ollie konnte praktisch hören, wie sie die Augen verdrehte.

»Spar dir das Gejammer und geh voran, Flea«, sagte Dodge. Eine Hand fiel auf Ollies Schulter. »Und es tut mir leid, Ollie. Aber ich fürchte, du hast schon zu viel gesehen.«

Danach marschierten sie schweigend durch den Abwasserkanal. Zuerst weigerte sich Ollie weiterzugehen, aber dann flüsterte ihm Sol ins Ohr.

»Du heißt Ollie, ja?«, fragte er. »Also, entspann dich, Ollie. Wenn du dich querstellst, müssen wir dich hinter uns herziehen, und wenn ich dich so ansehe, bist du schon nass genug. Außerdem ist dieser Überzug nur eine Vorsichtsmaßnahme, für uns wie auch für dich.«

Dodge hatte etwas Ähnliches gesagt, bevor er Ollie herumgewirbelt und ihm den Arm auf den Rücken gedreht hatte. »Sicherheitsmaßnahmen« war der Ausdruck, den er benutzt hatte, und Ollie packte gegen seinen Willen die Neugier, wohin sie ihn brachten und was sie unbedingt beschützen wollten.

Als sie endlich zum Stehen kamen, riss jemand Ollie den Überzug vom Kopf. Er blinzelte und stellte fest, dass er auf eine Wand starrte. Dodge band Ollies Handgelenke los und dieser rieb über die Abdrücke, die der Strick hinterlassen hatte.

Sie befanden sich in einer schmalen Abzweigung des Tunnels, den sie entlanggelaufen waren. Es war immer noch dunkel, aber dadurch, dass die Wände so nah beieinanderlagen, wirkte das Licht von Dodges Handy noch heller.

Dodge stand neben Ollie. Die anderen waren hinter ihm, doch Dodge zeigte auf die Wand, bevor Ollie sich umdrehen konnte.

»Schau hier«, wies er ihn an.

Ollie blickte finster. »Warum sollte ich tun, was du sagst?«

Dodge seufzte. »Hör mal, Ollie. Das ganze Theater tut mir leid. Aber du wirst schon bald verstehen, warum es nötig war. Du bist nicht verletzt, oder? Und wir sind diesen Männern doch entwischt, wenn ich mich richtig erinnere?«

Widerwillig folgte Ollie Dodges Finger, doch soweit er das beurteilen konnte, zeigte dieser auf einen Backstein.

»Hier«, sagte Dodge und berührte den Stein.

Ollie sah eine kleine, runde Linse, die im Mauerwerk verborgen war.

»Ist das eine Kamera?«, fragte er.

»Sag ›Cheese‹«, antwortete Dodge.

Ollie blinzelte nur.

»Gesichtserkennung«, erklärte Dodge. »Und jetzt drück deinen Daumen darauf.« Im Mauerwerk war noch ein kleiner dunkler Kreis, etwas tiefer, aber so gut verborgen, dass er Ollie nicht aufgefallen wäre, wenn man ihn nicht darauf aufmerksam gemacht hätte.

Als er zögerte, nahm Dodge Ollies Hand und drückte seinen Daumen auf den Sensor.

»Fingerabdruckerkennung«, sagte er. »Ist nichts Ausgefallenes – im Grunde dieselbe Technologie wie bei einem Smartphone. Aber ziemlich cool, oder? Und jetzt bist du im System.«

Ollie hörte ein frustriertes Stöhnen hinter sich. Flea, vermutete er. Doch als Ollie zu ihm zurückblicken wollte, drückte Dodge seinen Daumen auf das Lesegerät und die Wand vor ihnen öffnete sich.

Es war überhaupt keine Wand, stellte Ollie fest, sondern eine Tür, die so gut getarnt war, dass sie mit ihrer Umgebung verschmolz.

Dodge ging zur Seite und gab den Blick auf eine enge Treppe frei, die nach oben führte. Mit einer Handbewegung bedeutete er Ollie, voranzugehen.

Als Erstes fiel Ollie der Geruch auf. Nach dem Abwassergestank war er so genüsslich, als hätte er eine Bäckerei betreten. Aber der Geruch erinnerte ihn nicht an Brot, sondern an … Bücher. Dieser besondere Duft, wenn man die Seiten eines Romans aufschlägt und die Nase gegen den Buchrücken drückt.

»Geh weiter«, sagte Dodge hinter ihm. »Bis ganz nach oben.«

Der Raum am Ende der Treppe ähnelte den Umkleiden in Ollies Schule. Die Wände voller Kleiderhaken waren mit Bänken gesäumt und in der hintersten Ecke standen Spinde nebeneinander aufgereiht. An der Decke flackerten Röhrenlampen.

»Das ist der Ausrüstungsraum«, erklärte Dodge, und als Ollie in der Tür stehen blieb, zwängten sich die anderen an ihm vorbei. Alle außer einem. Die letzte Person rempelte Ollie absichtlich an der Schulter an.

»Ups. Sorry, Kleiner.«

Ollie erkannte Fleas Stimme und zum ersten Mal konnte er einen richtigen Blick auf ihn werfen. Er war groß, größer sogar als Dodge, und vermutlich etwa im gleichen Alter. Während Dodge blond war, hatte Flea dunkle Haare und dunkle Augen. Sein Hals war so breit, dass er fast dicker wirkte als sein Kopf.

Flea zog sein Sweatshirt aus und entblößte seine kräftigen Schultern und muskulösen Arme. Er war auf keinen Fall jemand, den man zum Feind haben wollte, aber Ollie betrachtete ihn bereits als einen.

»Hier, Ollie. Das müsste passen.«

Ollie drehte sich gerade noch rechtzeitig um und fing ein Bündel Klamotten auf, das Dodge ihm zugeworfen hatte. Eine marineblaue Tarnhose, wie Dodge sie trug, ein schlichtes weißes T-Shirt und ein weicher grauer Kapuzenpulli.

»In der Ecke müssten auch ein paar Turnschuhe stehen. Such dir einfach welche aus, die dir passen.«

Ollie ging zögernd auf den Stapel Schuhe zu, auf den Dodge gezeigt hatte. Gerade wollte er seinen feuchten Pyjama ausziehen, als ihm wieder einfiel, wer sonst noch im Raum war.

Er wandte sich um und sah, wie Lily ihn von den Spinden aus beobachtete. Sie wurde rot und sah weg, doch nicht bevor er einen Blick auf ihre Rehaugen und die blasse Haut erhascht hatte.

»Hier lang, Ollie«, sagte eine Stimme neben ihm. Sol war ein wenig jünger als die anderen Jungs, aber trotzdem älter als er. Er hatte dunkle Haut, kurze, igelartige Dreadlocks und ein Funkeln in seinen großen Augen. »Hinter der Tür in der Ecke ist ein

Badezimmer«, fuhr Sol fort. »Du ... äh ... wäschst dir vielleicht besser die Füße.«

Ollie sah hinunter. Seine Füße waren nicht einfach nur schmutzig, sie waren pechschwarz. Und ... zwischen seinen Zehen steckte alles Mögliche. Ollie wollte nicht darüber nachdenken, was.

»Danke«, murmelte er und mit einem weiteren kurzen Blick zu Lily schlurfte er in Richtung Badezimmer.

Die Kleider waren letztendlich ein bisschen zu groß, aber Ollie beschwerte sich nicht darüber. Er trug seine Kapuzenpullis sowieso lieber weit und die Hosenbeine konnte er einfach hochrollen. In dem Stapel Turnschuhe hatte er ein Paar klassische Adidas gefunden – weiß mit roten Streifen –, die auf eine retromäßige Art cool waren.

Nachdem er sich umgezogen hatte, betrachtete er sich im Spiegel, wischte den Schmutz von seinen Wangen und bemühte sich, seinen rotblonden Haarschopf glatt zu streichen. Ziemlich schnell gab er dieses aussichtslose Vorhaben jedoch wieder auf. In der Regel half nur ultrastarkes Haargel und sogar zu Hause machte sich Ollie nur selten die Mühe.

Er trank gierig direkt aus dem Wasserhahn, ohne sich an dem Geschmack nach warmem Metall zu stören, und ging zurück in den Ausrüstungsraum.

»Besser«, sagte Dodge zustimmend und Ollie bemerkte, dass Sol und Lily lächelten.

Flea stöhnte. »Für mich bleibst du PJ, Kleiner – kurz für Pyjama«, spöttelte er, wandte sich ab und steuerte auf den Ausgang zu. Hier gab es keine Tür, nur eine weitere Treppe, die nach oben führte.

»Mach dir seinetwegen keine Sorgen«, sagte Sol zu Ollie in einem verschwörerischen Tonfall. »Der Arzt hat ihn bei der Geburt versehentlich auf den Kopf fallen lassen. Wenn du ihm direkt in die Augen schaust, siehst du, dass er schielt.« Dann kreuzte er die Augen, streckte die Zunge raus und legte den Kopf schief. Und zum ersten Mal, seit diese ganze Sache angefangen hatte, musste Ollie lächeln.

Er folgte Sol und den anderen, die Flea nachgingen. Der Büchergeruch wurde immer stärker, je höher sie kamen. Die Treppe, über die sie hereingekommen waren, bestand aus Stahl und war offenbar erst kürzlich eingebaut worden. Die Treppe, die sie jetzt hinaufstiegen, war hingegen aus Stein und manche Stufen waren so abgenutzt, dass sie kaum noch Stufen darstellten.

Kurz darauf erreichten sie einen fensterlosen Flur mit Oberlichtern aus Milchglas über ihren Köpfen und Ollie erkannte, dass sie wieder an der Oberfläche waren.

Sie liefen einen Gang entlang, der wohl eine Verbindung zu einem anderen Gebäude herstellte. Flea ging voran und Dodge bildete das Schlusslicht. An der Tür am anderen Ende blieb Flea stehen. Diesmal war die Kamera nicht verborgen und eine Schalttafel auf Hüfthöhe hätte sehr wohl einen Fingerabdruckscanner beinhalten können. Flea benutzte aber keines der beiden Geräte. Stattdessen blickte er über seine Schulter den Gang hinunter, und als er sprach, dachte Ollie für einen kurzen Moment, Flea würde ihn meinen.

»Letzte Chance. Bist du sicher, dass du das tun willst?«

Was tun?, wollte Ollie gerade nachfragen, als er Dodge hinter sich antworten hörte.

»Es ist schon getan, Flea. Jetzt lass uns Ollie sein neues Zuhause vorstellen.«

5 DER KONTROLLRAUM

»Was *ist* dieser Ort?«

Als sie eintraten, war Ollies erster Gedanke, sie wären in einer Kirche. Nein, keine Kirche, eine Kathedrale, so prachtvoll war der Mittelsaal.

An den Wänden hingen jedoch keine religiösen Bilder und auch keine Kreuze oder etwas in der Art. Die Fenster lagen hoch, bestanden aber nicht aus Buntglas, ihre Scheiben waren vielmehr matt wie die Oberlichter in dem Flur, durch den sie gerade gekommen waren. Doch während der Grundriss jeder Kirche, die Ollie kannte, kreuzförmig war, schien sich dieses Gebäude in alle Richtungen auszubreiten. Korridore gingen wie die Speichen eines Rads ab, doch Ollie konnte nicht sehen, wohin sie führten.

»Dieser Ort …«, erklärte Dodge, während er zu der gewölbten Decke aufblickte. Der Saal war drei Stockwerke hoch und erhob sich in der Mitte des Gebäudes als dessen Zentrum. »Hier leben wir. Wunderschön, findest du nicht? Auch wenn seine besten Zeiten hinter ihm liegen.« Als wollte er es demonstrieren, streckte er die Hand zur nächstgelegenen Wand aus und zog ein Stück Putz ab. Es löste sich mühelos und eine Staubwolke rieselte auf den Boden. »Wir führen dich später überall herum. Es gibt eine Menge zu sehen. Lass uns jetzt erst mal zum Kontrollraum gehen, damit wir uns alle richtig einander vorstellen können.«

Der Kontrollraum?

Ollie ging Dodge hinterher, über den Mosaikboden und die breite Mitteltreppe hinauf. Die anderen folgten ihnen.

Unterwegs fiel Ollie auf, wie laut es in dem Gebäude war. Nicht wie in einem Fußballstadion. Vielmehr wie in einem Supermarkt oder Einkaufszentrum oder Ähnlichem. Leute unterhielten sich irgendwo ungesehen. Hinter den Türen entlang der Korridore. Und die Stimmen, die er hörte … hätte Ollie es nicht besser gewusst, hätte er gesagt, dass es ausschließlich Stimmen von Kindern und Jugendlichen waren.

»Kleiner Tipp«, sagte Dodge, als sie die Treppe hochstiegen. »Pass auf, wo du hintrittst. Mit dieser Treppe ist zwar alles in Ordnung«, er klopfte auf das breite Eichengeländer, »das Holz wird wahrscheinlich noch tausend Jahre überstehen. Aber anderswo im Gebäude … Wie ich schon sagte, es hat bessere Tage gekannt. Viele Dielenbretter sind verrottet und einige der Balken wohl auch. Das oberste Stockwerk, das dritte, ist im schlechtesten Zustand. Wenn wir nicht unbedingt müssen, vermeiden wir es, dort hochzugehen.«

Sie erreichten den ersten Stock, der dasselbe radspeichenartige System von Korridoren aufwies wie das Erdgeschoss. Und einen Balkon, der den Mittelsaal überblickte. Ollie wollte hinabspähen, aber Dodge zog ihn zurück.

»Und diesen Geländern würde ich auch nicht trauen.« Er rüttelte am Handlauf. »Es sei denn, du bist besonders mutig.«

Flea, Lily und Sol waren weitergegangen und Ollie sah, wie Flea Lily an den Schultern packte und so tat, als wollte er sie umwerfen.

»Pass auf, dass du nicht stolperst«, sagte er und lachte.

Lily reagierte kaum. Es war fast so, als hätte sie schon damit gerechnet – als hätte Flea diesen Scherz schon zigmal gemacht. Sie rammte ihm den Ellbogen in den Oberarm.

»Du bist ein Idiot, Fletcher Hunter.«

»Das sagst du immer«, erwiderte Flea und grinste breit.

»Na ja, vielleicht geht das irgendwann mal in deinen dämlichen Schädel.«

Ollie bemerkte, wie Dodge die Augen verdrehte. »Oh, Mann«, entfuhr es ihm. »Ich dachte immer, Zwillinge würden sich gut verstehen.«

»Zwillinge?«, fragte Ollie.

»Sie sind natürlich keine eineiigen Zwillinge. Eigentlich ähneln sie sich kaum. Aber Lily und Flea sind Geschwister. Es war sogar Lily, die Flea den Spitznamen gegeben hat. Sie meinte, er würde perfekt zu ihm passen, weil er so eine Nervensäge ist. Flea dachte, es wäre cool, weil Flöhe, na ja, superstark sind. Angeblich.« Dodge sah Ollies Gesichtsausdruck und lächelte. »Du siehst geschockt aus.«

»Nein, ich … Na ja. Vielleicht ein bisschen.«

Dodge wirkte erfreut. »Gewöhn dich besser dran, Ollie«, sagte er. »Du wirst noch merken, dass wir voller Überraschungen stecken.«

Sie folgten den anderen in einen mit Computern gesäumten Raum, der den EDV-Räumen an Ollies Schule ähnelte. Sieben oder acht Monitore waren in regelmäßigem Abstand auf einem Schreibtisch aufgereiht, der sich über die ganze Länge der Wand erstreckte, und vor jedem stand jeweils ein anderer Stuhl. Auch wenn es sich um richtige Bürostühle handelte, war mit jedem von ihnen offenbar irgendetwas nicht in Ordnung. Den meisten fehlte mindestens eine Armstütze und alle Polster waren abgenutzt und zerrissen.

Auch die Computerausrüstung hatte schon bessere Tage gesehen. Sie war zwar in scheinbar ausreichender Menge vorhanden und den blinkenden Lichtern und dem Summen der Festplatten nach zu urteilen schien alles noch ausgezeichnet zu funktionieren, aber sogar die Computer in Ollies Schule waren neuer. Und alles war mit einem gefährlich aussehenden Wirrwarr aus Verlängerungskabeln verbunden, das aus einer einzigen Steckdose an der Wand spross. Mr Hutchinson, sein alter Informatik-Lehrer, hätte mit ziemlicher Sicherheit einen Herzinfarkt bekommen.

Auf zwei der Computermonitore waren Bilder von den Sicherheitskameras zu sehen, an denen sie vorbeigekommen waren, sowie noch von einigen anderen. Ein Bildschirm bot einen Blick über die Dächer der Stadt und Ollie erkannte ein paar der Gebäude in der Ferne. Ein Wolkenkratzer, der als ›The Gherkin‹ – die Gewürzgurke – bekannt war, die St.-Pauls-Kathedrale, sogar die Tower Bridge.

»Kontrollraum« hatte Dodge diesen Ort genannt, aber es war vielmehr so etwas wie ein Sicherheitszentrum. Ollie fragte sich erneut, was das große Geheimnis dieser Teenager war, wenn sie ein richtiges Sicherheitssystem brauchten, um es zu bewachen.

»Ollie? Das ist Jack. Das Genie, von dem ich vorhin gesprochen habe.«

Ollie sah hinüber und erblickte ein Mädchen mit Sommersprossen und kurzen, abstehenden roten Haaren. Als sie sich von ihrem Schreibtisch in der Ecke des Raums wegbewegte, stellte Ollie fest, dass sie im Rollstuhl saß.

»Ein Genie, sagt er«, murmelte Jack. »Als würde die Höhe meines IQs bei dem niedrigen Budget, das man mir gibt, irgendeine Rolle spielen.« Sie schnellte mit ihrem Rollstuhl durch den Raum und wäre geradewegs über Ollies neue Turnschuhe gerollt, wenn er nicht rechtzeitig zurückgesprungen wäre. »Freut mich«, grummelte sie im Vorbeifahren in einem Tonfall, der vermuten ließ, dass es ihr schwerfiel, sich auch nur über irgendetwas zu freuen. Geschweige denn darüber, mit einem Fremden zu kommunizieren.

»Nimm's nicht persönlich«, flüsterte Dodge, sobald Jack hinter einem neuen Schreibtisch Stellung bezogen hatte. »Sie ist auch so, wenn man sie gut kennt. Sie hat's mehr mit Computern als mit Menschen, wenn du verstehst, was ich meine.«

»Das habe ich gehört«, meldete sich Jack zu Wort, ohne den Blick vom Monitor abzuwenden. »Ich sag's dir, Dodge, wenn es für mich nicht so schwierig wäre, mich an diesem Ort fortzubewegen, wäre ich schon längst aus der Tür gerollt. Und ich bin hier nicht die Einzige mit Mobilitätsproblemen. Wo ist der Treppenlift, den du uns schon seit Ewigkeiten versprichst?«

Flea trat nach vorne und spannte den Bizeps an wie ein posierender Muskelmann im Zirkus. »Hier steht er, Baby«, sagte er. »Wenn du mein Handy genauso ausstattest wie das von Dodge, trag ich dich überallhin.«

Da Jack ihnen den Rücken zuwandte, war es schwer zu sagen, aber Ollie hätte schwören können, dass sie lächelte. Die anderen lächelten auch, sogar Lily. Er musterte sie und Flea, die nebeneinanderstanden, doch Ollie wäre trotzdem nie darauf gekommen, dass sie verwandt waren – geschweige denn Zwillinge.

Während Flea nur aus Ecken und Kanten zu bestehen schien, war Lilys Erscheinungsbild deutlich sanfter. Bis hin zu der zarten Farbe ihrer Augen.

Ollie hatte nie sonderlich auf Mädchen geachtet. Er hatte bei Freunden miterlebt, wie kompliziert Freundschaften auf einmal wurden, sobald feste Freundinnen auf der Bildfläche erschienen. Es ließ sich aber nicht abstreiten, dass Lily hübsch war. Außerdem schien sie witzig zu sein und noch dazu klug.

Dodge zog Ollie weiter in den Raum. Dieser hier war L-förmig und größer, als Ollie zuerst gedacht hatte.

Um die Ecke waren noch mehr Computer – genauso alt wie die anderen – und ein Tisch, auf dem allem Anschein nach gestapelte Landkarten lagen, von denen manche ausgebreitet und andere zusammengerollt waren. Es gab dort auch Whiteboards, Pinnbretter und sogar eine Tafel. Sie waren übersät mit Bildern, Diagrammen, Zeitungsartikeln, handgeschriebenen Notizen und allem Möglichen anderen. Die Informationen waren offensichtlich nach irgendeinem System geordnet, das Ollie aber auf den ersten Blick nicht durchschaute. Er kam sich wie im Labor eines verrückten Professors vor.

Im Raum waren noch zwei weitere Leute. Sie mussten in etwa so alt sein wie Ollie oder vielleicht sogar ein wenig älter.

Dodge zeigte auf den Jungen, der in der Ecke arbeitete. Er hatte blondes Haar und eine runde randlose Brille, die auf seiner Nase balancierte. »Da drüben, das ist Erik. Er ist unser Linguist.«

»Euer *was?*«

»Unser Spezialist für Sprachen. Sag hallo, Erik.«

»Hallo, Erik«, sagte Erik. Nach nur zwei Wörtern war es schwer einzuschätzen, aber Ollie glaubte, einen Akzent herauszuhören. Deutsch vielleicht? Skandinavisch?

»Und da drüben«, fuhr Dodge fort, »das ist Song, unsere Frau für alles Mathematische.«

Mathe?, ging es Ollie durch den Kopf und Dodge bemerkte seine Reaktion.

»Richtig gehört«, sagte er. »Geheimcodes, Datenverschlüsselung, sogar das Knacken von Safes – du wärst erstaunt, wie viele Probleme Mathematik lösen kann.«

Das Mädchen, Song, winkte fröhlich und wandte sich dann wieder der Aufgabe zu, mit der es gerade beschäftigt war.

»Und das ist eigentlich unser ganzes Team«, sagte Dodge und breitete die Arme aus. »Sol, Flea und Lily hast du schon getroffen, auch wenn ich sie dir bisher nicht offiziell vorstellen konnte. Es packen auch noch ein paar andere mit an, wenn ihre besonderen Fähigkeiten gebraucht werden, aber die Leute in diesem Raum sind so ziemlich der Kern des Teams.«

Ollie betrachtete die Leute um sich herum. Es war alles ein wenig überwältigend: zu viele Namen, zu viele Gesichter, zu viele Dinge, die er nicht verstand. Er konzentrierte sich auf Dodge, der eindeutig der Anführer war.

»Aber ... was für ein Team?«, fragte er. »Wer seid ihr?«

Dodge und die anderen tauschten Blicke. Die drei aus dem Tunnel – Sol, Lily und Flea – standen gleich neben ihm. Der Rest des Teams – Jack, Erik und Song – saß immer noch an seinen Arbeitsplätzen.

»Wir haben nicht wirklich einen Namen«, erklärte Dodge. »Aber dieser Ort ... wir nennen ihn *The Haven*. Und unsere kleine Gruppe hier – wir sind der Ermittlungsflügel.«

Flea gab ein Prusten von sich. »Der ›Ermittlungsflügel‹«, murmelte er abschätzig.

»Haven wie ›Zufluchtsort‹?«, wiederholte Ollie an Dodge gewandt. »Aber ... was macht ihr hier? Und wozu die ganze Geheimniskrämerei? Die Kameras, der Überzug, all das.«

»Wir machen eine ganze Menge. Zu viel, habe ich manchmal das Gefühl«, fügte Dodge mit einem vielsagenden Blick auf Flea hinzu. »Aber im Wesentlichen helfen wir Kindern und Jugendlichen.«

»Kindern? Was für Kindern?«

»Irgendwelchen Kindern. Allen Kindern. Kindern, die uns brauchen. Kindern, die nirgendwo sonst hinkönnen.«

»Wie ... obdachlose Kinder, meinst du?«

»Obdachlose, ja. Flüchtlinge. Waisen. Kids, die es mit Banden zu tun bekommen. Die Enkelin der Queen, wenn sie unsere Hilfe bräuchte. Wir sind wirklich nicht wählerisch.«

»Und du hast das Sagen? Was ist mit den Erwachsenen? Wo sind sie?«

Dodge grinste. »Das ist das Coolste an der ganzen Sache. Hier gibt es keine Erwachsenen.«

»Was meinst du damit?«

»Genau das, was ich sage. Es gibt hier keine. Als dieser Ort gegründet wurde, waren da sowieso keine Erwachsenen. Und seitdem, na ja. Wir sind zu dem Schluss gekommen, dass sich Erwachsene nicht immer für die Interessen von Kindern und Jugendlichen einsetzen.«

Der Rest der Gruppe stimmte murmelnd zu.

»Aber *wir* schon«, fuhr Dodge fort. »Ihre Interessen, ihr Wohlergehen – nur das ist uns wichtig. Man könnte das unser Motto nennen. Das ist der Grund, warum der Haven überhaupt gegründet wurde.«

»Aber … ich verstehe immer noch nicht, was ihr …«

»Hör mal«, ging Flea dazwischen, »ich unterbreche diese kleine Lektion fürs Leben ja nur ungern, Dodge, aber wann kommst du zu dem Teil, in dem du uns verrätst, was du gefunden hast?«

»Ja, Dodge«, sagte Lily. »Hast du irgendwas gesehen? Hast du irgendwelche Hinweise entdeckt?«

Die Gruppe scharte sich um Dodge, gespannt darauf, was er zu sagen hatte, und Ollie stand auf einmal direkt neben Sol.

»Wovon reden sie?«, flüsterte Ollie. »Was für Hinweise?«

Sol hielt den Blick auf Dodge gerichtet, während er sich zu Ollie herüberbeugte und zurückflüsterte: »Es sind ein paar Kids verschwunden. Aber keine reichen. Streuner wie wir, weshalb die Polizei nicht mal den kleinen Finger gerührt hat. Dodge ist zu dem Lagerhaus gegangen, weil wir eine Spur hatten. Flea hatte eine.« In dem Moment schien Sol ein Gedanke zu kommen und er wandte sich Ollie ganz zu. »Sag mal. Er hat dich dort gefunden, oder? Dodge? Hast du Ollie dort gefunden? Dann ist das, was Flea gehört hat – stimmt das?«

Dodge unterbrach seine Erklärungen. »Ollie hat nichts damit zu tun. Er war mit einer Polizistin zusammen. Du hast gesagt, sie wäre deine Freundin, oder, Ollie? Deine Pflegemutter?«

Ollie konnte lediglich nicken. Er spürte die eindringlichen Blicke der anderen – vor allem Lilys –, und ihm trat erneut ein vertrautes Kribbeln in die Augen.

Dodge ergriff das Wort und half ihm aus der Verlegenheit.

»Hört mal«, sagte er. »Das Lagerhaus war ein Flop. Mehr gibt's dazu nicht zu sagen. Tut mir leid, Flea, aber deine Spur hat nirgends hingeführt.«

Flea schaute wütend. »Dieser kleine Mistkerl. Er hat Stein und Bein geschworen, er hätte gesehen, wie man Kinder ins Gebäude gebracht hätte.«

»Von wem redet er?«, fragte Ollie Sol.

»Von seiner Quelle, nehme ich an«, antwortete Sol. »Der Junge, der ihm den Hinweis gegeben hat. Ein Ausreißer. Flea hat ihn gefunden, als er auf der Straße geschlafen hat.«

»Zwei Monate lang habe ich ihm Essen gebracht«, schimpfte Flea. »Wenn ich nicht gewesen wäre, wäre er verhungert. Und wie zahlt er es mir zurück? Er schickt uns auf die Jagd nach einem Phantom!«

»Du hättest ihn hierherbringen sollen«, wandte Lily ein. »Nachdem er zwei Monate lang in einem Eingang geschlafen hat, war er wahrscheinlich verzweifelt. Er hätte dir irgendwas erzählt, nur damit du ihm weiterhin hilfst.«

»Hätte ich ja gemacht«, blaffte Flea. »Aber Dodge sagt, wir haben keinen Platz mehr, sind völlig ausgebucht.«

»Wir haben auch keinen Platz mehr, Flea!«, erwiderte Dodge wütend. »Schau dich doch mal um. Schau dir an, in welchem Zustand hier alles ist. Wir haben gerade eine kleine Finanzkrise, falls dir das noch nicht aufgefallen ist.«

»Ach ja? Was macht dann Pyjama-Party hier? Warum ist *er* eine Ausnahme?«

Alle Blicke richteten sich auf Ollie. Er bezweifelte, dass er sich noch kleiner hätte fühlen können. »Ich wollte gar nicht hierherkommen, schon vergessen?«, gab er zurück. »Und ich habe sowieso nicht vor, hierzubleiben.«

»Na, endlich mal 'ne gute Nachricht«, kommentierte Flea. »Sag mir, wann du gehen willst, und ich bringe dich zur Tür.«

»Jetzt sofort würde mir sehr gut passen«, gab Ollie zurück, der merkte, wie sich sein Schmerz über Nancys Tod in Wut verwandelte. »Und eure dämlichen Klamotten könnt ihr auch behalten. Ich laufe lieber in meinem Pyjama durch London, als auch nur eine weitere Minute bei Leuten wie euch zu bleiben.«

»Immer mit der Ruhe«, sagte Dodge und schob sich zwischen sie. »Ollie wurde von mir eingeladen. Ich habe den Eindruck, dass er uns helfen könnte.«

Flea wollte gerade zurückschießen, doch Dodge schnitt ihm mit einem Blick das Wort ab.

»Und was jetzt, Dodge?« Sol schien die Situation unbedingt entspannen zu wollen. »Wenn Maddy Sikes nichts mit der Sache zu tun hat, wo sollen wir dann als Nächstes suchen? Diese Woche sind es schon sechs verschwundene Jugendliche. Alles Gangmitglieder. Alle aus verschiedenen Teilen der Stadt.«

Ollie und Flea funkelten sich über Dodges Schulter hinweg böse an, aber als Ollie den Namen Maddy Sikes hörte, brach er den Augenkontakt. Dodge hatte schon im Lagerhaus von ihr gesprochen. War sie für Nancys Ermordung verantwortlich?

»Sieben Jugendliche«, warf Erik ein, der den Blick nicht vom Computerbildschirm abwendete. »Während ihr weg wart, haben wir eine Meldung reinbekommen. Ein Mitglied von Danny Hunters Crew ist gestern Nacht verschwunden.«

»Danny Hunter?«, wiederholte Lily. »Na, echt klasse. Erst die Diamonds, dann die Shiver Street Gang und jetzt die Razors.«

»Bandennamen«, flüsterte Sol Ollie zu. »Sie sind nicht gerade unsere besten Freunde, keiner von ihnen.«

Dodge dachte nach und fuhr sich mit einem Fingerknöchel über die lange Narbe in seinem Gesicht. »Na ja«, sagte er schließlich, »da habt ihr eure Antwort. Du hast gefragt, was wir als Nächstes tun sollen, Sol. Wenn ihr mich fragt, haben wir keine andere Wahl.«

Sol schluckte. »Du meinst …«

Dodge nickte. »Wir sprechen mit Danny.« Er legte Ollie eine Hand auf die Schulter. »Und wenn du wirklich wissen willst, was wir hier machen, Ollie, ist das die Gelegenheit, es herauszufinden.«

6 MAD MADDY

Maddy Sikes saß vor ihrem Computer, betrachtete den Bildschirm und genoss die letzten Augenblicke von Kriminalkommissarin Nancy Bedwins Leben.

Sie spielte das Video immer wieder ab. Von dem Moment, als ihre beiden Wachen in den Raum marschierten, bis zu der Stelle, kurz nachdem die Kugeln, die sie abgefeuert hatten, rot in Nancys Brust erblühten.

Es war nicht gerade der raffinierteste Tod, aber seine brutale Effizienz hatte durchaus etwas Attraktives.

Sikes hätte Nancy gerne selbst umgebracht, als Vergeltung für alle Unannehmlichkeiten, die sie mit ihrer Ermittlung verursacht hatte. Doch genau genommen hatte Sikes sie umgebracht. Sie hatte den Befehl gegeben und das allein zählte, nicht wer letzten Endes den Abzug gedrückt hatte.

Nummer 99.

Das war Sikes momentaner Stand, die Anzahl der Leben in ihrer persönlichen Sammlung. Natürlich waren nicht alle von Überwachungskameras aufgezeichnet worden – ein weiterer Grund, warum Nancys Tod so kostbar war.

Aber insgesamt waren es 99. Eine annehmbare Zahl. Eine achtbare Zahl. Doch wenn alles, was Sikes vorhatte, nach Plan lief, würde die Zahl schon bald gewaltig steigen. *Gewaltig.*

Sikes lehnte sich in ihrem Stuhl zurück, ihr treuer Hund, Bullseye, lag zu ihren Füßen. Hinter ihr rahmten die riesigen Panoramafenster ihres Büros die Londoner Skyline ein. Von hier aus hatte man einen der besten Ausblicke auf die Stadt, was zum Teil der Grund dafür war, warum Sikes ihr Hauptquartier auf die 51. Etage des Wolkenkratzers verlegt hatte, den sie vom ersten bis zum letzten Stockwerk besaß. Sikes hatte viele Stunden damit verbracht, nach draußen zu blicken und ihr angehendes Imperium zu überschauen. Fürs Erste richtete sie ihre Aufmerksamkeit jedoch auf die Szene, die vor ihr zu sehen war.

Sie spulte das Video zurück und sah es sich noch einmal an. Sobald Nancy tot auf dem Boden lag, ließ Sikes das Video weiterlaufen. Jemand hatte es mit der Aufzeichnung von dem über den Flur rennenden Jungen zusammengeschnitten und Sikes genoss einen Moment lang seine schiere und offensichtliche Panik.

Ollie Turner.

So hieß der Junge anscheinend.

Turner. Turner. Warum kam ihr dieser Name bekannt vor?

Es war ein recht geläufiger Name. Wahrscheinlich hatte sie in diesem fürchterlichen Internat, in das ihre Eltern sie gegen ihren Willen gesteckt hatten, einen Lehrer namens Turner gehabt – eine Erfahrung, die nicht einmal jahrelange Hypnotherapie aus ihrem Geist hatte löschen können.

Sikes spulte das Video zurück und war bis zur Mitte gekommen, als es an ihre Bürotür klopfte. Bullseye hob den Kopf und knurrte, als wäre er über die Unterbrechung genauso verärgert wie Sikes.

»Aus, Bullseye«, sagte sie und griff nach unten, um ihn mit einem krallenartigen Fingernagel hinter dem Ohr zu kraulen.

Sikes kannte die Theorie, dass Hunde oft ihren Besitzern ähnelten, und wusste, dass das auf sie und Bullseye durchaus zutraf. Bullseye war ein Sibirischer Husky, eine Rasse, deren elegante Erscheinung über ihr gnadenloses Wesen hinwegtäuschte, was man gewiss auch von Sikes hätte sagen können. Das Fell des Hundes war wie Sikes' Haare weiß wie Schnee und er trug ein mit Diamanten besetztes Halsband, das Sikes passend zu ihrer unbezahlbaren Uhr hatte anfertigen lassen. Und wenn Bullseye knurrte, sprach eine Brutalität aus seiner Miene, die eine verblüffende Ähnlichkeit mit der von Sikes aufwies, wenn sie lächelte.

»Herein.«

Sikes' Assistent, Grimwig, steckte den Kopf ins Zimmer. Er war ein kleiner Mann mit einem unvorteilhaften Gesicht. Mit seinen kurzen spitzen Zähnen und seinen weit auseinanderstehenden Augen sah er beinahe wie ein Hai aus. Sein Verstand hingegen war so scharf wie ein Tranchiermesser.

»Ihr Besuch ist hier, Ms Sikes«, sagte er. »Auf die Minute pünktlich.«

Sikes nickte. »Zeig ihm, was er sehen muss. Sorge dafür, dass er sich gleich an die Arbeit macht.«

Grimwig machte eine Art Verbeugung. Er wandte sich gerade zum Gehen, als Sikes noch einmal sprach.

»Die Polizistin. Hast du die Leiche entsorgt?«

»Auf die übliche Art und Weise, Ms Sikes.«

Damit wollte er sagen, dass Nancy Bedwins letzte Handlung darin bestanden hatte, ein Bad in der Themse zu nehmen.

Sikes lächelte und entließ Grimwig mit einer Handbewegung. Ihr Assistent schlüpfte aus dem Raum und schloss leise die Tür hinter sich.

Sikes griff wieder nach unten und kraulte Bullseye hinter den Ohren. Man kümmerte sich um die Lieferung, der Arzt war zur Beaufsichtigung der letzten Vorbereitungen ins Land geschmuggelt worden und Nancy Bedwin war aus dem Rennen. Es fügte sich alles wunderbar.

Und da war natürlich noch der junge, in einem Standbild auf Sikes' Computerbildschirm festgehaltene Ollie Turner. Eine verpasste Gelegenheit, das hatte sie schon vorher gedacht. Aber vielleicht konnte Ollie Turner immer noch ihr 100. Opfer werden. Es wäre das Tüpfelchen auf dem i und der passende Auftakt zur Enthüllung von Maddy Sikes' grandiosestem Meisterwerk.

7 DANNYS RAZORS

Sie waren *wieder* in den Tunneln. Geführt von Sol hatte Ollie *wieder* den Kissenbezug auf dem Kopf. Und es war *wieder* dieselbe Crew: Dodge, Sol, Lily und Flea, doch diesmal war auch Erik mitgekommen. *Gemeinsam sind wir stark*, hatte Dodge gesagt, was die anderen aber offenbar kein bisschen beruhigt hatte. Sie marschierten in nordwestliche Richtung in den Teil der Stadt, der von Danny Hunter und seinen Razors kontrolliert wurde.

Laut Dodge war Danny Anfang 50 und führte seit seinem 17. Geburtstag die Razors an. Unter Dannys Vater waren sie noch als die Panther bekannt gewesen, doch die Art, wie Danny den Rasierer seines Vaters benutzte, hatte für den Wechsel an der Spitze gesorgt und der Bande ihren neuen Namen gegeben. Seitdem trug jedes Mitglied von Dannys Gang ein Rasiermesser in der Tasche – und das nicht, weil sie eine Glattrasur bevorzugten.

Je mehr Ollie über Danny Hunter erfuhr, umso erleichterter war er darüber, dass er ihm nie würde begegnen müssen. Er hatte beschlossen, mit Dodge und den anderen loszuziehen, würde sie aber verlassen, sobald sie in Camden ankamen. Der Haven war irgendwo im Osten der Stadt, soweit er das verstanden hatte, Camden lag also ohnehin auf seinem Heimweg.

Das, was er zu Flea gesagt hatte, hatte er ernst gemeint, auch wenn die Wut aus ihm gesprochen hatte. Er wollte nicht im Haven bleiben. Wichtiger noch, er konnte es nicht. Er musste die Polizei darüber informieren, was Nancy zugestoßen war. Und Ollie hatte eine Spur für die Ermittler. Einen Namen.

Maddy Sikes.

Wenn Sikes in der Londoner Unterwelt tatsächlich so eine große Nummer war, wie Dodge und die anderen es hatten anklingen lassen, wussten Nancys Kollegen vermutlich schon alles über sie. Und sobald sie Sikes mit Nancys Tod in Verbindung brachten, war es bestimmt nur eine Frage der Zeit, bis man sie zur Rechenschaft zog.

Oder?

Ollie spürte, wie Sol ihn um eine Ecke führte, und der Gestank verriet ihm, dass sie wieder unten in der Kanalisation waren. Dodge ging an der Spitze und Flea, Lily und Erik bildeten das Schlusslicht. Die Gruppe hinter ihm unterhielt sich gedämpft und Ollie hörte unwillkürlich mit.

»Ich hab einen«, verkündete Flea.

»Einen was?«, wollte Erik wissen.

»Einen Namen. Für uns. Du weißt schon, für den *Ermittlungsflügel*«, sagte Flea.

»Wir brauchen keinen Namen«, warf Lily ein. »Warum willst du unbedingt einen erfinden? Wir sind doch bloß ein Haufen Teenager, sonst nichts. Bei dir sind es immer gleich *Missionen*, *Strategien* und *Einsätze*. Wenn du unbedingt Soldat spielen willst, warum schließt du dich dann nicht der Armee an?«

»Äh, ist das jetzt dein Ernst?«, sagte Flea zu seiner Schwester.

»Schau doch mal, was wir machen. Schau, wohin wir unterwegs sind. Wir *sind* Soldaten, falls es dir noch nicht aufgefallen ist. Und jede militärische Einheit braucht einen Namen. Das ist eins der Dinge, mit denen man Leuten Angst einflößen kann.«

»*Angst*? Wir sind hier, um Leuten zu helfen, schon vergessen? Warum sollten wir irgendjemandem *Angst* einflößen wollen?«

»Nur ... für den Fall. Hättest du nicht ein besseres Gefühl dabei, Danny Hunters Revier zu betreten, wenn du wüsstest, dass seine Gang genauso viel Angst vor uns hat wie wir vor ihnen?«

Lily gab mütterliche Laute von sich, als würde sie ein kleines Kind trösten. »Ooh. Mir war nicht klar, dass du Angst hast, kleiner Bruder. Soll dir deine große Schwester die Hand halten?«

Sol und Erik lachten. Sogar Ollie musste unter seinem Überzug lächeln.

»Hey. Macht nicht so ’n Krach!«

Auf Dodges Ermahnung hin verstummte das Gelächter.

»Acht Minuten, Schwesterherz«, murmelte Flea. »So viel älter bist du als ich. Acht läppische Minuten.«

»Und doch fühlt es sich wie acht Jahre an«, gab Lily zurück. »Aber es heißt ja auch, dass Mädchen schneller erwachsen werden als Jungs.«

Sol und Erik glucksten, leiser diesmal, um nicht noch einmal Dodges Ärger auf sich zu ziehen.

»Also?«, fragte Sol nach einer Pause. »Was ist das für ein toller Name, der dir eingefallen ist, Flea?«

»Sag ich euch nicht«, grummelte Flea.

Diesmal musste Lily lachen.

»Was denn?«, wollte Flea wissen. »Bringt ja eh nichts, wenn es keinen von euch interessiert.«

»Jetzt sei nicht so«, sagte Sol. »*Uns* interessiert's. Nicht wahr, Erik?«

»Klar doch«, meinte Erik, der sich alle Mühe gab, aufrichtig zu klingen. »Komm schon, Flea. Spuck's aus. Wir lachen auch nicht, versprochen.«

»Ich verspreche gar nichts«, warf Lily ein. »Nur damit das klar ist.«

Flea beachtete sie nicht. »Seid ihr bereit?«, fragte er. »Ihr werdet voll drauf abfahren, das garantiere ich euch.« Er legte eine Pause ein, einem Trommelwirbel gleich. »Wir sind … *die Schattenmarionetten*«, verkündete er in seiner überzeugendsten Filmtrailer-Stimme.

Sie blieben alle gleichzeitig stehen … und dann brachen Sol, Erik und Lily in schallendes Gelächter aus. Lily lachte so heftig, dass ihr immer wieder ein kleines Quieken durch die Nase entwischte.

»*Die Schattenmarionetten*«, wiederholte sie. Sie wollte noch mehr sagen, brachte aber nichts heraus.

»Was denn?«, fragte Flea sauer. »Was ist daran so lustig? Wir arbeiten doch im Schatten, oder? Und Marionetten … sind irgendwie unheimlich. Daher Schattenmarionetten. Perfekter Name.«

Erneutes Gelächter brach los. Lily fasste sich als Erste wieder, allerdings nur, weil sie vom vielen Lachen völlig ausgelaugt war. Sie hörte sich an wie ein Auto, das gerade seine letzten Tropfen

Benzin aufbrauchte. »Du hast gesagt, du wolltest Leuten *Angst* einflößen«, sagte sie, »nicht ihnen einen Grund geben, sich über uns lustig zu machen.«

Noch mehr Gelächter. Ollie war sich nicht sicher, wohin Dodge verschwunden war – vermutlich war er noch ein Stück weitergegangen, als Ollie und die anderen stehen geblieben waren –, aber bei dem erneuten Krach kam er schnell zurückgeeilt.

»Was zum Teufel treibt ihr da eigentlich?«, fauchte Dodge. »Ihr kennt die Regeln, wenn wir hier unten sind. Nur weil wir den Inspektionszeitplan kennen, heißt das nicht, dass wir in den Tunneln allein sind.«

Die anderen verstummten sofort. Auch wenn Ollie sie nicht sehen konnte, war er sich ziemlich sicher, dass sie alle den Kopf hängen ließen. Ollie schätzte Dodge zwar erst auf 15, doch er genoss definitiv die Autorität eines Erwachsenen.

»Wir haben was zu erledigen, schon vergessen?«, fuhr Dodge fort. »Konzentrieren wir uns darauf, die verschwundenen Kids zu finden.«

Alle murmelten Entschuldigungen. Ollie hörte, wie Dodge sich umdrehte und wütend den Tunnel hinunterstürmte. Sol nahm Ollie beim Arm und sie liefen zusammen los.

Eine Weile war es still, so still, wie Ollie es einmal im Unterricht erlebt hatte, nachdem sein Lehrer der ganzen Klasse eine ordentliche Standpauke gehalten hatte. Aber genau wie damals spürte Ollie, wie sich die Stimmung wieder aufhellte. Wie damals musste die Gruppe wieder Augenkontakt miteinander hergestellt haben.

»Die Schattenmarionetten«, hörte er Sol murmeln und Ollie stellte sich vor, wie er Lily ein verstohlenes Lächeln zuwarf.

Ollie lächelte auch, aber nicht über den Namen, den Flea vorgeschlagen hatte. Es war vielmehr der Teamgeist, den er beobachtete, die Tiefe der Freundschaft, die zwischen diesen Teenagern zu existieren schien, etwas, das er selbst nie wirklich gekannt hatte.

Fünf Ecken später kam die ganze Gruppe zum Stehen.

»Sorry noch mal wegen des Kissenbezugs«, sagte Dodge, während er ihn Ollie vom Kopf zog. »Wir haben nicht oft Besucher im Haven. Und egal, wie sehr wir ihnen auch vertrauen, wir können das Risiko einfach nicht eingehen.«

Ollie blinzelte, rieb sich die Augen und sah, dass sie neben einer Leiter stehen geblieben waren, die zu einem Gullydeckel hinaufführte.

»Wenigstens habt ihr mich diesmal nicht gefesselt.«

Dodge blickte verlegen. »Ja, das war wohl ein bisschen übertrieben. Ich wollte es in dem Moment nicht sagen, aber ich dachte, ich hätte gehört, wie uns jemand den Tunnel entlang folgte. Es blieb also keine Zeit für eine vernünftige Erklärung.«

»Stopp mal«, warf Lily ein. »Jemand ist euch gefolgt? Meinst du vom Lagerhaus? Warum hast du nichts erzählt?«

»Ich habe gesagt, ich *dachte*, ich hätte jemanden gehört. Wahrscheinlich habe ich mir das nur eingebildet.«

Lily schwieg, aber ihr war deutlich anzumerken, dass sie das nicht beruhigte.

»Genug gelabert«, sagte Dodge. »Die Razors warten, vergesst das nicht.«

»Hoffen wir mal, dass sie *nicht* warten«, grummelte Sol.

Sie stiegen die Leiter hoch und kletterten hinaus in die Mittagssonne. Dodge warf allen einen Proteinriegel zu und Ollie verschlang seinen. Er hatte seit dem Essen mit Nancy am Vorabend nichts mehr in seinen Magen bekommen.

Sie kamen in der Nähe eines Kanals heraus, Dodge führte sie einen Abhang hinunter und dann einen Treidelpfad entlang. Der Kanal war hübsch anzusehen, die Sonne glitzerte auf der Oberfläche und die überhängenden Bäume streckten ihre Äste zum Wasser hin. Doch es stank fast ebenso übel wie unten in der Kanalisation.

»Normalerweise wären wir nicht jetzt schon an die Oberfläche gekommen«, erklärte Dodge, »aber wenn du uns wirklich verlassen willst, Ollie, dann trennen sich unsere Wege hier. In 500 Metern ist eine Kreuzung, die dich nach Hause führt. Das heißt, wenn du dir wirklich sicher bist.«

Ollie warf Lily einen kurzen Blick zu. »Ich bin mir sicher«, erwiderte er. Er war Dodge und den anderen dafür dankbar, was sie für ihn getan hatten, und er wünschte ihnen Glück, doch er hatte seine eigene Schlacht zu kämpfen.

In geschlossener Formation marschierten sie los. Mittlerweile ging Ollie schon fast aus Gewohnheit neben Sol.

»Du solltest bleiben«, sagte Sol plötzlich zu ihm. »Dodge hatte recht mit dem, was er gesagt hat. Dass du gut zu uns passen würdest.«

Ollie lächelte dankbar, warf Flea aber unwillkürlich einen Blick zu.

»Vergiss das alte Ekelpaket da drüben«, meinte Sol. »Du könntest aus Schokolade bestehen und mit Marshmallows besprenkelt sein und er würde trotzdem einen Grund finden, dich nicht zu mögen. So ist er einfach.«

»Danke«, sagte Ollie. Er und Sol hatten die ganze Zeit einen Stein wie einen Fußball zwischen sich hin und her gekickt und Ollie trat ihn jetzt ins Wasser. »Aber ... Nancy«, warf er ein. »Ich muss herausfinden, was mit ihr passiert ist.«

»Deine Freundin, meinst du?«

Ollie nickte nur, weil er kein Wort herausbrachte. Sol hakte nicht weiter nach.

»Warum mögen sie euch eigentlich nicht?«, fragte Ollie ein paar Schritte weiter. »Die Gang, meine ich. Ihr helft doch Jugendlichen? Und gibt es in Banden nicht viele Jugendliche?«

»Sie sind *alle* Jugendliche, die meisten jedenfalls.«

»Warum mögen sie euch dann nicht?«

»Genau aus dem Grund«, erwiderte Sol.

Ollie sah ihn verständnislos an.

»Du hast es doch selbst gesagt«, erklärte Sol. »Die Gangs in dieser Stadt, vor allem die kriminellen, ziehen Jugendliche in ihre üblen Geschäfte rein. Nehmen sie aus der Schule, versprechen ihnen Reichtümer und bringen sie dazu, die Drecksarbeit für sie zu erledigen. Wir hingegen«, sagte er und zeigte auf Dodge und die anderen, »holen sie da raus. Wir geben ihnen eine *echte* Chance. Helfen ihnen, ihr vorheriges Leben wieder aufzunehmen, wenn es noch nicht zu spät ist, oder nehmen sie mit zum Haven. Wir geben ihnen was zu essen, eine Unterkunft und eine Ausbildung. Wir geben ihnen eine Familie.« Sol wurde rot und blickte auf seine Füße. »Das klingt bestimmt kitschig.«

»Nein, ich … Tut es nicht.« Es klang sogar wie das genaue Gegenteil von kitschig, auch wenn Ollie nicht wusste, wie er das ausdrücken sollte. »Dann hassen sie euch also, weil ihr ihnen die Mitglieder ausspannt?«, fragte er stattdessen. »Liegt es daran?«

»Im Grunde, ja«, stimmte Sol zu. »Bei Danny Hunter hat das aber noch tief liegendere Gründe. Sogar viel tief liegendere. Weißt du, Flea und Lily …«

Aber weiter kam er nicht. Weder er noch Ollie hatten aufgepasst, wohin sie gingen, und liefen geradewegs in Fleas Rücken.

Vor ihnen und an beiden Ufern standen Kinder und Jugendliche und versperrten ihnen den Weg. Manche waren sogar jünger als Ollie. Die meisten waren so alt wie Dodge oder älter. Es waren mehr als 20 und sie waren Dodge und seiner Gruppe vier zu eins überlegen. Und alle hielten ein aufgeklapptes, gefährlich schimmerndes Rasiermesser in der Hand.

»Wir haben uns schon gefragt, ob ihr es wagen würdet, hier aufzutauchen.«

Ein Junge sprach von einem der Ufer zu ihnen herüber. Seine breiten Schultern verdeckten die Sonne, die direkt hinter ihm stand, sodass Ollie eigentlich nur seinen Umriss ausmachen konnte. Er bewegte sich und Ollie wich vor dem plötzlichen Gleißen der Sonne zurück. Als er noch einmal hinsah, war der Junge auf den Treidelpfad hinuntergerutscht, direkt in ihre Mitte.

»Wir haben sogar eine Wette abgeschlossen«, fuhr der Junge fort. »Die meisten haben dagegen gewettet. Und ich werde einen Mordsgewinn machen.« Der Junge grinste und Ollie war sich nicht sicher, ob er das »Mords« buchstäblich oder bildlich meinte. Das Rasiermesser des Jungen blitzte an seiner Seite.

Ollie betrachtete einen Moment lang die anderen Gangmitglieder, die beide Ufer säumten. Manche hatten Fahrräder: klapprige, abgeranzte Dinger, die offenbar kurz vorm Auseinanderfallen waren. Andere standen mit unglücklichen Mienen in abgewetzten Turnschuhen da. Am meisten fiel Ollie auf, wie bedrückt sie alle aussahen. Hier war nichts von dem Teamgeist zu spüren, den er bei der Haven-Crew beobachtet hatte. Die Razors schienen sich vor allem knallhart geben zu wollen.

»Aber«, fuhr der Junge fort, »ich muss schon sagen, dass ich überrascht bin, dich hier zu sehen, Flea. Und Dodge, hast du deine Lektion nicht schon beim letzten Mal gelernt? Ich hätte gedacht, dass dir deine Narbe als Warnung gedient hätte.«

Dodge hielt die Hand an die Narbe an seiner Wange.

»Wir müssen mit Danny sprechen, Zeke. Wir sind nicht hier, um Ärger zu machen.«

Der Junge – Zeke – lachte. Er war etwa 16 und dünn wie eine Bohnenstange, aber Ollie hatte den Eindruck, dass er hart im Nehmen war. Wie die meisten, die um sie herumstanden, trug er Baggy Jeans und ein Tanktop.

»Nicht hier, um Ärger zu machen«, wiederholte Zeke. »Und doch scheint es immer welchen zu geben, wenn ihr in der Nähe seid.«

Zeke wandte sich an Flea. Er trat einen Schritt vor, bis sie beinahe Nase an Nase dastanden. »Was ist mit dir, Flea? Bist du hier, um Ärger zu machen? Solltest du zu dieser Tageszeit nicht in der Schule sein?« Er sagte diesen letzten Satz mit einem spöttischen Unterton und seine Kumpels lachten. Zeke blickte um sich und genoss die Bewunderung.

Flea nutzte den Moment, um noch näher an ihn heranzutreten. »Das solltest du auch irgendwann mal ausprobieren«, sagte er. »Dann lernst du vielleicht sogar was, wie zum Beispiel, dass das Leben nicht nur daraus besteht, durch die Gegend zu rennen und mit Besteck rumzufuchteln. Du nennst dich einen Razor, Zeke, dabei bist du bloß 'n Loser, der zu große Angst davor hat, Verantwortung für sein eigenes Leben zu übernehmen.«

Flea hatte eindeutig einen wunden Punkt getroffen und Zeke reagierte darauf, indem er sein Rasiermesser anhob. Er hielt es Flea vor die Nase und ließ es dann laut zuschnappen.

»Ihr wollt also Danny sprechen«, sagte er. »Na, da habt ihr Glück. Denn zufälligerweise will Danny auch mit euch sprechen.«

8 HOHER EINSATZ

Zeke und die anderen Gangmitglieder eskortierten sie durch die Nebenstraßen Camdens. Schließlich blieben sie vor einem scheinbar verlassenen Theater stehen, das den Schauspielhäusern rund um Leicester Square ähnelte, jedoch nicht so glamourös war wie die im West End. Wenn Zeke ihnen nicht bedeutet hätte, vor dem Gebäude zu halten, wäre es Ollie gar nicht aufgefallen.

Sie gingen durchs Foyer, in dem es so dunkel war, dass Ollie nichts richtig erkennen konnte. Sobald sie alle durch eine Tür in den Zuschauerraum getreten waren, schaltete jemand irgendwo das Licht ein.

Es war kein Theater mehr. Die Gebäudehülle war zwar immer noch vorhanden: die gewölbten Wände, die verzierten Decken, der Balkon, auf dem einmal Sitzplätze gewesen waren. Aber alle Sitze waren herausgerissen und die Bühne auf Fußbodenhöhe heruntergesetzt worden. An ihrer Stelle standen jetzt unterschiedlichste grün bezogene Tische, die größtenteils mit verschiedenen Gittern, Linien und Zahlen versehen waren. Als Ollie ein Rouletterad bemerkte, begriff er, dass sie sich in einem Casino befanden. Einem illegalen Casino, vermutete Ollie, da man sich außen große Mühe gab, unauffällig zu bleiben.

»Gefällt euch, wie ich hier alles umgekrempelt habe?«

Die Haven-Leute drehten sich gleichzeitig um und Ollie sah, wie zwei Männer das Theater durch eine Seitentür neben der ehemaligen Bühne betraten. Zuerst war er sich nicht sicher, welcher der beiden Männer das gesagt hatte. Sie sahen identisch aus. Dunkler Anzug, finsterer Blick und größer als Ollie, auch wenn er auf einem Stuhl gestanden hätte.

Aber dann tauchte ein kleiner Mann zwischen ihnen auf. Er trug einen weißen Anzug mit braunen Lederflicken an den Schultern. Statt einer Krawatte hatte er eine dieser komischen cowboytypischen Schnüre um den Hals, die vorne mit einer Brosche zusammengehaltenen werden. Seine Gürtelschnalle war breiter als Ollies Hand und auf dem Kopf trug er die Sorte Hut, die Ollie nur aus Western kannte.

Das war wohl Danny Hunter. Seine Leibwächter traten beiseite und standen stramm, während Danny auf die Gruppe zusteuerte. Er schien beim Gehen zu klappern und es dauerte einen Moment, bis Ollie begriff, dass das Geräusch aus Dannys Hand kam.

»Ein Hauch Las Vegas im guten alten London«, verkündete Danny und ließ die Hand über das Casino schweifen. »Aber ich erwarte von euch Kids nicht, dass ihr das zu schätzen wisst.«

Er nahm den Hut ab und warf ihn auf einen der Spieltische, ließ sich dann daneben auf einem Hocker nieder und schlug ein Bein über das andere. Dabei entblößte er ein Paar glänzende Leder-Cowboystiefel. In seiner Hand klapperte es weiter.

Mit einem Sprung setzte sich Zeke auf den Roulettetisch und ließ die Beine baumeln. Er lächelte voller Vorfreude.

Danny Hunter sah sowohl älter als auch jünger aus als seine 50 plus. Jünger, weil er keine Falten hatte und sein nach hinten gekämmtes Haar kein bisschen grau war. Älter, weil die Tatsache, dass er keine Falten hatte und sein Haar so schwarz war, komisch wirkte. Sein Gesicht schien wie in Stein gemeißelt und Ollie fragte sich, ob das die Folge von zu viel plastischer Chirurgie war – man wurde *selbst* zu Plastik und fing an, einer Barbie oder so zu ähneln. In Dannys Fall natürlich nicht Barbie. Vielmehr einem Cowboy-Ken.

Danny hob die klappernde Hand und ließ das, was er darin verbarg, über den grünen Stoff des Tisches rollen. Es waren Würfel. Allem Anschein nach aus massivem Gold.

Danny warf einen Blick auf das, was er geworfen hatte, und lächelte finster. Er nahm die Würfel vom Tisch und fing an, sie erneut zu schütteln.

»Ihr habt Glück«, sagte er. »Bei einer geraden Zahl hätte ich jeden von euch an Ort und Stelle umbringen lassen.«

Ollie sah sich schnell nach Dannys Leibwächtern um. Er zählte jetzt sechs von ihnen im Raum.

»Aber ich bin versucht, euch alle trotzdem umbringen zu lassen«, fuhr Danny fort. »Sogar dich, Lily.«

Lily setzte sich an die Spitze der Gruppe. »Hallo, Onkel Danny«, sagte sie.

Ollie blickte zu Sol. *Onkel Danny?*

Sol nickte kaum merklich. *Sag nichts, Ollie.*

Danny Hunter knallte eine Faust auf den Tisch. Ollie schreckte unwillkürlich zurück.

»Onkel!«, brüllte Danny. Seine unbändige Wut spiegelte sich auf seinem künstlichen Gesicht. »Das Recht, mich ›Onkel‹ zu nennen, hast du schon vor langer Zeit verloren!«

Lily schaute nervös zu Dodge. Ollie beschlich das Gefühl, dass hier nichts wirklich nach Plan lief.

»Und was dich betrifft, Fletcher.« Danny Hunter richtete seinen Zorn jetzt auf Flea. »Dafür, dass du den Nerv hast, hier aufzutauchen, sollte ich dich von meinen Razors zu Fischfutter verarbeiten lassen!«

»Du kannst es sie gerne probieren lassen«, erwiderte Flea.

Danny gab ein plötzliches Lachen von sich.

»Ha! Du hast Mumm, Fletcher, das muss ich dir lassen«, sagte er und schaute wieder finster. »Es ist nur schade, dass dir deine schulische Ausbildung nicht mehr Grips beschert hat. Wenn du ein Razor geblieben wärst, statt Lily zu überreden, mit dir wegzurennen, hättest du dir mit deinem Gerede vielleicht kein frühes Grab geschaufelt.«

»Wenn ich ein Razor geblieben wäre, wäre ein frühes Grab genau der Ort gewesen, an dem ich gelandet wäre. Und was Lily betrifft …«

»Lily kann für sich selbst sprechen, danke«, schnitt ihm Lily das Wort ab. »Flea hat mich zu gar nichts überredet, Onkel Danny. Ich bin gegangen, weil ich es wollte. Weil ich ein besseres Leben wollte. Das hätte sich Mum auch für mich gewünscht. Das hätte sie sich für uns beide gewünscht.«

Ollie war überrascht zu sehen, wie Lily die Hand ihres Bruders nahm.

Danny schenkte ihnen ein plastikartiges Grinsen. »Na ja, ich hoffe, es war die Sache wert. Ich hoffe, Dodge ist der Meinung, dass es die Sache wert war.« Er fuhr sich mit einem Finger übers Gesicht und ahmte den Verlauf von Dodges Narbe nach. »Wenn du möchtest, dass sich das mal jemand ansieht, Dodge, kann ich dir einen guten plastischen Chirurgen empfehlen.«

»Nein, danke«, antwortete Dodge. »Ich habe seine Arbeit gesehen und bin, ehrlich gesagt, alles andere als beeindruckt.«

Ollie lächelte. Er konnte nicht anders. Dannys Blick fiel auf ihn wie ein Scheinwerfer.

»Und wer ist das? Ein neuer Rekrut? Du bist ganz schön tief gesunken, was, Dodge? Das sieht dir gar nicht ähnlich, Kinder zu rekrutieren, die noch in den Windeln stecken.«

»Ich bin …«, setzte Ollie an, aber Dodge legte ihm eine Hand auf die Schulter.

»Ollie ist ein Freund. Er ist nicht vom Haven. Er sollte nicht einmal hier sein. Er wollte gerade gehen, als uns deine Spielzeugsoldaten da draußen umzingelt haben.«

Zeke lachte hämisch. »Ihr habt es uns nicht gerade schwer gemacht«, höhnte er. »Ihr seid doch angeblich so gut.«

Flea spannte sich sichtlich an. Er warf Ollie einen wutentbrannten Blick zu.

»Es reicht jetzt«, sagte Danny. »Es interessiert mich nicht, wie ihr hier gelandet seid, und auch nicht, wer von euch eigentlich wo sein sollte. Ich möchte nur wissen, was ihr kleinen Kanalratten mit meinem Crewmitglied gemacht habt?«

»Moment mal … was?«, fragte Erik.

»Mein vermisster Razor. Der Junge, den ihr gestohlen habt. Ich will ihn zurück. *Sofort.*«

»Wir *stehlen* keine Kids«, erwiderte Erik, der nur etwas weniger ängstlich klang, als er aussah. »Wir befreien sie und retten sie vor Leuten wie dir.«

Dannys Hand hatte aufgehört zu klappern. Stattdessen wurden seine Knöchel so weiß, als würde er versuchen, die Würfel in seiner Hand zu zerquetschen.

»Setz deinem dreckigen kleinen Köter dort lieber einen Maulkorb auf, Dodge. Wenn er mich noch einmal so ankläfft, muss ich ihn einschläfern lassen.«

»Erik kann sagen, was er will«, erwiderte Dodge. »Vor allem, wenn es die Wahrheit ist.«

Ollie gefiel nicht, wie dieses Treffen verlief. Das Verhältnis zwischen dem Haven und Dannys Razors war eindeutig um einiges angespannter, als ihm klar gewesen war.

»Glaubst du ernsthaft, wir hätten dein Revier betreten, wenn wir uns deinen Razor geschnappt hätten?«, fragte Lily. »Es sind noch andere Kids verschwunden, weißt du. Andere Gangmitglieder aus der ganzen Stadt. Die Polizei hat bisher nichts unternommen, deshalb kümmern wir uns jetzt darum. *Deshalb* sind wir hier. Um herauszufinden, was ihnen allen zugestoßen ist.«

»Außerdem«, warf Flea ein, »was bedeutet dir schon ein verschwundenes Bandenmitglied, Danny? Kids wie Zeke da drüben – wie ich und Lily – sind austauschbar, oder? Ist das nicht überhaupt erst der Grund, warum du Minderjährige deine Drecksarbeit machen lässt?«

Ollie bemerkte, dass Zeke sich unbehaglich wand. Er wirkte auf einmal viel jünger, wie er zu Danny sah, damit dieser ihn beruhigte. Der Boss der Razors nahm Zekes Anwesenheit nicht einmal zur Kenntnis.

»Er ist nicht einfach irgendein Razor«, stieß Danny hervor. »Der Junge, der verschwunden ist, ist mein Sohn. Alles klar? Mein Junge Harvey. Und du hast ihn entführt, so wie du meine Nichte entführt hast!«

Die Haven-Crew, sogar Lily und Flea, waren überrascht.

»Dein *Sohn*?«, wiederholte Dodge.

»Bitte«, sagte Danny, »spar dir das Theater. Ihr wusstet, wer er war, als ihr ihn mir gestohlen habt. Und ihr hättet wissen müssen, dass das Konsequenzen haben würde. Jetzt sagt mir, wo er ist, oder ihr erfahrt diese Konsequenzen am eigenen Leib.«

»Wir waren es nicht!«, platzte Sol heraus. »Vielleicht hast du recht und jemand hat deinen Sohn aus einem bestimmten Grund entführt, aber glaubst du allen Ernstes, dass wir so dumm sein würden?«

»Ihr seid doch hier aufgetaucht, oder? Wenn das kein Beweis für eure Dummheit ist, weiß ich auch nicht.« Danny zeigte auf die Männer in den Anzügen. »Reiht sie alle auf«, befahl er. »An der Wand.«

»Hey!«, schrie Lily, die sie als Erste gepackt hatten.

Weitere Gangmitglieder erschienen wie aus dem Nichts, und obwohl Ollie und die anderen sich zu wehren versuchten, standen sie kurz darauf in einer Reihe und wurden jeweils von zwei Razors an Ort und Stelle festgehalten.

Danny hob einen zwischen Daumen und Zeigefinger geklemmten Würfel hoch, damit ihn alle vom Haven sehen konnten.

»Sechs Ziffern, sechs kleine Kanalratten. Du«, er zeigte auf Ollie, der am Anfang der Reihe stand, »bist die Nummer eins. Und du …«, er grinste Flea hämisch an, der am Ende der Reihe stand, »du bist die sechs. Jeder bekommt eine Zahl und wessen Zahl ich würfele, den bringe ich als Erstes um. Und dann machen wir so lange weiter, bis mir einer von euch verrät, wo mein Sohn ist.«

»Bitte, Onkel«, flehte Lily, »tu das nicht!«

Ollie schaute von ihr zu Dodge, weil er wusste, dass Dodge etwas sagen, etwas tun würde, um sie aus dieser Lage zu befreien. Aber Dodge sah so hilflos aus, wie Ollie sich fühlte.

»Nichts für ungut, Fletcher«, sagte Danny. »Aber ich hoffe aufrichtig, dass ich als Erstes eine Sechs würfele. Sie war schon immer meine Glückszahl, weißt du.« Er lächelte, schüttelte den Würfel und senkte die Hand, um ihn auf den Tisch zu werfen.

»Warten Sie!«

Ollie spürte, wie sich ihm alle Blicke zuwandten. Dannys Hand erstarrte Zentimeter über dem grünen Tischbezug.

»Ein Wurf«, stammelte Ollie. »Geben Sie uns … einen Wurf.«

»Wovon redest du überhaupt?« Danny verengte die Augen, während er sich auf Ollie konzentrierte.

»Hören Sie, ich … ich kenne Sie nicht«, fuhr Ollie fort. »Ich kenne diese Leute nicht mal, mit denen ich unterwegs bin, nicht wirklich zumindest. Ich habe sie erst vor ein paar Stunden getroffen.« War Dodge wirklich erst vor so kurzer Zeit in sein Leben gerauscht? »Aber die Sache ist die«, sagte Ollie, »ich weiß, dass sie die Wahrheit sagen. Sie haben Ihren Sohn nicht entführt. Ich war bei ihnen, als sie davon erfahren haben. Und sie sind trotzdem hierhergekommen. Lily, Flea, sie alle, obwohl sie bestimmt gewusst haben, wie Sie reagieren würden.«

Dannys maskengleiche Gesichtszüge waren nicht leicht zu deuten, aber es hatte zumindest den Anschein, als würden ihn Ollies Worte ins Grübeln bringen.

»Also ein Wurf«, drängte Ollie. »Geben Sie uns einen Wurf. Egal, welche Zahl Sie würfeln, so viele Tage haben wir, um Ihren Sohn zu finden. Und ihn zurückzubringen.«

Ollie spürte die Reaktion der anderen neben ihm.

»Uns«, sagte Danny Hunter. *»Wir.* Hast du nicht gesagt, dass du diese Kids nicht kennst?«

Er hatte recht. Ohne auch nur darüber nachzudenken, hatte Ollie sich auf eine Seite geschlagen und beschlossen, sich mit Dodge und den anderen zusammenzutun.

»Ich kenne sie nicht. Aber ich vertraue ihnen. Und das sollten Sie auch. Uns zu töten, wird Ihren Sohn nicht zurückbringen. Aber wenn Sie uns eine Chance geben … einen Wurf … werden Sie es nicht bereuen, versprochen. Was haben Sie schon zu verlieren?«

Eine gefühlte Ewigkeit lang antwortete Danny nicht. Er starrte vor sich hin und spielte mit dem Würfel in seiner Hand.

»Bringt ihn her«, kommandierte er schließlich.

Im nächsten Moment wurde Ollie von jemandem in Richtung Tisch geschubst. Aus der Nähe sah Danny sogar noch künstlicher aus, als er es aus sechs Schritten Entfernung getan hatte. Ollie musste sich zusammenreißen, um nicht die Nase zu rümpfen. Das wäre für Danny Hunter bestimmt zu viel gewesen.

»Ein Wurf«, sagte Danny und hielt einen seiner polierten goldenen Würfel hoch. Er packte Ollie am Arm und drückte ihm den Würfel in die Hand. »Ich schlage vor, du machst das Beste draus.«

Der Würfel war erstaunlich schwer, ob es am Metall oder an der Last der Verantwortung lag, konnte Ollie nicht sagen. Er sah hinter sich. Dodge begegnete ängstlich seinem Blick. Lily nickte ihm einmal zu.

Ollie wandte sich zurück zum Tisch. Er schüttelte den Würfel, wie Danny es getan hatte, und ließ ihn auf die grüne Fläche fallen. Er kippte, rollte und kam schließlich zum Ruhen.

Ollie überprüfte die Zahl, die er geworfen hatte, und stöhnte auf.

Danny nahm den Würfel. »Ihr solltet euch besser schnell an die Arbeit machen«, sagte er mit einem Lächeln. »24 Stunden, meine Freunde. So viel Zeit hat euer neuer Kumpel für euch rausgeschlagen. Das bedeutet, dass ihr genau bis morgen Mittag habt.«

Von den anderen kam ein verzweifeltes Raunen. Ollie konnte sie nicht ansehen, als ihn zwei der Razors zurück an seinen Platz in der Reihe zerrten.

»Bei so einem kleinen Zeitfenster könntet ihr bestimmt ein

wenig Ansporn vertragen«, meinte Danny und hielt den Würfel hoch. »Dieselben Regeln wie gerade. Diesmal würfele ich, um zu sehen, wen von euch ich hierbehalte als … sagen wir mal, meinen Gast.«

»Hey!«, sagte Dodge. »Das ist nicht fair!«

»Mein Spieltisch«, antwortete Danny, »meine Regeln.«

»Aber wenn wir nur einen Tag haben, um hinter die Sache zu kommen, brauchen wir jeden von uns! Das ist unser bestes Team. Du kannst uns nicht trennen!«

»Ich kann und werde es tun. Und ich werde denjenigen, der hierbleiben muss, gut behandeln. Zumindest in den nächsten 23 Stunden und 59 Minuten. Sollte aber der Rest von euch nicht wieder mit meinem Sohn hier auftauchen … Na ja. Ich brauche euch wohl nicht zu erklären, was dann passiert.«

Danny Hunter grinste und seine grausamen grauen Augen blitzten auf wie die Rasiermesser seiner Crew. Er blies in seine Hand … und ließ den Würfel über den Tisch rollen.

9 ABWESENDE FREUNDE

Zu fünft standen sie bestürzt und nervös auf dem Bürgersteig. Sie bildeten einen lockeren Kreis und jetzt, da Danny sie aus seinem Casino geworfen hatte, blieb Ollie nichts anderes übrig, als sich seinen Freunden zu stellen.

Freunde, ging ihm durch den Kopf. So dachte er mittlerweile über sie, auch wenn er sich nicht mehr sicher war, ob er das Recht dazu hatte.

Dodge, der Ollies Blick bisher ausgewichen war, stand ihm gegenüber und schaute so erschüttert, wie Ollie sich fühlte. Flea hingegen hatte Ollie, seit sie draußen waren, unentwegt finstere Blicke zugeworfen. Neben Flea starrte Sol ausdruckslos vor sich hin und schüttelte stumm den Kopf. Auf seiner anderen Seite war ein Platz frei geblieben wie für das fehlende Teammitglied, das von Danny und seinen Lakaien festgehalten wurde. Und dann war da noch Lily. Sie sah Ollie an, aber Ollie hatte nicht den Mumm, ihren Blick zu erwidern.

Er sah auf den Boden und versuchte, Worte dafür zu finden, wie sehr es ihm leidtat. Was mit Erik passierte, war seine Schuld, und seinetwegen mussten sich die anderen einer so unmöglichen Aufgabe stellen. *Einen Tag.* Mehr Zeit hatten sie nicht, um einen verschwundenen Jungen in einer Stadt mit einer Bevölkerung von mehr als acht Millionen Menschen zu finden, vorausgesetzt, Harvey Hunter war überhaupt noch in der Stadt. Und das alles nur, weil Ollie seine große Klappe nicht halten konnte.

Eine Hand legte sich schwer auf seine Schulter und ließ ihn hochschrecken. Ohne dass Ollie es gemerkt hatte, war Dodge an ihn herangetreten.

Er sah auf und wappnete sich für das, was als Nächstes kommen würde. Sein Innerstes fühlte sich an, als hätte er kalte Schnecken verschluckt.

Doch Dodge sagte einfach »Gut gemacht« und lächelte.

Ollie konnte zuerst nur blinzeln. »Aber …«, brachte er heraus und sonst nichts.

Flea drückte stellvertretend Ollies Erstaunen aus. »Du gratulierst ihm auch noch?«, stieß er hervor. »Wofür? Seinetwegen ist Erik jetzt eine Geisel! Er hat uns allen eine Aufgabe aufgehalst, die wir nie im Leben rechtzeitig lösen können. Da finden wir eher die bescheuerte Nadel im Heuhaufen! Und du sagst ›gut gemacht‹?«

Dodge fuhr Flea an. »Und ob ich ihm gratuliere. Wenn Ollie nicht gewesen wäre, wäre mindestens einer von uns tot. Vielleicht du, Flea, und in dem Fall hat dir Ollie gerade das Leben gerettet.«

»Pah. Danny Hunter hat doch nur geblufft. Er wollte uns Angst einjagen, das ist alles. Um herauszufinden, ob wir wirklich nicht wissen, wo sein Sohn steckt.«

»Also mir kam es nicht so vor, als würde er bluffen«, wandte Sol ein und stellte sich neben Ollie.

»Weil er es nicht getan hat«, stimmte Lily ihm zu. »Ich kenne meinen Onkel besser als irgendjemand sonst und er blufft nie. Weder beim Glücksspiel noch im wirklichen Leben. Ollie hat uns da rausgehauen, mehr gibt's dazu nicht zu sagen.«

Flea warf ungläubige Blicke um sich. »Jetzt im Ernst?«, fuhr er sie an. »Kann etwa keiner von euch erkennen, was für eine Belastung er für uns ist? Wäre er nicht gewesen, wären wir erst gar nicht in einen Hinterhalt geraten. Und er hat eine Eins gewürfelt, verdammt noch mal!«

»Er hat 24 Stunden für uns rausgeholt, was einen Tag mehr ist, als irgendeiner von uns geschafft hat«, erwiderte Dodge. »Harvey Hunter zu finden, war sowieso Teil unserer Mission, auch wenn wir nicht gewusst haben, dass wir nach Dannys Sohn suchen. Und was die Frist betrifft, war es von Anfang an ein Rennen gegen die Zeit. Nur steht jetzt auf einmal viel mehr auf dem Spiel als vorher.«

Ein Schweigen legte sich über die verbliebenen Haven-Mitglieder, während sie in Gedanken bei ihrem gefangenen Kameraden waren.

»Glaubt ihr, er wird ihm wehtun?«, fragte Ollie. »Danny Hunter. Wird er Erik wehtun?«

»Er wird ihn umbringen«, antwortete Lily, »keine Frage. Aber nicht, bevor unsere Zeit um ist. Bis dahin wird Danny sein Wort halten und auf Erik aufpassen. Hätte er Flea als Geisel genommen, bin ich mir nicht sicher, ob ich dasselbe sagen könnte.« Lily sah ihren Bruder vielsagend an, eine Warnung, seine Wut nicht mehr an Ollie auszulassen.

Flea schnaufte, blieb aber still.

»Ist er wirklich dein Onkel?«, fragte Ollie Lily. »Deiner und Fleas? Was ist mit euren … ich meine …«

»Unseren Eltern?«

Ollie nickte.

»Sie sind gestorben, als wir noch klein waren. Unsere Mum jedenfalls. Sie hatte Krebs. Unseren Vater haben wir nie kennengelernt. Er hat sich noch vor unserer Geburt aus dem Staub gemacht.«

»Er ist abgehauen, meinst du?«

»Jep. Um den ist es nicht schade, wenn du mich fragst. Wenn er nicht den Mumm hatte, bei uns zu bleiben und sich um uns zu kümmern. Aber als unsere Mum gestorben ist, war Danny Hunter unser nächster lebender Verwandter. Er hat uns aufgenommen und war zuerst auch nett zu uns. Jedenfalls zu mir. Er und Flea haben sich nie wirklich verstanden.«

»Weil ich ihn von Anfang an durchschaut habe, deshalb«, sagte Flea und strich mit einem Fuß über den Bürgersteig.

»Er ist nicht durch und durch schlecht«, wandte Lily ein. Und als sich die anderen überrascht zu ihr drehten, ergänzte sie: »Nicht immer jedenfalls. Mehr schlecht als gut, keine Frage, und das ist auch der Grund, warum Flea und ich letztendlich gegangen sind.«

»Ich habe sie auf der Straße gefunden«, sagte Dodge zu Ollie. »Es hat ein bisschen gedauert, bis ich sie überzeugen konnte, aber dann haben sie sich unserer Sache doch angeschlossen.«

»Zuerst dachten wir, der Haven wäre nur eine weitere Gang«, erklärte Lily, »und wir hatten ein für alle Mal genug von Gangs.

Aber dann hat uns Dodge gezeigt, was der Haven wirklich ist. Wofür er steht. Und wir haben es nie bereut.«

»Und diese Narbe«, sagte Ollie und zeigte zögerlich mit dem Kopf auf Dodge. »Danny Hunter hat sie dir verpasst? Wofür? Als Strafe?«

Dodge betastete das Narbengewebe, das sich quer über sein Gesicht zog. »Als Strafe, ja. Aber auch als Warnung, damit wir uns seinem Eigentum nicht nähern. Denn so betrachtet er im Grunde seine Razors. Nicht als Menschen, sondern als Dinge.«

Ollie runzelte die Stirn. Obwohl sie sich der Gefahr bewusst gewesen waren, in die sie sich begaben, waren Dodge, Flea und Lily – Sol und Erik auch – freiwillig in Danny Hunters Höhle marschiert. Für andere junge Menschen, die sie nicht einmal kannten. Von so heldenhafter Selbstlosigkeit las man sonst nur in Comicheften.

Einen Moment lang erschienen ihm alle im Haven-Team größer. Vielleicht war es aber auch nur Ollie, der sich auf einmal kleiner fühlte.

»Was ist mit deinen Eltern, Ollie?«, fragte Lily. »Was ist mit ihnen passiert?«

Ollie verlagerte sein Gewicht. Er redete nicht gerne über seine Eltern, nicht einmal mit Nancy, als sie noch am Leben war. Aber mit Lily und den anderen fiel es ihm irgendwie leichter.

»Ein Bombenanschlag«, sagte er. »Auf einen Bus. Vor etwa sechs Jahren.«

»Ich erinnere mich daran«, warf Sol ein. »In der Nähe von Trafalgar Square, oder? Ein Stadtrundfahrtbus?«

Ollie nickte.

»Und deine Eltern waren an Bord?«, hakte Lily nach.

Tränen waren in Ollies Augen getreten. Er wischte sie weg und hoffte, dass die anderen sie nicht bemerkt hatten. »Sie sind nur vorbeigelaufen. Das war alles. Nur vorbeigelaufen.«

Eine Wolke schob sich vor die Sonne und in ihrem Schatten trat für einen Moment Stille ein.

»Wir haben alle rührende Geschichten zu erzählen, PJ«, sagte Flea barsch. »Wir alle. Und auch alle, die du im Haven treffen wirst: Wir haben viel mehr durchgemacht, als es irgendein Kind sollte.«

Die anderen nickten.

»Na ja«, sagte Dodge nach einer kurzen Pause. »Was sagst du, Ollie?«

»Was sage ich zu was?«

»Möchtest du die anderen vom Haven treffen? Kommst du mit uns zurück oder verabschieden wir uns jetzt voneinander?«

Wieder blickte Ollie in die Runde und musterte die Gesichter der anderen Gruppenmitglieder. Flea wollte, dass er ging, das stand schon mal fest. Sol, vermutete Ollie, wollte, dass er blieb. Was Dodge und Lily betraf, war Ollie nach der Auseinandersetzung mit Danny Hunter eigentlich davon ausgegangen, dass sie mit Flea einer Meinung sein würden. Aber dann hatten sie ihn verteidigt.

Und dann war da noch die Sache mit Erik. Da er an Eriks Gefangennahme nicht ganz unschuldig war, was blieb Ollie da noch übrig?

»Ich komme mit euch«, sagte er und freute sich stumm über Lilys Lächeln. »Wenn ihr damit einverstanden seid, dass ich vorher noch etwas erledige.«

Es dauerte nicht lange, bis sie Ollies Straße erreichten. Sie waren nicht wieder in die Kanalisation hinabgestiegen, blieben aber unterwegs wachsam, weil sie niemandem begegnen wollten. Und das galt nicht nur für Danny Hunters Gang. Wenn Ollie recht hatte, wurde es immer wahrscheinlicher, der Polizei in die Arme zu laufen, je näher sie seiner Wohnung kamen.

Und tatsächlich. Als sie um die Ecke in die Seitenstraße einbogen, sah Ollie die Polizeiabsperrung um das Gebäude, in dem sich ihre Wohnung befand. Leute von der Spurensicherung kamen und gingen aus dem Haus und auf der Straße waren ein, zwei, drei, *vier* Polizeiautos geparkt.

»Boah!«, entfuhr es Sol, als er und die anderen sich hinter einem Lieferwagen versteckten. »Sie haben keine Zeit verschwendet. Wenn die Polizei so viele Ressourcen bereitstellen würde, um die verschwunden Straßenkids zu finden, wäre der Fall im Handumdrehen gelöst.« Er bemerkte Ollies Stirnrunzeln. »Entschuldige, Ollie. Ich wollte nicht … Ich hab nur gemeint …«

»Ich weiß, was du gemeint hast«, sagte Ollie. »Und du hast bestimmt recht. Es liegt mit Sicherheit daran, dass Nancy eine von ihnen ist. Wenn ein Kollege oder eine Kollegin verschwindet, tun sie alles, um sie wiederzufinden.«

»Hm«, murrte Flea. »Eine Regel für sie, eine andere für Kids wie uns.«

»Das stimmt nicht«, gab Ollie zurück. »Es ist nur … Wenn deine Arbeit so gefährlich ist wie die der Polizei, musst du darauf vertrauen können, dass Leute für dich da sind. Wie Erik. Er weiß, dass ihr alles tut, was in eurer Macht steht, um ihn zu retten, oder? Und wenn du weißt, dass jemand auf dich aufpasst, kannst du dich selbstsicherer an deinen Job machen. Und wenn nötig, sogar dein Leben aufs Spiel setzen.« Ollie zuckte mit den Schultern. »Es ist einfach leichter, wenn du weißt, dass du Freunde hast«, beendete er den Satz. »So ist es wohl bei den meisten Dingen.«

Weder Flea noch irgendjemand sonst antwortete und Ollie begann sich zu fragen, ob das bescheuert geklungen hatte.

Aber dann hörte er Dodge sagen: »Du hast es kapiert, Ollie. Genauso ist es.«

Auf Ollies Gesicht stahl sich ein zaghaftes Lächeln. Dann richtete er seine Aufmerksamkeit wieder auf die Aktivitäten vor seinem ehemaligen Zuhause.

»Wonach halten wir eigentlich Ausschau?«, fragte Sol neben ihm.

Ollie zuckte mit einer Schulter. »Nach nichts eigentlich. Ich wollte mich nur vergewissern, dass sie über ihr Verschwinden Bescheid wissen. Dass jemand nach ihr sucht.«

Die anderen schwiegen respektvoll. Ollie spürte den Rhythmus seines Herzens, der in der Leere in seinem Inneren widerhallte.

»Ollie, dir ist klar, dass sie nach dir suchen, oder?«, fragte Lily sanft. »Für die Polizei bist du auch verschwunden.«

Daran hatte Ollie gar nicht gedacht. Machte das aus ihm einen Flüchtigen? Auch wenn sein einziger Fehler gewesen war, der Polizei nicht mitzuteilen, dass man ihn gefunden hatte?

»Vielleicht sollte ich sie wissen lassen, dass es mir gut geht«, sagte Ollie. »Und dieser Name, den du erwähnt hast. Maddy Sikes. Vielleicht sollte ich der Polizei von ihr erzählen, damit sie wissen, wo sie nach Nancy suchen müssen.«

»Nein.« Dodge richtete sich auf. »Wenn du jetzt zur Polizei gehst, Ollie, wird man dich nur in Pflege geben. Jugendamt, Sozialarbeiter und dieser ganze Kram. Das willst du doch nicht, oder?«

Ollie war sich ziemlich sicher, dass er das nicht wollte.

»Außerdem«, fuhr Dodge fort, »brauchen wir dich. Ohne Erik fehlt uns ein Teammitglied und du hast schon bewiesen, was für eine Bereicherung du sein kannst.«

Flea atmete laut aus, sagte aber nichts.

»Du kannst später immer noch zur Polizei gehen«, warf Lily ein. »Wenn du meinst, dass du das tun musst.«

»Und wir können dir helfen«, fügte Sol hinzu. »Stimmt's, Dodge? Sobald wir die verschwundenen Kids gefunden und Erik gerettet haben, können wir auch Nancys Mord untersuchen. Oder?«

Dodge schien diese Idee nicht wirklich zu behagen, das konnte Ollie ihm anmerken. Doch er antwortete: »Wir können Nachforschungen anstellen. Ja, klar.«

Sol strahlte Ollie an, als wäre das somit geregelt.

Ollie blickte noch einmal unsicher zur Polizei hinüber. Ja,

er fühlte sich für Erik verantwortlich, aber er stand auch in Nancys Schuld. Wie konnte man zu einer Entscheidung kommen, wenn das Richtige zu tun, gleichzeitig bedeutete, etwas Falsches zu machen?

»Los, gehen wir«, sagte Dodge. »Vergesst nicht, die Uhr tickt. Und wenn wir zu Hause sind, Ollie, gibt es da jemanden, den du kennenlernen solltest.«

10 RUNDGANG

Ollie war mit Dodge allein.

Im Haven angekommen, hatten sich die anderen in der Eingangshalle verabschiedet. Sie wollten sich bei Jack und Song zurückmelden, ihnen die Situation mit Erik erklären und herausfinden, ob es neue Hinweise gab. Die Uhr tickte und sie mussten sich etwas einfallen lassen, um Erik zu retten – und zwar schnell.

Sol hatte auch noch etwas von Hausaufgaben gemurmelt, die er zu machen hätte und mit denen er anfangen wollte, während er und die anderen auf Dodge warteten. Anscheinend war das eine der Haven-Regeln. Wenn man keine Abmahnung bekommen wollte, musste man seine Hausaufgaben pünktlich abgeben. Drei Verweise und man war draußen. Es war so und nicht anders. Keine Entschuldigungen, keine Ausnahmen. Da es im Haven keine Erwachsenen gab, die Regeln durchsetzten, gehörte es zu den Aufgaben des Ermittlungsteams, den anderen ein gutes Vorbild zu sein.

Bevor Sol und Lily davongestürmt waren, hatten sich die beiden noch kurz Zeit genommen, um Ollie viel Glück zu wünschen.

»Egal, was passiert«, hatte Sol ihm geraten, »sag die Wahrheit. Sie merkt es immer, wenn man etwas vor ihr verbirgt.«

Wer ist sie?, hatte Ollie fragen wollen. *Wen genau werde ich gleich treffen?*

Aber weder Sol noch Lily hatten ihm die Gelegenheit dazu gegeben und er blieb in dem heruntergekommenen Mosaikflur mit nur Dodge an seiner Seite zurück.

Dodge warf einen Blick auf seine Uhr. Ollie wusste, dass er einen 24-Stunden-Countdown eingestellt hatte, nachdem die Razors sie auf die Straße geworfen hatten.

»Komm«, sagte Dodge zu Ollie. »Ich muss noch was erledigen, bevor wir nach oben gehen. Und unterwegs kann ich dich ein wenig herumführen.« Er blickte noch einmal auf seine Uhr. »Leider wird es aber nur die Turboführung.«

Anders als bei Ollies letztem Besuch im Haven liefen jetzt auch noch andere Kinder und Jugendliche in den Fluren herum. Es war wie in der kurzen Pause zwischen zwei Unterrichtsstunden an Ollies Schule.

Doch trotz der scheinbaren Abwesenheit von Lehrern benahmen sie sich alle unglaublich vorbildlich. Sie waren zwar laut, aber es rannte und prügelte sich niemand, lediglich Gespräche und Gelächter waren zu hören. Manche Kinder waren gerade mal acht oder neun, schätzte Ollie. Ein oder zwei wirkten älter als Dodge.

Zum ersten Mal seit seiner Ankunft bekam Ollie einen Eindruck davon, wie viele junge Leute im Haven zu Hause waren.

»Bei der letzten Zählung waren wir 122«, sagte Dodge, als könnte er Ollies Gedanken lesen. »Wir hätten hier noch Platz für mindestens 200 mehr und ich wünschte, wir könnten es uns leisten, noch mehr aufzunehmen. Es gibt da draußen weiß Gott wie viele Kids, die unsere Hilfe gebrauchen könnten.«

Ollie erinnerte sich an den Streit zwischen Dodge und Flea darüber, warum Ollie von der Sperre für Neuankömmlinge ausgenommen werden sollte. Auch wenn er nie darum gebeten hatte, fühlte er sich trotzdem nicht besser damit, einen Platz in Anspruch zu nehmen, der an jemand Bedürftigeren hätte gehen können.

»Die Jüngsten sind acht«, erklärte Dodge. »Die Ältesten sechzehn. Alle müssen vor ihrem 18. Geburtstag gehen. Sie können andere Orte aufsuchen, wenn sie Hilfe brauchen, aber der Haven ist ein Zufluchtsort für Minderjährige.«

Ollie betrachtete noch einmal die Kinder und Jugendlichen, die sich um sie herum im Flur befanden. Es gab keine Uniform. Sie trugen alle ganz normale Klamotten: Jeans oder Leggings, T-Shirts und Kapuzenpullis. Die Kleider sahen ab und an ein bisschen schäbig aus. Bei denen, die ein wenig zu groß für ihre Kleider geworden waren, spähten Socken und nackte Handgelenke hervor, aber insgesamt hatte Ollie den Eindruck, dass sie Sachen trugen, in denen sie sich wohlfühlten.

Er wünschte, seine Schule würde ihren Schülern dasselbe erlauben. In St. Jerome's musste jeder eine Krawatte und, noch viel schlimmer, eine *lilafarbene* Uniform tragen.

Hier gab es nur einen Hinweis darauf, dass sie alle zum selben Ort gehörten. Jeder, an dem Ollie vorbeikam, trug irgendwo an seiner Kleidung ein kleines *H*. Bei manchen waren es richtige Anstecker an der Brust, andere hatten es auf ihre Ärmel gestickt. Wieder andere – die in Tanktops zum Beispiel – hatten den Buchstaben einfach auf ihre nackte Haut gezeichnet. Es war allerdings kein gewöhnliches *H*. Die Mittellinie war schräg und länger, als sie hätte sein sollen, und der Buchstabe war von einem Dreieck umrahmt.

Es musste eine Art Geheimzeichen sein, dachte Ollie. Ein kleines Symbol des Zusammenhalts. Es sah ziemlich cool aus, musste er zugeben. Viel besser als das bescheuerte Wappen von St. Jerome's, das wie ein Drache und ein Phoenix aussehen sollte, aber eher einer Taube ähnelte, die von einem Krokodil gefressen wurde.

Ollie hatte das Symbol bei keinem Mitglied des Ermittlungsteams gesehen. Falls sie es trugen, verbargen sie es vermutlich. Auch wenn er bisher nur einen kleinen Einblick in das bekommen hatte, was Dodge und die anderen so trieben, hatte er bereits gelernt, dass sie manchmal im Geheimen tätig werden mussten. Ein großes H, das auf ihren Kleidern prangte, hätte sie wahrscheinlich eher verraten.

Dodge bemerkte, wie Ollie es sich ansah.

»Das H steht für Hogwarts«, sagte Dodge. »Wir sind hier alle Harry-Potter-Fans, weißt du.«

Ollie war sich zuerst nicht sicher, ob er Witze machte. Es war bewundernswert, wie Dodge keine Miene verzog, bis er Ollie schließlich seine Grübchen zeigte.

»War nur 'n Witz«, sagte er. »Es steht natürlich für Haven. Und das Dreieck … Wusstest du, dass das Dreieck in der Natur die stärkste Form ist? Jegliche externe Kraft verteilt sich gleichmäßig auf seine drei Seiten.«

Ollie erinnerte sich daran, dass Mr Mendelssohn, sein Naturwissenschaftslehrer, einmal etwas Ähnliches erklärt hatte, nur hatte Ollie damals nicht wirklich aufgepasst. Wahrscheinlich war er in Gedanken schon beim Mittagessen gewesen oder bei der Welt, die er gerade in Minecraft baute, oder bei irgendetwas anderem, worüber er nicht nachdenken sollte – so wie meistens, wenn Ollie in der Schule war. Es war nicht so, dass Ollie nicht gerne lernte. Das tat er durchaus. Er hatte nur etwas gegen die Art, wie die Fächer unterrichtet wurden.

Andere an seiner Schule sahen das genauso, das wusste Ollie, aber im Haven schien es niemanden zu geben, der kein Lächeln im Gesicht hatte. Hier liefen die Dinge offensichtlich anders, auch wenn Ollie nicht genau wusste, warum.

Unterwegs grüßte Dodge alle, an denen sie vorbeikamen. Er klatschte sie ab, reckte ihnen die Faust hin oder grinste sie fröhlich an. Er schien den Namen jedes Einzelnen zu kennen und jeder kannte seinen. Dodge war eindeutig so etwas wie ein Star.

Die Kinder und Jugendlichen schienen jetzt alle in den Klassenzimmern zu verschwinden, doch als sich die Menge auf dem Flur lichtete, trat ihnen ein kleiner, etwa neunjähriger Junge entgegen. Dodge und Ollie blieben stehen.

»Ähm«, sagte der Junge und trippelte von einem Fuß auf den anderen.

Dodge blickte zu Ollie und lächelte. Er ging in die Hocke, damit er mit dem Jungen auf Augenhöhe war.

»Hi … Leo, stimmt's?«

Der Junge nickte.

»Was kann ich für dich tun, Leo?«

Der Junge wurde knallrot und schien die Luft anzuhalten. Einen besorgten Moment lang dachte Ollie, er würde ersticken.

Aber dann platzte Leo heraus: »Kann ich ein Autogramm von dir haben?« und hielt Dodge einen Stift und ein Heft hin.

Jetzt war Dodge an der Reihe, rot zu werden. Er sah fast genauso verlegen aus wie Leo. »Na ja, ich …«

»Bitte, Mr Dodge«, bettelte der Junge und Ollie musste sich abwenden, um sein Grinsen zu verbergen.

Dodge unterdrückte ebenfalls ein Lächeln. »Klar doch«, erwiderte er und wurde weich. »Da.« Er kritzelte etwas auf eine Seite von Leos Heft und reichte es ihm zurück. »Jetzt aber schnell«, sagte er. »Der Unterricht fängt gleich an.«

Der Junge riss den Blick nicht von Dodges Unterschrift los, als er wie in Trance auf sein Klassenzimmer zusteuerte.

»*Mr Dodge*?«, sagte Ollie und kicherte, sobald Leo außer Hörweite war.

Dodge lachte. »Wenn du irgendjemandem erzählst, dass er mich so genannt hat, verrate ich allen, dass du im Pyjama durch London gerannt bist, als ich dich gefunden habe.«

Ollie grinste. »Ich nehme dieses Geheimnis mit ins Grab«, schwor er.

Sie gingen weiter. Dodge zeigte mit einer ausschweifenden Armbewegung auf den jetzt leeren Flur. »Also, wie du siehst, ist das der Unterrichtsflügel. Alle Stunden finden hier unten statt.

Falls du beschließt, länger bei uns zu bleiben, wirst du auch hier in die Schule gehen.«

Der Gedanke, diesen Ort zu verlassen, versetzte ihm jetzt schon einen Stich, aber Ollie wusste, dass er es irgendwann tun musste.

»Ich … werde nicht lange hier sein«, sagte er. »Nur bis wir Erik befreit haben. Und … du weißt schon. Falls du irgendwas tun kannst, um bei Nancys Fall zu helfen.«

Ollie fing etwas in Dodges Blick auf, das ihm das Gefühl gab, dass Dodge jetzt schon mehr wusste als er.

»Na ja«, sagte er. »wie auch immer. *Wenn* du bei uns bleibst, würdest du hier in den Unterricht gehen. Zumindest was die typischen Fächer betrifft. Der Lehrplan des Ermittlungsteams ist ein wenig … sagen wir, umfangreicher. Es gibt ein paar spezielle Fächer, die nur wir belegen.«

Das machte Ollie gegen seinen Willen neugierig. »Was für spezielle Fächer?«

»Du weißt schon«, sagte Dodge leichthin. »Medizinische Ausbildung, Überlebenstechniken, Gegenspionage. Oh, und Nahkampf.«

Ollie blieb stehen. »Nahkampf?«

»Im Prinzip ist es Karate mit ein bisschen Jiu-Jitsu.«

Nicht zum ersten Mal – und sicher auch nicht zum letzten – war Ollie sprachlos.

»Das klingt … nützlich«, brachte er schließlich heraus.

Dodge antwortete nur mit einem Lächeln.

»Aber wer unterrichtet das alles?«, fragte Ollie. »Du hast

doch gesagt, dass hier keine Erwachsenen leben. Oder? Wer bringt euch das alles bei?«

Dodges Lächeln wurde breiter. »Ich habe schon überlegt, wann du mich das fragen würdest.«

Dodge führte Ollie zur Tür eines der Klassenzimmer. Da sie fensterlos war, konnte Ollie nicht in den Raum sehen. Nachdem er kurz durch das Holz gelauscht hatte, klopfte Dodge und öffnete die Tür.

In dem Klassenzimmer saßen etwa ein Dutzend Kinder und Jugendliche auf einem runden Teppich, der den Holzboden nicht ganz bedeckte. Von einem Lehrer oder einer Lehrerin oder sonst jemandem, der die Stunde leitete, gab es keine Spur, bis ein Mädchen im Kreis aufstand.

»Entschuldigt die Unterbrechung«, sagte Dodge. Unnötigerweise, da es niemanden in dem Raum zu stören schien. Im Gegenteil, ein aufgeregtes Raunen ging durch die Klasse, vermutlich, weil Dodge sie mit seiner Anwesenheit beehrte.

»Ollie«, fuhr Dodge fort, »das ist Trish«, und zeigte dabei auf das Mädchen, das jetzt vor ihnen stand. Ollie schätzte sie auf etwa zwölf oder dreizehn. Sie hatte rotes gewelltes Haar und einen überraschten Ausdruck auf dem Gesicht. »Trish unterrichtet Russisch. Stimmt's, Trish?«

»Heute nicht. Heute unterrichte ich Deutsch. Wie du sehr gut weißt, Dodge. Das ist eigentlich Eriks Klasse. Wo ist er?«

»Das ist der Grund, warum wir vorbeigeschaut haben«, erwiderte Dodge zerknirscht. »Erik ist … beschäftigt. Er muss etwas für das Ermittlungsteam erledigen. Die Sache ist … leider unausweichlich. Aber er ist bald zurück, um den Unterricht wieder zu übernehmen. In höchstens ein, zwei Tagen.«

»Ein, zwei Tage?«, wiederholte Trish. »Ist das dein Ernst?«

»Ist nicht optimal, ich weiß«, sagte Dodge entschuldigend.

»Ich habe selbst genug zu tun, weißt du«, gab Trish zurück. »Und ich muss auch noch meine eigenen Stunden unterrichten.«

Die anderen Kinder verfolgten das Gespräch stumm, den Blick fest auf Dodge gerichtet.

»Das verstehe ich«, räumte Dodge ein. »Und ich werde versuchen, eine weitere Vertretung zu finden, versprochen.«

Er warf Trish ein Lächeln zu und sie wurde rot. Sie schaute böse, um es zu verbergen.

»Danke, Trish«, sagte Dodge. »Ich bin dir sehr dankbar, wirklich.« Er winkte der Klasse zu, die es erwiderte, und trat gemeinsam mit Ollie wieder raus auf den Flur. Mit einem Schulterzucken schloss Dodge die Tür hinter ihnen. »Jetzt hat sie mich bestimmt für immer auf dem Kieker«, flüsterte er Ollie zu. »Trish gehört zu den intelligentesten Leuten hier, weshalb sie ständig zusätzliche Stunden aufgehalst bekommt. Als würden wir sie dafür bestrafen, dass sie so viel weiß.«

»Dann sind es *Jugendliche*, die unterrichten?«, hakte Ollie nach. »*Alle* Fächer?«

Dodge führte Ollie vom Klassenzimmer weg und lief schnell den Weg zurück, den sie gekommen waren.

»Genau«, bestätigte er. »Nicht alle sprechen fließend vier Sprachen so wie Trish. Aber alle können *etwas* beitragen, auch wenn sie mit den Jüngeren nur die Sachen durchgehen, die sie im Jahr zuvor gelernt haben. Wenn Leute aus der Achten Kindern aus der Siebten helfen, ist der ganze Lehrstoff noch frisch in ihren Köpfen. Und außerdem ist Unterrichten eine der besten Methoden, um Gelerntes im Gedächtnis zu festigen, das sonst in Vergessenheit geraten könnte.«

»Ihr unterteilt alle in Jahrgänge? Achte Klasse, siebte Klasse und so weiter? Die im Deutschunterricht waren doch alle unterschiedlich alt, oder?«

»Bei den Hauptfächern halten wir uns grob an die Jahrgänge, aber im Grunde gehen wir vom Wissensstand der Leute aus. Wir sind da ganz flexibel. Es ist nur wichtig, dass jeder die Chance bekommt, das zu lernen, was er braucht.«

Sie hatten den Mittelsaal erreicht und gingen nebeneinander die Treppe hoch.

»Wir versuchen auch, alle anzuspornen, einander zu helfen«, fuhr Dodge fort. »Darum sitzen die Klassen im Kreis. Wenn es niemanden gibt, der in einem bestimmten Fach die nötigen Kenntnisse hat, benutzen wir Lehrbücher, um uns das Thema gemeinsam zu erschließen. Meistens haut das ganz gut hin. Und so kommen wir auch um das Problem herum, dass wir uns keine Tische leisten können.« Er lächelte müde.

»Was ist mit Prüfungen? Tests und so?«

»Also«, sagte Dodge, »die gibt's bei uns nicht.«

Ollie musste unwillkürlich grinsen. Keine Tests? Das klang zu schön, um wahr zu sein.

»Da es den Haven offiziell nicht gibt, können wir die Prüfungskommission nicht wirklich darüber unterrichten, wer wir sind. Aber alle können an Prüfungen teilnehmen, nachdem sie den Haven verlassen haben, und bestehen sie ausnahmslos mit Bravour. Und überhaupt«, meinte Dodge, »vertreten wir die Auffassung, dass nur das wichtig ist, was man weiß. Nicht das, woran man sich zufällig am Tag der Prüfung erinnert.«

Das war es, dachte Ollie: Es war, als hätte jemand eine Schule entworfen, die zuallererst an die Kinder denkt. Keine Lehrer, keine Chefs, keine Politik. *Kinder*.

Sie hatten den zweiten Stock erreicht. Ollie hatte erwartet, dass Dodge ihn einen der Flure entlangführen würde, die genau wie unten auch hier wie Radspeichen von der Mitte aus abgingen. Stattdessen stieg er weiter die Treppe hinauf.

»Hast du nicht gesagt, dass ihr nie hier hochkommt?«

»Ich habe nicht nie gesagt«, erwiderte Dodge. »Ich habe gesagt, dass wir nur dann hochgehen, wenn es sich nicht vermeiden lässt. Du weißt schon ... wenn es nicht anders geht.« Er zeigte auf das Stockwerk, an dem sie vorbeigingen. »Im zweiten Stock sind übrigens die Schlafräume. Im ersten befindet sich alles Mögliche. Hier passiert eine Menge langweiliges Zeug – Verwaltung, Logistik und so 'n Kram –, aber auch die Mehrheit der aufregenden Sachen.«

Ollie hätte Dodge gebeten, das weiter auszuführen, aber seine Gedanken galten ganz der Person, die sie gleich treffen würden.

»Ist ... diese Person ... «, sagte Ollie. »Wer auch immer das ist. Vermeidet ihr es ihretwegen, hier hochzukommen?«

»Na ja …«, sagte Dodge und neigte den Kopf hin und her. »Zum Teil. Vielleicht. Auf manche trifft das zu. Aber wie ich schon sagte, liegt es hauptsächlich daran, dass der dritte Stock buchstäblich auseinanderfällt. Und Unfälle sind das Letzte, was wir brauchen. Auch wenn wir über ein paar medizinische Fachkenntnisse verfügen, sind wir nicht gerade die Uniklinik.«

Sobald sie den obersten Stock erreichten, erkannte Ollie, was Dodge meinte. Die Wände bestanden größtenteils aus offenem Mauerwerk und jedes zweite Dielenbrett schien zu fehlen. Dem Geländer um den Mittelsaal herum fehlten die meisten Pfosten und das bedeutete, dass Ollie, sollte er stolpern (und es lag genug herum, über das man stolpern konnte), seinen Sturz auf den Mosaikboden des darunterliegenden Stockwerks nur mit wedelnden Armen würde verlangsamen können. Keine Bordunterhaltung, keine Getränke von der Bar, nicht einmal genug Zeit, um seinen Gurt anzulegen. Nur ein sekundenschneller Flug und eine sehr unglückliche Landung.

Dodge lief selbstsicher auf dem Balkon herum und vermied geschickt die Lücken im Boden. Ollie blieb direkt hinter ihm und drückte sich so nah wie möglich an die Wand, was nicht einfach war, weil auf dieser Seite die meisten Bretter fehlten.

»Ist diese Person also der Boss?«, rief Ollie. Er hatte angenommen, dass Dodge das Sagen hatte, aber in Gedanken stellte er sich ein Mädchen auf einem behelfsmäßigen Thron mit einer Krone auf dem Kopf vor, während der Raum um sie herum zu Staub zerfiel. Wie eine verrückte Prinzessin aus einem Märchen oder so was in der Art.

»Niemand hat wirklich das Sagen, zumindest nicht so, wie du es dir vorstellst. Wenn überhaupt ist Tante Fay mehr so was wie eine … Leitfigur.«

»*Tante* Fay?«

»So nennen wir sie. Ihr richtiger Name ist Felicity. Felicity Fagin.«

Ollie dachte über den »Tanten«-Teil nach. »Ist sie also erwachsen? Hast du nicht gesagt, hier gäbe es keine Erwachsenen?«

Dodge lachte. »Es würde ihr, glaube ich, überhaupt nicht gefallen, ›erwachsen‹ genannt zu werden. Tante Fay passt in keine Schublade.«

»Warum nennt ihr sie dann ›Tante‹? Und warum haben alle so viel Angst vor ihr?«

Dodge wartete, bis Ollie ihn eingeholt hatte. Er war vor einer Doppeltür stehen geblieben, die genauso prächtig und massiv aussah wie die Eichentreppe. Wenn es irgendwo in diesem Gebäude einen Thronsaal gab, würde man ihn durch genau diese Art Eingang betreten.

»Sei nicht so nervös, Ollie. Du musst eigentlich vor nichts Angst haben.«

»Was meinst du mit *eigentlich*?«

Statt zu antworten, drehte sich Dodge um, drückte die Tür nach innen auf und wirkte dabei so, als würde er sich verbeugen. Mit einem unheilvollen Knarren öffneten sich die Flügel weit zum Thronsaal.

11 TANTE FAY

Das plötzliche Licht blendete Ollie. Im Flur draußen gab es keinen Strom und der dritte Stock war recht düster. Aber als Dodge die Türen geöffnet hatte, war es, als hätte er einen Vorhang zur Seite gezogen.

Sobald sich seine Augen an das Licht gewöhnt hatten, begutachtete Ollie, was er vor sich sah.

Es war kein Thronsaal, sondern auf wundersame Weise ein Garten. Doch sie befanden sich nicht im Freien. Ollie konnte die Seitenwände ausmachen, aber nicht, wo der Raum endete. Als er zur Decke blickte, begriff er, warum es so hell war. Sie bestand überwiegend aus Glas. Wie die Fenster, die er an anderer Stelle schon im Gebäude gesehen hatte, waren die Oberlichter mattiert, aber aus irgendeinem Grund erhellte ihr Glanz den Raum nur noch mehr. Durch das viele Grün und den leichten Dunst, der in der Luft waberte, wirkte es insgesamt nahezu … himmlisch.

»Sie ist irgendwo da drin«, sagte eine Stimme hinter ihm. Ollie drehte sich um und sah, wie Dodge den Flur hinunter verschwand.

»Kommst du nicht mit?«, rief Ollie ihm hinterher.

»Ich treffe mich mit den anderen, um einen Plan auszuarbeiten, wie wir Erik retten können. Wir kommen und holen dich, sobald es irgendwelche Neuigkeiten gibt. Außerdem trifft Tante Fay Neuankömmlinge gerne unter vier Augen. Geh schon. Pflück nur keine ihrer Blumen!«

Und schon war Dodge verschwunden und ließ Ollie allein zurück.

Ollie spähte in den Raum. Es war niemand zu sehen, nur endlose Reihen mit verschiedenen Pflanzen. Hohe, kleine, buschige, längliche. Ollie entdeckte Tomaten und Früchte, die wie Limonen aussahen, aber genauso gut Zitronen hätten sein können.

Alles war wie in einem riesigen Gewächshaus oder einem Gartencenter angelegt. Die Blumenkübel waren in Reihen aufgestellt und durch enge Wege getrennt. Hier gab es keine fehlenden Dielenbretter. Im Gegenteil, der Boden war stabil und, wie es schien, mit echtem Gras bedeckt.

Es war auch genauso heiß wie in einem Gewächshaus. Ollie schob sich die Ärmel seines Kapuzenpullis über die Ellbogen und folgte dem Weg. Er zwängte sich durch die dichten Blätter und fragte sich stumm, was hier wuchs. Es war nicht nur Obst. Die Blumen leuchteten so lebhaft, dass Ollie hätte schwören können, ihre Blüten wären gefärbt.

Nach einer Weile hörte er Stimmen und ging vom Hauptpfad ab in ihre Richtung.

Er traf auf Kinder, die sich um die Pflanzen kümmerten. Sie waren alle jung – die jüngsten, die Ollie bisher gesehen hatte. Allein oder zu zweit ernteten sie das Obst, schnitten Blätter zurück oder gruben die Beete um. Ein oder zwei beobachteten

Ollie, als er sich ihnen näherte, aber die meisten waren so in ihre Arbeit vertieft, dass sie ihn kaum bemerkten.

Kurz darauf erreichte Ollie einen mit Kies ausgelegten Platz, der einem Innenhof ähnelte. Wasser sprudelte leise in einem Brunnen und auf der gegenüberliegenden Seite des kleinen Platzes war die Person, vor der die anderen so viel Ehrfurcht gehabt hatten.

Die alte Frau stand mit dem Rücken zu ihm und untersuchte behutsam eine ihrer Pflanzen. Sanft strich sie über jedes Blatt und fuhr mit ihren faltigen braunen Fingern erst über die Oberfläche und dann die Unterseite entlang.

»Keine Angst, Ollie Turner. Was auch immer dir die anderen über mich erzählt haben, ich kann dir versichern, dass ich nicht beiße.«

Die Frau stand immer noch mit dem Rücken zu ihm und Ollie fragte sich, woher sie gewusst hatte, dass er da war. Er hatte sich ihr lautlos genähert und war noch nicht vom Gras auf den Kies getreten.

Das tat er jetzt, aber die Frau drehte sich nicht um.

»Sind Sie … Tante Fay?«, fragte Ollie. Er blieb neben dem Brunnen stehen und spürte, wie das Wasser seine Wange besprühte. In der Hitze und Feuchtigkeit des Gartens war es so kühl und erfrischend wie eine Klimaanlage.

Die Frau kicherte. »Eigentlich bin ich weder das eine noch das andere. Aber da mich alle hier so nennen, muss ich es wohl sein. Und wie alle anderen kannst du auch du zu mir sagen.«

Tante Fay rieb die Hände aneinander, während sie sich umdrehte. Sie war schlicht gekleidet, in einer einfachen Hose und einer Tunika. Ihr lockeres schwarzes Haar war mit grauen Strähnen durchzogen, als wäre ein Glitterschauer auf sie niedergeregnet. Sie lächelte nicht wirklich, aber es schien fast so, als wäre das auch gar nicht nötig. Aus ihrem Gesicht sprach ein freundliches Wesen, von den hohen runden Wangen bis zu den Lachfältchen, die wie Schnurrhaare von ihren Augen ausgingen.

Und es waren ihre Augen, die Ollie vor allem an ihr auffielen. Sie sahen wie verblichene Edelsteine aus, wie Jade, die ihren Glanz verloren hatte. Da wurde Ollie bewusst, dass Tante Fay blind war.

Sie trat auf ihn zu und ihre selbstsicheren Bewegungen täuschten darüber hinweg, dass sie nicht sehen konnte. »Ich wollte gerade einen Happen zu Mittag essen«, sagte sie. »Magst du mir Gesellschaft leisten?«

Ihre helle Handfläche nach oben gedreht, streckte sie die Hand aus und Ollie bemerkte einen kleinen Gartentisch und zwei Stühle, die auf einer Seite des Kiesplatzes aufgestellt waren. Der Tisch war reich gedeckt. Ollie sah Brot, Butter, Käse, Kirschtomaten, Salat und Gurkenscheiben sowie einen Krug mit Eiswürfeln, die zu Wasser zerschmolzen.

Ollie hörte ein Knurren und stellte fest, dass es sein Magen war.

»Das deute ich mal als ein Ja«, sagte Tante Fay kichernd und trat beiseite, damit Ollie voranging.

Er setzte sich auf einen der Metallstühle. Er musste sich unglaublich zusammenreißen, sich nicht sofort auf das Essen zu stürzen, und wartete stattdessen, bis Tante Fay ihm ein Stück Brot anbot.

»Nimm gleich drei Scheiben«, forderte sie ihn mit einem Augenzwinkern auf. »Aber iss ein bisschen Gemüse dazu.«

So etwas hätte Nancy auch gesagt und Ollies Hunger verwandelte sich in Übelkeit. Weil er nicht unhöflich erscheinen wollte, nahm er trotzdem einen Bissen Brot, und als er in die noch ofenwarme Kruste biss, gewann sein Hunger wieder mit aller Macht die Oberhand. Ollie schlang das Brot in vier riesigen Bissen hinunter und warf eine Tomate hinterher. Die Tomate explodierte in seinem Mund und überschwemmte seine Geschmacksknospen, sodass ihm einen Moment lang schwindlig wurde. Er war sich nicht sicher, ob er schon jemals so hungrig gewesen war oder etwas gegessen hatte, das so gut schmeckte.

Tante Fay stellte den Brotkorb an genau dieselbe Stelle zurück, wo er zuvor gestanden hatte, und wieder staunte Ollie über ihre sicheren Bewegungen. Und als er in ihre trüben Augen blickte, hätte er schwören können, dass sie ihn trotz ihrer Blindheit sehen konnte.

Sie verschränkte die Finger unter ihrem Kinn, ohne selbst zu essen, und Ollie fiel etwas auf ihrem linken Handrücken auf. Er unterbrach sein Kauen und schluckte mehr herunter, als in seine Kehle passte.

»Stimmt was nicht?«, fragte Tante Fay.

»Nein, ich ... Ihre Hand, ich meine, deine Hand, das ist alles. Dein Muttermal.«

»Ah.« Tante Fay lächelte und hielt Ollie die Hand hin, damit er sie genauer betrachten konnte. Er konnte fast nicht glauben, was er da sah: ein winziges H. Die Mittellinie war schräg und länger, als sie hätte sein sollen, und der Buchstabe war von einem Dreieck umrahmt. »Wie ich höre, schmücken sich die Kinder jetzt mit etwas Ähnlichem. Wenn ich denke, dass ich mich in deinem Alter immer dafür geschämt habe.«

»Du meinst ... Du konntest sehen? Als du jünger warst?«

Ollie bereute seine Frage augenblicklich. Es kam ihm unhöflich vor, eine Person nach ihrer Behinderung zu fragen, bevor sie sie selbst angesprochen hatte. Tante Fay schien das allerdings nicht zu stören.

»Das konnte ich. Aber ich muss sagen, dass ich mich ein wenig an der Unterstellung stoße, ich wäre jetzt alt.«

Ollie wusste nicht, was er sagen sollte. Es war nicht leicht, Tante Fays Alter zu schätzen, weil ihre dunkle Haut so gesund strahlte, wie Ollie es bisher nur bei Babys gesehen hatte. Andererseits konnte sie nicht jünger als siebzig sein und war vielleicht sogar achtzig oder neunzig.

Ollie überlegte, wie er sich am besten entschuldigen könnte, als Tante Fay ihm lächelnd bedeutete, dass sie ihn nur aufzog.

»Ich *bin* alt, Ollie. Leider kann ich das nicht leugnen. Ehrlich gesagt, habe ich hier nichts zu suchen, und das ist der Grund, warum ich mich meistens in meinem Garten verstecke und es euch jungen Leuten überlasse, diesen Ort so zu führen, wie ihr es für richtig haltet.«

Ollies Blick wurde immer wieder von den übrig gebliebenen Brotstücken auf seinem Teller angezogen. Tante Fay reichte ihm die Butter. »Iss«, drängte sie ihn. »Vergiss die Förmlichkeiten. Das ist ein Ort für Kinder und das heißt, du isst, wie du magst und wann du magst, nicht wenn es dir irgendein Erwachsener erlaubt.«

Ollie grinste. Er griff nach der Butter, um sie auf sein Brot zu streichen, und schnitt dann mit Tante Fays Worten im Kopf eine fingerbreite Scheibe ab. Die Butter war perfekt gesalzen und schmolz wie Eiscreme auf dem immer noch warmen Brot.

»Wie bist du hier gelandet?«, fragte Ollie.

»Das ist eine sehr lange Geschichte«, erwiderte Tante Fay. »Die sollten wir uns besser für einen anderen Tag aufsparen. Die kurze Fassung ist, dass ich von Anfang an hier gewesen bin.«

»Von Anfang an?«

»Seit 1941, um genau zu sein«, sagte Tante Fay. »Das Jahr, in dem der Haven gegründet wurde.«

1941. Ollie war nicht gerade eine Leuchte in Geschichte, aber er kannte die Bedeutung dieses Datums.

»Der Krieg«, verkündete er. »Der Haven wurde während des Zweiten Weltkriegs gegründet?«

»Er wurde *wegen* des Kriegs gegründet, könnte man sagen. Du kennst dich offenbar in Geschichte aus, Ollie. Hast du vom ›Staatlichen Evakuierungsplan‹ gehört?«

Ollie nickte kauend. Den Begriff hatte er zwar noch nie gehört, er wusste aber, was vermutlich damit gemeint war. »Alle Stadtkinder wurden aufs Land geschickt. Damit sie während der Bombenangriffe in Sicherheit waren. Der Blitz, also die deutschen Luftangriffe 1940 und 41.«

Tante Fay wackelte mit dem Kopf, um zu bedeuten, dass er zum Teil recht hatte. »*Manche* Kinder wurden evakuiert«, korrigierte sie. »Nicht alle. Viele ließ man zurück. Die schwachen, die gebrechlichen und die armen. Die glücklosen. Manche, die weggeschickt wurden, schickten sie wieder zurück, weil niemand auf dem Land sie haben wollte.«

Ollie hörte auf zu essen. *Das* hatte er nicht gehört. Er war davon ausgegangen, dass jedes Kind in London in Sicherheit gebracht worden war, um in einem prachtvollen Haus zu wohnen und Abenteuer zu erleben. Genauso, wie es immer in Büchern beschrieben war.

»Und es wurden nicht nur Kinder evakuiert«, fuhr Tante Fay fort. »Auch Erwachsene. Da so viele Männer in den Krieg ziehen mussten, war Londons Bevölkerung stark geschrumpft. Und nicht nur die Londons. In anderen Städten war die Situation ähnlich.«

Langsam fing Ollie wieder an zu kauen. Er grübelte darüber nach, wie es damals in London gewesen sein musste: die leeren Häuser, die abwesenden Freunde, die ständige Angst davor, von einer deutschen Bombe getroffen zu werden.

»Ich war eine von denen, die nicht so viel Glück hatten«, sagte Tante Fay. »Oder zumindest kam es mir damals so vor. Und als meine Eltern dann bei einer Explosion ums Leben kamen, war ich ganz allein in London. Es war eine schwierige Zeit«, schloss sie traurig und ihr blinder Blick schien sich für einen Moment nach innen zu kehren.

»Und der Haven …«, sagte Ollie. »Jemand hat ihn gegründet,

um sich um all diejenigen Kinder zu kümmern, die zurückgelassen worden waren?«

Tante Fay lächelte. »Es war nicht ganz so unkompliziert, wie es sich anhört, aber ja, im Wesentlichen ist genau das passiert.«

Wieder schien sie sich einen Moment lang in Erinnerungen zu verlieren und Bedauern überschattete ihre fröhliche Miene.

»Du«, sagte Ollie, dem ein Licht aufging. »*Du* hast den Haven gegründet.«

»Ich habe daran mitgewirkt«, gab Tante Fay zu. »Ein wenig. Andere, Freunde von mir, verdienen größere Anerkennung. Es gab noch mehr Kinder wie mich. Mehr Kinder, die verlassen wurden, ängstlich und allein waren. Da auch so viele Lehrer evakuiert worden waren, konnten wir nicht in die Schule gehen. Und noch viel wichtiger: Viele von uns hatten ihre Häuser verloren. So wurde der Haven ... zu einem Zufluchtsort. Ein inoffizieller, aber dennoch ein Zufluchtsort. Ein Ort, an dem man schlafen und lernen und Trost in der Anwesenheit von Freunden finden konnte.«

Sie fuhr mit einer Fingerspitze über das Muttermal an ihrer Hand, zeichnete blind den Umriss des Hs nach.

»Dann hat der Haven schon diese ganze Zeit über existiert?«, fragte Ollie. »Von 1941 bis jetzt?«

»Sagen wir mal, es gab Höhen und Tiefen, aber ja, der Haven besteht schon sehr lange. Als wir ihn gegründet haben, sind wir davon ausgegangen, dass man nur vorübergehend auf ihn angewiesen sein würde, vielleicht bis zum Ende des Krieges. Aber als die Jahre vergingen, wurde er nicht weniger gebraucht. Der

Haven ist heute genauso wichtig wie damals, was unsere momentanen Umstände so unerträglich macht.«

»Was meinst du damit?«, wollte Ollie wissen.

Tante Fay lächelte gezwungen. Es war das traurigste Lächeln, das Ollie je gesehen hatte.

»Was ich damit meine, Ollie, ist, dass der Haven stirbt. Und ich befürchte, es könnte schon zu spät sein, um ihn zu retten.«

12 STERBENDES LICHT

Ollie sah auf seinen Teller hinunter. Sacht schob er ihn von sich.

»Ich habe dir den Appetit verdorben«, sagte Tante Fay. »Es tut mir leid, Ollie.«

»Nein, es ist … Ich bin satt. Danke. Es hat sehr gut geschmeckt.«

Tante Fay schien seine Höflichkeit zu schätzen. »Vielleicht magst du später noch was. Ehrlich gesagt, habe ich selbst keinen großen Hunger.« Sie stand vorsichtig auf und streckte die Hand aus. »Komm«, sagte sie. »Gehen wir ein Stück. Genießen wir diesen wunderbaren Garten, solange wir noch können.«

Ollie zögerte, nahm dann aber beim Aufstehen Tante Fays Hand. Ihre Haut war kühl und samtig wie glattes Leder.

»Du müsstest mir helfen, wenn du nichts dagegen hast«, bat sie ihn und hakte sich bei ihm unter. »Ich kenne diesen Garten so gut wie mich selbst, aber das heißt nicht, dass ich nicht gelegentlich über meine eigenen Füße stolpere.«

Sie liefen los, und obwohl es theoretisch Ollie war, der Tante Fay führte, war sie es, die ihre Richtung bestimmte. Sie schlenderten tiefer in den Garten hinein, einen Pfad entlang, auf dem Ollie noch nicht gewesen war.

»Was du gerade gesagt hast«, setzte Ollie zögerlich an, »dass der Haven stirbt. Hast du damit … das Gebäude gemeint oder

…« Er dachte an die fehlenden Dielenbretter und an den Putz, der von den Wänden bröckelte.

Tante Fay schloss die Augen und atmete tief ein, bevor sie antwortete. Als sie durch einen Blumentunnel gingen, hing in der Luft ein so üppiger Duft, dass Ollie das Gefühl hatte, er könnte ihn mit den Händen greifen. Es duftete nach Nancy. Nach ihrem Hals, wenn sie ihn umarmte.

Tante Fay stieß einen Seufzer aus. »Das Gebäude ist natürlich ein Teil davon«, sagte sie. »Es ist leider ein wenig wie ich. Im Grunde willig, aber körperlich schwach.«

»Aber man könnte es reparieren. Oder nicht?«

Tante Fay bewegte den Kopf von Seite zu Seite: kein Nein, kein Ja. »Es würde eine Menge Geld kosten. Eine *Menge* Geld. Geld, das wir leider nicht haben.« Sie lachte plötzlich. »Ich sage wir. Ich vergesse immer wieder, dass ich nicht mehr dafür verantwortlich bin. Die Zukunft des Haven liegt in anderen Händen. Lilys, Songs, Fletchers, Eriks, Solomans, Jacquelines. Und in denen aller anderen Kinder. Sie tragen jetzt die Bürde.«

Als er Eriks Namen hörte, verspürte Ollie einen Stich. Er fragte sich, ob Tante Fay wusste, was ihm zugestoßen war. Dass die anderen in eben diesem Moment einen Plan ausheckten, um ihn zu retten. So beiläufig, wie sie seinen Namen ausgesprochen hatte, vermutete er jedoch, dass sie es nicht wusste.

»Und Dodge«, sagte Ollie. »Du hast Dodge nicht erwähnt.«

»Und Dodge natürlich«, stimmte Tante Fay zu. »Dodge erkennt mehr als jeder andere seine Verantwortung an. Ich mache mir sogar Sorgen, dass er zu viel auf sich genommen hat. Er trifft die meisten Entscheidungen allein, dabei wäre die Last gewiss leichter, wenn sie aufgeteilt wäre.«

Ollie dachte einen Moment lang nach. »Dodge weiß, was er tut«, sagte er schließlich. »Da bin ich mir sicher.«

Tante Fay drehte sich um und lächelte, noch immer bei Ollie eingehakt.

»Ich hoffe es, Ollie. Doch die Türen des Haven zu schließen, so wie Dodge es getan hat, Neuankömmlinge auszusperren …« Sie schüttelte den Kopf. »Aber wie ich schon sagte, es ist nicht meine Entscheidung, und ich verstehe, dass die Ressourcen knapp sind. Doch die Stärke des Haven ist immer seine Bereitschaft gewesen, Leute aufzunehmen. Unser Erfolg beruht auf seiner Vielfalt.«

»Aber wenn ihr es euch nicht *leisten* könnt, allen zu helfen, welche andere Wahl hat der Haven dann?«

Tante Fay lächelte schief. »Das ist in der Tat die Frage. Aber man kann es kurzfristig oder langfristig betrachten. Ein großer Teil unseres Einkommens hat über die Jahre aus Spenden von Leuten bestanden, denen wir geholfen haben. Also, es läuft so: Ein Kind kommt in einem sehr jungen Alter hierher. Wir beherbergen es, bilden es aus, unterstützen es dabei, eine Arbeit zu finden. Und wenn es dann irgendwann einmal Geld verdient, ist es so großzügig und schickt einen Teil seines Gehalts, um uns dabei zu helfen, *anderen* Kindern zu helfen. Es ist wie ein Lebenszyklus«, erklärte Tante Fay, während sie mit den Fingern durch die Blätter der Pflanzen strich, an denen sie vorbeikamen. »Eine Sache unterstützt die andere.«

»Und was hat sich verändert?«

»Je weniger Kindern wir helfen, umso weniger Erwachsene gibt es, die *uns* später helfen werden. Das ist die Folge von Dodges Entscheidung, die er leider nicht wirklich erkennt.«

Ollie war sich nicht sicher, was er dazu sagen sollte.

»Wusstest du«, sagte Tante Fay, »dass im Haven zu seinen besten Zeiten über dreihundert Kinder untergebracht waren? Jetzt ist es nur noch ein Bruchteil davon.«

»Gibt es nicht …? Ich weiß auch nicht. Jemanden, der helfen könnte? Wie die Regierung. Der Haven ist schließlich so was wie ein Wohltätigkeitsverein. Oder wie eine Schule. Könnte die Regierung euch also kein Geld geben? So wie sie es für andere Schulen auch macht?«

»Die Regierung weiß nicht, dass es uns gibt. Wenn sie es wüsste, würde sie uns sofort schließen lassen.«

»Aber … warum?«

»Wie du selbst sagst, Ollie, stellt der Haven Wohltätigkeit in seiner reinsten Form dar. Und das heißt: keine Regulierung, keine Beeinflussung, keine *Politik*.« Sie sprach das letzte Wort mit Abscheu aus. »Im Haven helfen Kinder und Jugendliche ihresgleichen, vergiss das nicht. Hast du jemals einen Erwachsenen getroffen, der nicht glaubt, dass Erwachsene alles besser wissen? Anwesende ausgenommen, hoffe ich.«

Sie schenkte ihm ein Lächeln und Ollie erwiderte es halbherzig.

»Nein, Ollie, ich meine es ernst. Wenn die Regierung herausfinden würde, was wir hier tun – erst recht, was Dodge und sein

Team tun, die Gefahren, in die sie sich oft begeben –, wäre es mit dem Haven vorbei. Die Regierung würde die Kinder in Heime oder Flüchtlingszentren oder zurück in die Kriegsgebiete schicken, aus denen sie geflohen sind.«

»Das ist also der Grund für die ganze Heimlichtuerei«, sagte Ollie. »Der verborgene Eingang, das Milchglas, die Fingerabdruckscanner …«

Tante Fay zuckte leicht. »Fingerabdruckscanner? Wir haben Fingerabdruckscanner?« Sie grinste wie ein kleines Mädchen und schüttelte erstaunt den Kopf. »Na, sieh mal einer an.«

Auch Ollie musste unwillkürlich lächeln. »Gesichtserkennungsscanner gibt es auch. Geheime Kameras im Mauerwerk. Wusstest du das nicht?«

Tante Fay schüttelte noch einmal den Kopf und lachte in sich hinein. »Nein, wusste ich nicht. Vermutlich hat niemand daran gedacht, mir davon zu erzählen, weil sie wussten, dass ich es nie würde benutzen müssen. Ich habe dieses Gebäude nicht mehr verlassen, seit … Na ja. Ich will gar nicht darüber nachdenken, wie lange.«

Sie und Ollie schlenderten weiter.

»Dann ist der Haven all die Jahre ein Geheimnis geblieben?«, fragte Ollie. »Seit 1941?«

Tante Fay wippte stolz mit dem Kopf. »All die Jahre«, bestätigte sie.

»*Wie?*«, fragt Ollie.

Tante Fay kicherte. Sie hatte ein fröhliches Lachen, dachte Ollie. Es klang wie das eines kleinen Kindes.

»Erst einmal«, sagte Tante Fay, »und das ist das Wichtigste, verstehen alle, die durch die Haven-Türen kommen, ganz genau, was auf dem Spiel steht: die vielen Menschen, denen geschadet werden würde, wenn sie das Geheimnis verraten würden, das man ihnen anvertraut hat. Unsere Schüler schwören einen feierlichen Eid, aber ich bin mir nicht mal sicher, ob das überhaupt notwendig ist. Wie lange bist du jetzt hier? Nicht mehr als ein paar Stunden. Du schuldest dem Haven nichts. Aber wenn man dich bitten würde, seine Existenz preiszugeben, würdest du es tun?«

Ollie musste nicht darüber nachdenken. »Nein. Aber ich könnte es auch nicht. Ich habe keine Ahnung, wo wir sind.«

Tante Fay neigte den Kopf und stimmte ihm zu. »Das ist eine andere Schutzmaßnahme. Unsere Schüler können kommen und gehen, wann immer sie möchten, aber sie betreten und verlassen den Haven nur durch die Tunnel. Nur sehr wenige könnten auf einem Londoner Stadtplan seinen genauen Standort bestimmen. Nicht – ich wiederhole –, dass sie es wollen würden. Außerdem«, fügte Tante Fay mit einem weiteren Kichern hinzu, »wer würde ihnen glauben, wenn sie es täten?«

»Aber was ist mit den Leuten, die hier vorbeigehen? Auf der Straße, meine ich?«

»Von außen ist der Haven nicht weiter bemerkenswert. Bloß noch ein unauffälliges Londoner Gebäude, auf seine Art zwar schön, aber von außen ebenso heruntergekommen wie von innen. Die meisten Passanten halten es für verlassen.«

Aus irgendeinem Grund dachte Ollie an Danny Hunters geheimes Casino. Hätten Zeke und die Razors sie nicht aufgehalten, wären er und die anderen geradewegs daran vorbeigelaufen, ohne überhaupt zu vermuten, was darin vor sich ging. Und sogar auf Ollies Schulweg gab es Dutzende solcher Gebäude: Wohnblöcke, aus denen er nie jemanden hatte herauskommen oder hineingehen sehen, deren Innenleben er nur hatte erahnen können.

»Es ist schon unglaublich, was Leuten alles nicht auffällt, obwohl sie es direkt vor ihrer Nase haben«, sagte Tante Fay, als würde sie Ollies Gedanken lesen.

»Aber was ist mit der Regierung? Dem Gemeinderat. Es gibt doch bestimmt Unterlagen und so'n Zeug. Zumindest genug, damit Leute Fragen stellen.«

»Die Regierung *besitzt* den Haven«, erklärte ihm Tante Fay mit funkelnden Augen.

»Aber du hast gesagt ...«

Sie unterbrach ihn mit einer gehobenen Hand. »Die Regierung besitzt den Haven, aber sie *wissen* nicht, dass sie ihn besitzen. Das ist unsere letzte Schutzmaßnahme, Ollie. Unsere ehemaligen Schüler behalten unser Geheimnis nicht nur für sich, wenn sie uns verlassen. Sie helfen uns auch, es zu bewahren.«

»Wie?«

»Wie es ihnen auch immer möglich ist. Die Haven-Absolventinnen und -Absolventen sind ausgesprochen gut ausgebildet. Ihr Lerneifer und ihre Erfolge machen dem System, das wir hier eingerichtet haben, alle Ehre.« Tante Fay veränderte ihren Griff an Ollies Arm. »Das Endergebnis ist, dass ehemalige Schülerinnen und Schüler des Haven alle möglichen hochrangigen Positionen innehaben. Unter ihnen gab es eine Botschafterin, einen Vorstandsvorsitzenden und sogar eine Premierministerin.«

»Eine Premierministerin?«, stieß Ollie aus und blieb stehen.

»Einen Projektmanager«, erwiderte Tante Fay. »Bei Google. Viel nützlicher für unsere Bedürfnisse als irgendein Politiker, das kann ich dir versichern.«

Sie liefen weiter.

»Sie helfen uns dabei, unsere Spuren zu verwischen«, fuhr Tante Fay fort. »Der Regierung gehört das Gebäude, in dem wir stehen, aber dank einem unserer Schüler ist das nirgends verzeichnet.«

Sie bogen um eine Ecke und Ollie erkannte, dass sie an ihrem Ausgangspunkt angelangt waren. Tante Fay hatte ihn im Kreis geführt, sodass sich vor ihnen jetzt wieder der Brunnen und der kleine Tisch befanden, genau so, wie sie ihn zurückgelassen hatten.

Tante Fay setzte sich auf die Betoneinfassung neben dem Wasserbecken. Sie bedeutete Ollie, sich zu ihr zu gesellen.

»Aber das ist, was ich meinte, als ich gesagt habe, dass ich um das Überleben des Haven fürchte«, fuhr Tante Fay fort. »Ja, wegen des Gebäudes an sich, weil es schon weite Bereiche gibt, die wir uns nicht mehr trauen zu nutzen. Aber der Haven ist auch eine *Idee*. Und Ideen verkümmern, wenn es niemanden mehr gibt, der an sie glaubt. Je weniger Kindern wir helfen, umso weniger Erwachsene wird es geben, die uns helfen. Unsere Finanzierung ist bereits geschrumpft und ich fürchte, dass es als Nächstes den Schutz treffen wird, den wir bisher noch genießen dürfen.«

Ollie sah zu ihr hinüber und war entsetzt, als er sah, wie eine Träne über Tante Fays Wange rollte.

»Ich muss mich entschuldigen«, sagte sie. »Ich wollte dir nicht die Sorgen einer alten Frau aufbürden. Was ist mit dir, Ollie? Du hast unsere Geschichte gehört. Was ist deine?«

»Ich … ich habe eigentlich keine.«

Tante Fay lachte und in Ollies Ohren klang ihr Lachen wie Musik.

»Komm schon«, drängte sie ihn. »Jeder hat eine Geschichte. Und niemand weiß, wie das nächste Kapitel aussehen oder die Geschichte enden wird. Erzähl mir zum Beispiel, wie du hier gelandet bist. Wie es kommt, dass ich neben dir in diesem Garten sitze.«

Ollie wand sich. Er redete nicht gern über sich selbst und hatte kein Verlangen danach, die Trauer um Nancy aufzuwühlen. Aber es war wie mit Lily und den anderen: Mit ihnen über sein Leben zu reden, war in Ordnung gewesen. Bei Tante Fay ging dieses Gefühl noch weiter. Es war mehr als in Ordnung, es schien … ganz natürlich. Fast so, als würde er mit Nancy sprechen.

Und so begann er zu erzählen. Nicht nur von Nancy und davon, wie Dodge ihn gefunden hatte. Er erzählte Tante Fay auch vom Tod seiner Eltern. Wie sehr er sich wünschte, er hätte sie retten können, so wie er Nancy hätten retten sollen.

»Ich hätte ihr helfen können«, hörte er sich sagen. »Ich hätte ihr helfen *müssen*.«

Als er fertig war, liefen Ollie Tränen übers Gesicht. Es waren die Tränen, die er seit Beginn dieser ganzen Sache zurückgehalten hatte. Aber in diesem Moment hätte er sie nicht aufhalten können, selbst wenn er es gewollt hätte.

Tante Fay legte einen Arm um Ollies Schultern. Sie tröstete ihn so lange, bis er sich ganz ausgeweint hatte.

Als sich Ollie schließlich aus ihrer Umarmung löste, kam er sich dumm vor. Doch er konnte nicht leugnen, dass er sich besser fühlte. Beinahe so, als hätte er etwas Schweres mit sich herumgetragen und ihm jetzt jemand einen Teil der Last abgenommen.

Er lächelte Tante Fay an und die alte Frau erwiderte es, als hätte sie es mit einem anderen Sinn als ihrem Sehvermögen bemerkt.

»Ich könnte dir sagen, dass das, was passiert ist, nicht deine Schuld war, Ollie, aber ich habe das Gefühl, dass du noch nicht so weit bist, mir zu glauben. Aber das wirst du«, sagte sie und tätschelte noch einmal seine Hand. »Mit der Zeit und nach ein wenig Besinnung wirst du es glauben. In der Zwischenzeit solltest du wissen, dass du unter Freunden bist und ich mich sehr freue, dich hier zu haben. Ich war neugierig, dich kennenzulernen, als ich von Dodges Ausnahme erfahren habe. Und ich verstehe jetzt, warum.«

Ollie lief erneut rot an. Diesmal aus Scham, weil Tante Fay nicht zu wissen schien, dass er bald gehen würde.

Er wollte es ihr gerade erklären, als er hinter sich eine Stimme hörte und sich zu ihr umdrehte.

»Ollie?«

Ollie erblickte Lily am Anfang des Pfades, mit roten Wangen und außer Atem.

»Lily?«, fragte Tante Fay. »Bist du das? Was ist denn los?«

Lily trat nach vorne auf den Kies. »Tut mir leid, dass ich euch unterbreche, Tante Fay. Aber, Ollie?« Lily richtete einen dringlichen Blick auf ihn. »Du musst mit mir kommen.«

»Was ist los?«, wollte Ollie wissen. »Hat es was mit Erik zu tun?«

»Vielleicht«, antwortete Lily hektisch. »Ich weiß es nicht. In den Tunneln war ein Mädchen. Sie muss uns gefolgt sein, oder …« Sie schüttelte den Kopf.

»Ich weiß nicht, wie sie uns gefunden hat, aber das hat sie. Deshalb haben wir sie hierhergebracht und …«

Ollie beobachtete Lily eindringlich und wartete darauf, was sie noch zu sagen hatte.

»Sie sagt, dass sie dich kennt, Ollie. Dieses fremde Mädchen, sie sagt, sie wäre deinetwegen hier.«

13 LILY HUNTER

Während Ollie Lily hinterherging, fiel ihm plötzlich ein, dass er sich gar nicht richtig von Tante Fay verabschiedet hatte. Er hatte sich von dem Moment und Lilys Drängen mitreißen lassen, doch während er ihr zur Mitteltreppe folgte, kam ihm der Gedanke, dass er Tante Fay möglicherweise nie wiedersehen würde.

»Jack hat sie über die Kameras entdeckt«, erklärte Lily und Ollie wurde bewusst, dass sie über das fremde Mädchen redete, das behauptet hatte, ihn zu kennen. Er und Lily eilten so schnell sie konnten zur Treppe und wichen dabei tückischen Stellen und fehlenden Dielenbrettern aus. »Sie hat den Eingang zum Haven zwar nicht gefunden, aber die Tunnelwände nach irgendeiner Art Öffnung abgesucht. Dodge hat dann die Entscheidung getroffen, Song loszuschicken, um sie zu holen. Wir halten sie erst mal im Ausrüstungsraum fest, bis wir herausgefunden haben, wer sie ist.«

»Sie hat es euch nicht gesagt?«, fragte Ollie.

»Sie wollte uns gar nichts sagen«, erwiderte Lily. »Sie will nur mit dir reden. Sie hat dich nicht beim Namen genannt, aber sie hat dich beschrieben. Deine Haare, deine Größe, alles …«, Lily zuckte entschuldigend mit den Schultern, »bis hin zu den Dinosauriern auf deinem Schlafanzug.«

Wenn er in dem Moment nicht so verwirrt gewesen wäre, wäre Ollie deswegen vielleicht vor Verlegenheit rot geworden.

Er und Lily erreichten das obere Ende der Treppe. Gerade als sie sich auf den Weg nach unten machen wollten, berührte Lily ihn leicht an der Schulter. Ollie schreckte überrascht zusammen.

»Das ist völlig in Ordnung, weißt du«, sagte Lily zu ihm.

Ollie strich über die Stelle, an der Lily ihn berührt hatte. »Was meinst du?«

»Einfach nur … du weißt schon. Dass dich das traurig gemacht hat. Es geht praktisch allen so, die mit Tante Fay reden. Irgendwie hat sie diese Wirkung auf Menschen. Deshalb sträuben sich manche hier – Jungs vor allem –, sie zu besuchen.«

Er hatte bisher nicht daran gedacht, aber Lily waren seine roten Augen bestimmt aufgefallen. Und als sie die beiden im Garten unterbrochen hatte, hatte Ollie seine Tränen gerade erst unter Kontrolle gebracht.

Diesmal wurde er wirklich rot. Er konnte nichts dagegen tun.

»Sorry, ich wollte dich nicht in Verlegenheit bringen«, sagte Lily.

»Nein, das ist … Ist schon in Ordnung.« Ollie versuchte, sein Gesicht möglichst unauffällig zu verbergen.

»Du hättest mich mal sehen sollen, nachdem ich sie das erste Mal getroffen habe«, sprach Lily weiter. »Und Flea. Wenn überhaupt, war Flea sogar noch fertiger als ich und hat wie ein Baby an meiner Schulter geweint.« Sie erhaschte Ollies Blick und grinste ihn an. Trotz seiner Verlegenheit grinste Ollie automatisch zurück.

»Er ist nicht wirklich der Vollidiot, der er vorgibt zu sein«, sagte Lily, während sie und Ollie weiter die Treppe hinunterstiegen. »Mein Bruder, meine ich. Er ist einfach nur ... frustriert oder so was.«

»Frustriert?«

Lily wackelte mit dem Kopf, als wäre es nicht ganz das richtige Wort. »Ich kenne niemanden, der leidenschaftlicher an den Haven glaubt als er. Außer Tante Fay vielleicht. Und er versteht Dodges Argument, dass wir nicht mehr Leute aufnehmen können. Aber es gefällt ihm einfach nicht. Wenn es nach Flea ginge, würden wir versuchen, *allen* zu helfen.«

Ollie war zu überrascht, um zu antworten. Er hatte Flea in dieselbe Schublade gesteckt wie Typen, die an die Macht des Stärkeren glauben und sich erst einmal selbst helfen und dann anderen.

»Er ist auch dankbar, weißt du«, schob Lily hinterher. »Auch wenn er zu stur ist, es zu zeigen.«

»Dankbar? Wofür?«

Sie hatten den ersten Stock erreicht und gingen den letzten Treppenabsatz nebeneinander hinunter.

»Dafür, dass du ihn gerettet hast. Vor Danny Hunter. Und, na ja ... dafür bin ich dir auch dankbar.«

Bevor Ollie wusste, wie ihm geschah, beugte sich Lily zu ihm rüber und küsste ihn auf die Wange. Ollie schwankte. Er war froh, dass sie schon fast am Ende der Treppe angekommen waren, denn für einen kurzen Moment hatte er Sorge, er könnte umfallen.

»Wir sollten uns beeilen«, fuhr Lily fort. »Die anderen warten bestimmt.«

»Okay«, erwiderte Ollie völlig durch den Wind.

»Und ... Ollie?« Lily blieb stehen und wandte sich zu ihm um. Sie war zwar nicht so rot, wie Ollie sich fühlte, aber auch sie hatte nun ein wenig mehr Farbe im Gesicht. »Erzähl Dodge nicht, dass ich das gemacht habe, okay?«

»Dodge? Nein, ich ... Natürlich nicht. Aber ... warum würde das Dodge stören?«

Lily senkte den Blick und trippelte von einem Fuß auf den anderen. »Dodge und ich, na ja, wir sind zusammen.«

Ollie spürte, wie ihm die Hitze jetzt so richtig in die Wangen stieg. »Zusammen? Du meinst ...«

»Wir sind ein Paar. Wir schreien es nicht von den Dächern, weil wir nicht möchten, dass es sich auf unsere Ermittlungen auswirkt. Er ist zwar nicht der eifersüchtige Typ, aber ich möchte nicht, dass er – oder sonst jemand – auf falsche Gedanken kommt.«

Lily sagte das mit so viel Nachdruck, dass es Ollie nicht einmal entgangen wäre, wenn er es gewollt hätte. Die Schmetterlinge in seinem Bauch erstarben augenblicklich.

Dodge und Lily. Lily und Dodge. Ollie musste blind gewesen sein. *Natürlich* stand Lily auf Dodge. Natürlich stand Dodge auf Lily.

»Nein«, sagte Ollie. »Okay. Klar.«

Ein Lächeln huschte über Lilys Gesicht und sie überquerte den Mosaikboden. Ollie sah ihr einen Moment lang reglos nach. Er fühlte sich vor allem benommen, aber auch merkwürdig erleichtert. Den Haven zu verlassen, würde ihm jetzt vielleicht doch nicht ganz so schwerfallen, wie er zuerst gedacht hatte.

14 AN DER OBERFLÄCHE

Als sie den Ausrüstungsraum erreichten, wartete das ganze Team auf sie – Erik ausgenommen.

Sol, Jack und Dodge berieten sich in einer Ecke. Flea und Song waren den Spinden zugewandt und formten eine menschliche Wand. Ollie brauchte einen Moment, um zu begreifen, dass sie jemanden bewachten.

Das fremde Mädchen – die Gefangene – saß auf einer der Bänke, während Flea bedrohlich über ihr ragte. Song stand leicht breitbeinig und mit dem Körper zur Seite gedreht, vermutlich um möglichst wenig Angriffsfläche zu bieten. Ollie erinnerte sich daran, wie Dodge gesagt hatte, dass alle Mitglieder des Ermittlungsteams in Karate ausgebildet wurden. Ollies Selbstverteidigungskünste beschränkten sich auf die recht einfachen Basics, die Nancy ihm beigebracht hatte, aber er hatte nicht den geringsten Zweifel, dass das Mathegenie Song sehr gut auf sich selbst aufpassen konnte.

Ein Blick auf das Mädchen, das sie gefangen genommen hatten, und Ollie war sich sicher, dass er sie nicht kannte. Sie war etwa so alt wie er, hatte dunkle Haut und dunkle Haare und eine dünne, jungenhafte Figur. Genau wie Ollie, als er aus der Kanalisation aufgetaucht war, war sie völlig verschmutzt. Vor allem ihre Hände waren dreckverschmiert. Ollie stellte sich vor, wie sie sich an den Tunnelwänden entlanggetastet hatte, auf der Suche nach dem Eingang, den sie nie hätte finden können.

Aber woher hatte sie die Gewissheit gehabt, dass es tatsächlich einen Eingang gab, wenn sie nicht wusste, wo er war?

»Das ist er«, sagte sie und streckte einen anklagenden Finger zwischen Flea und Song aus. Ihr aggressiver Blick war fest auf Ollie gerichtet.

Er bemerkte, wie er die Schultern hängen ließ und sich schuldig fühlte, obwohl er nicht wusste, wofür.

»Ollie«, sagte Dodge. »Kennst du dieses Mädchen?«

Flea und Song traten auseinander, damit Ollie sie besser sehen konnte, und er musterte noch einmal das Mädchen, das auf der Bank saß. Sie funkelte ihn böse an und forderte ihn damit praktisch dazu heraus, es zu leugnen.

Ollie fing an, den Kopf zu schütteln. »Ich …«

»Ich hab nicht gesagt, dass er *mich* kennt«, unterbrach ihn das Mädchen. »Ich hab gesagt, dass ich *ihn* kenne. Er war dort. In dem Gebäude. Wo uns diese durchgeknallte Hexe im Keller eingesperrt hat.«

Da erinnerte sich Ollie auf einmal: Als er vor Nancys Mördern davongerannt war und die Tür hinter sich abgesperrt hatte … war da ein Augenpaar, das durch die Dunkelheit zu ihm aufblickte. Gollum-Augen, hatte er damals gedacht, aber als er das Mädchen vor sich betrachtete, begriff er, dass es ihre Augen gewesen waren. Sie leuchteten aus ihrem dreckverschmierten Gesicht ebenso eindringlich wie aus der Dunkelheit.

»Er hat das hier fallen lassen«, sagte das Mädchen und ließ

einen Schlüssel in der Luft baumeln. »Ich habe ihn aber gar nicht gebraucht. Ihr habt die Tür sperrangelweit offengelassen. Ich bin euch nach draußen und dann runter in die Kanalisation gefolgt.«

Dodge und Ollie tauschten einen flüchtigen Blick aus, während sie sich gemeinsam schweigend an ihre Flucht zurückerinnerten.

»Ich konnte sehen, dass er nicht allein war«, sprach das Mädchen weiter, »aber ich konnte nicht richtig erkennen, wer ihm geholfen hat. Ich wette, es war einer von euch.« Sie blickte Dodge fest an, weil sie bemerkte hatte, wie er Ollie ansah. »Nicht schlecht übrigens, die Kanalisation als Fluchtweg zu nutzen. Es ist mir nur schleierhaft, wie ich euch in den Tunneln verloren habe. Ihr wart da und im nächsten Augenblick wart ihr weg. Da hab ich mir gedacht, dass es eine versteckte Tür oder so was geben muss. Wie's aussieht, hatte ich recht.«

Sie ließ die Augen zur Decke schnellen und musterte den Raum um sich herum.

»Ihr seid doch diese Haven-Typen, oder?«, verkündete das Mädchen. »Ist das hier etwa der Haven? Ich muss schon sagen, dass ich nach all den Geschichten, die ich gehört habe, eigentlich was Beeindruckenderes erwartet hatte.«

»Das ist bloß der …«, setzte Sol an, bis Jack ihm den Ellbogen in die Seite rammte.

Das unbekannte Mädchen sah Sol an und grinste. »Ich hab immer gedacht, der Haven wäre 'ne Legende. Dabei ist es bloß 'ne Bruchbude. Und ihr Typen … Angeblich könnt ihr kommen und gehen wie Gespenster. Wie sich rausstellt, seid ihr bloß 'ne Versagertruppe, die im Dunkeln durch die Kanalisation watet.«

Ollie bemerkte, dass Flea eine Hand zur Faust geballt hatte, doch es war Lily, die nach vorne trat und sprach. »Hat dir niemand beigebracht, dass man als Gast höflich zu sein hat?«, fragte sie. »Red' nur so weiter und wir setzen dich wieder auf die Straße.«

Das Mädchen erhob sich. Aufrecht war sie kleiner als Song, wirkte aber genauso tough und genauso bereitwillig, sich zu prügeln. »Ich gehe nirgendwohin«, erklärte sie. »Nicht bevor mir Blondie da drüben erklärt, was zum Teufel abgeht. Warum, verdammt noch mal, haltet ihr mich hier fest?«

Ollie blinzelte und Dodges Worte spiegelten Ollies Überraschung. »Warum sollte Ollie mehr wissen als du?«

»Ollie heißt er also«, höhnte das Mädchen. »Ich hatte mal 'ne Wüstenrennmaus, die Ollie hieß. Die sah sogar aus wie du«, fuhr sie spottend fort. »Das gleiche wuschelige Haar, die gleichen Pausbacken. Und bei einer Prügelei wahrscheinlich ungefähr genauso nützlich.«

Ollie wurde rot. Nicht unbedingt wegen ihrer Worte, sondern vielmehr, weil Flea dabei verstohlen gegrinst hatte.

Lily trat einen weiteren Schritt nach vorne. »Habe ich dich nicht gerade gewarnt, dass du höflicher sein sollst?«

»Hört mal«, warf Jack ein und fuhr mit ihrem Rollstuhl in die Mitte des Raums. »Beschimpfungen bringen uns jetzt auch nicht weiter. Wie wär's, wenn wir uns einander mal alle richtig vorstellen und dann gegenseitig Fragen beantworten?«

Jack sah erst Lily und dann das unbekannte Mädchen an. Mit solch einem Lehrerinnenblick, dass Ollie kurz durch den Kopf ging, hoffentlich nie einen von Jacks Kursen belegen zu müssen.

»Na schön«, sagte Lily und wandte sich ab. Das unbekannte Mädchen schaute böse und ließ sich schmollend zurück auf die Bank plumpsen.

Sie hieß Keya, wie sich herausstellte, und war Mitglied einer Gang, von der Ollie noch nicht gehört hatte. Die Forzas, benannt nach einem Xbox-Spiel, das Ollie auch schon gespielt hatte. Den Namen hatte nicht sie ausgesucht, beharrte Keya, sondern ihr bescheuerter Bruder. Er war der Anführer der Forzas, einer Crew von etwa dreißig Teenagern, die auf einer der gefährlichsten Wohnanlagen in Brixton ihr Unwesen trieben. Keya war seine Stellvertreterin.

»Und ich kann euch garantieren, dass er gerade überall nach mir sucht«, teilte Keya ihnen mit. »Wahrscheinlich beschuldigt er die Southsiders. Das sind unsere Rivalen von der Wohnanlage nebenan. Noch so'n Haufen Versager, wenn ihr mich fragt.«

»Warum bist du dann nicht gleich nach Hause gegangen?«, fragte Song, ohne ihren spitzen Kommentar zu beachten. »Warum bist du Ollie und Dodge durch die Tunnel gefolgt, wenn du wusstest, dass dein Bruder so verzweifelt nach dir suchen würde?«

Keya sah Song an, als wäre sie nicht ganz hell im Kopf. »Es war ein Ausweg, oder? Und ich gehe nicht nach Hause, bevor ich herausgefunden habe, wer mich entführt hat. Mein Bruder würde mich sofort wieder auf die Straße schicken.«

Toller Bruder, dachte Ollie.

»Wer hat dich also entführt?« Die Frage kam von Sol, obwohl Ollie das Gefühl hatte, dass Sol die Antwort bereits kannte. Sie kannten sie alle. Ollie bemerkte es an der Art, wie Dodge, Flea und der Rest des Ermittlungsteams einander ansahen.

Maddy Sikes. Die Person, die Ollie entführt hatte und für Nancys Ermordung verantwortlich war.

Ollie hatte den Namen wohl unabsichtlich laut ausgesprochen, denn alle im Raum blickten ihn plötzlich an, Keya eingeschlossen.

»Maddy Sikes?«, sagte sie. »Ist das die Irre? Die Alte, die uns in den Keller hat werfen lassen? Kurzes weißes Haar, glänzender Schmuck und ein Lächeln, als ob sie einen bei lebendigem Leib auffressen wollte?«

»Genau die«, bestätigte Sol.

»Hab ich doch gesagt!«, platzte Flea heraus. Er beachtete die anderen nicht weiter und konfrontierte Dodge. »Ich hab dir doch gesagt, dass die verschwundenen Kids dort sind.«

»Aber … da war keine Spur von ihnen«, erwiderte Dodge. »Ich habe das Lagerhaus durchsucht. *Wirklich*.«

»Du musst was übersehen haben«, gab Flea wütend zurück. »Aber Pyjama-Party hier *muss* sie gesehen haben. Wenn Keya ihn gesehen hat. Oder?« Er fuhr Ollie an. »Also, PJ? Was hast du dazu zu sagen?«

Diesmal waren die Schuldgefühle, die Ollie empfand, völlig

real. Er *hatte* Keya gesehen, genau wie Flea sagte. »D…Da war nur ein Augenpaar«, stammelte er. »Mehr nicht. Und ich … ich wusste nicht, dass Leute verschwunden waren. Nicht zu dem Zeitpunkt. Ich dachte an … an Nancy. Und … hab versucht zu entkommen. Und …« Er verstummte, weil ihm bewusst wurde, wie fadenscheinig seine Erklärung klingen musste.

Flea schnaubte und wandte sich ab, als hätte Ollie gerade alles bestätigt, was Flea schon die ganze Zeit über ihn gesagt hatte.

»Das ist nicht Ollies Schuld«, wandte Sol ein. »Wie sollte es?«

»Natürlich ist es nicht Ollies Schuld«, stimmte Jack ihm zu und richtete ihren strengen Lehrerinnenblick auf Flea. »Außerdem spielt das alles keine Rolle. Es zählt nur, was wir jetzt unternehmen.«

»Du hast ›uns‹ gesagt«, richtete sich Dodge an Keya. »Wie viele Leute waren in dem Keller?«

Keya zuckte mit den Schultern. »Zwanzig? Vielleicht dreißig? Sie waren alle Mitglieder anderer Gangs, also habe ich mit niemandem gesprochen. Deshalb bin ich alleine entwischt und sie nicht. Sie waren am anderen Ende des Kellers zusammengekauert und haben wahrscheinlich nicht mal mitgekriegt, dass ich rausgeschlüpft bin.«

Flea drehte sich zu den anderen.

»Jetzt wissen wir es also mit Sicherheit«, sagte er. »Maddy Sikes steckt hinter den Entführungen und das heißt, dass Harvey Hunter auch in ihrer Gewalt ist. Und wenn wir Harvey retten, retten wir auch Erik. Stimmt's?« Er blickte um sich, wartete aber nicht auf eine Antwort. »Warum also stehen wir hier noch rum und drehen Däumchen? Bewegen wir unsere Hintern zurück zum Lagerhaus!« Er marschierte zur Tür.

»Warte«, hielt Dodge ihn auf. »Wir können uns nicht sicher sein. Noch nicht. Wir sollten nicht einfach annehmen …«

»Natürlich sollten wir das!«, beharrte Flea und schnitt ihm das Wort ab. Er wandte sich an Keya. »Harvey Hunter«, sagte er. »Danny Hunters Sohn. War er mit dir unten im Keller?«

»Woher soll ich das wissen?«, gab Keya zurück. »Bin ich Facebook oder was?«

»Was meinst du, Dodge?«, fragte Jack. »Ich hätte nie gedacht, dass ich das mal sagen würde, aber ich glaube, Flea hat recht. Harvey Hunter muss dort sein. Sie müssen *alle* dort sein.«

»Aber wieso um alles in der Welt würde Maddy Sikes *Kinder* entführen?«, fragte Sol. »Ist ihr Ding nicht eher so was wie Finanzbetrug? Schmuggel, gestohlene Kunst, solche Sachen. Sachen, die richtig Kohle bringen. Sie lässt sich nie mit Banden ein. Dieser ganze Straßenlevel-Kleinkram ist unter ihrem Niveau.«

»Alles, was Geld bringt, ist Maddy Sikes' Ding«, erwiderte Jack. »Geld oder Macht, obwohl das für sie wohl ein und dasselbe ist.«

»Ja, aber trotzdem«, wandte Sol ein. »Wie will sie Geld mit entführten Jugendlichen machen?«

»Lösegeld vielleicht?«, schlug Song vor.

Keya prustete. »Als würde mein Bruder jemals Lösegeld für mich zahlen. Als könnte er sich das überhaupt leisten.«

»Keya hat recht«, sagte Dodge. »Und überlegt mal: Bei allen Vermissten handelt es sich um Straßenkids. Und das bedeutet, dass *niemand* Lösegeld für *irgendeinen* von ihnen zahlen wird. Jedenfalls nicht so viel, dass es für Maddy Sikes von Interesse wäre.«

»Also … was dann?«, hakte Sol nach. »Was springt für sie dabei raus?«

Eine von Überlegungen angefüllte Stille trat ein, die nur durch Ollies Räuspern durchbrochen wurde.

»Du hast gesagt, sie wären Gangmitglieder«, wiederholte er. »Stimmt's? Also von rivalisierenden Banden? Alle, die verschwunden sind?«

»Überlass das den Erwachsenen, PJ«, sagte Flea verächtlich. »Du hast schon genug Schaden angerichtet, meinst du nicht?«

»Flea!«, protestierte Lily.

»Ja, Flea – halt die Klappe«, sagte Sol.

Flea blickte finster, erwiderte aber nichts, als er bemerkte, wie die anderen ihn ansahen.

»Sprich weiter, Ollie«, ermutigte Dodge ihn. »Was wolltest du sagen?«

»Keya hat gesagt, ihr Bruder würde seinen Hauptrivalen die Schuld geben«, führte Ollie aus. »Die Gang von nebenan. Die … wie hast du sie noch mal genannt?«

»Die Southsiders«, antwortete Keya. »So wie ich meinen Bruder kenne, plant er wahrscheinlich schon einen Gegenschlag.«

»Wie meinst du das?«

»Na ja, zettelt Prügeleien an, dringt in ihr Revier ein. Wenn eine rivalisierende Gang eins deiner Mitglieder schnappt, kannst du das nicht einfach so auf dir sitzen lassen.«

Ollie nickte. »Genau das habe ich mir gedacht.« Er blickte zu Dodge und sah, wie dieser die Stirn runzelte. »Keya steht an zweiter Stelle in ihrer Gang. Harvey Hunter ist Dannys Sohn. Ich bin mir nicht hundertprozentig sicher, aber ich wette mit euch, dass die anderen verschwundenen Kids auch weit oben in ihrer Bandenhierarchie stehen. Und wenn nicht hoch oben in der Hierarchie, dann sind sie trotzdem irgendwie von Bedeutung. Wie der Sohn oder die Schwester von jemandem …«

Er sah Jack an, die nickte und seine Schlussfolgerung bekräftigte.

»Also«, fuhr Ollie fort, »wenn die Gangkids nicht für Lösegeld entführt wurden, muss es aus irgendeinem anderen Grund passiert sein.«

»Was du nicht sagst«, höhnte Flea, aber Lily bedeutete ihm, ruhig zu sein. Ihr Blick ermutigte Ollie, weiterzusprechen.

»Maddy Sikes versucht nicht, Geld mit ihnen zu machen«, sagte er. »Jedenfalls nicht sofort. Wahrscheinlich ist das Teil von irgendeinem größeren Vorhaben: der erste Schritt irgendeines großen Masterplans. Ihr Ziel ist es, die verschiedenen Gangs gegeneinander aufzuwiegeln. *Alle* Gangs, in der ganzen Stadt.« Er hob den Blick, um zu sehen, ob die anderen ihm folgten. »Versteht ihr nicht? Maddy Sikes versucht, einen Krieg anzuzetteln.«

15 PHASE ZWEI

Maddy Sikes betrachtete die reparierte Tür. Sie dachte über Kinder nach, genauer gesagt über das Sprichwort, in dem es heißt, dass man den Brunnen erst zudeckt, nachdem das Kind hineingefallen ist.

»Nur eins, sagst du?«, wandte sie sich an Grimwig, der stumm auf ihr Urteil wartete, wer dafür bestraft werden sollte.

»Das Brixton-Mädchen. Das mit der großen Klappe.«

Sie wusste genau, wen Grimwig meinte. Als Sikes' Handlanger das Mädchen – war es Freya? Keya? – in den Keller geschleppt hatten, hatte sie über ihre Schulter eine Salve von Kraftausdrücken abgeschossen, Wörter, die ein Mädchen ihres Altes wirklich nicht kennen sollte.

Sikes hatte die Szene mit Interesse beobachtet. Es gefiel ihr, wenn ihre Beute sich zur Wehr setzte. Es machte den Moment der Tötung nur noch genussvoller. Außerdem erinnerte das Mädchen sie an eine ihrer üblen Mitschülerinnen, die ihr das Leben auf dem Internat, auf das man sie geschickt hatte, zur Hölle gemacht hatte: Alice Crookshank, eine rotzige, fiese Schnepfe, die schließlich das erste von Sikes' 99 Opfern geworden war. Ein so süßer Racheakt, dass die Sache das jahrelange Mobbing nahezu wert gewesen war.

Nahezu.

Aber das Mädchen. Im Gegensatz zu Alice Crookshank war sie entwischt. Geflohen, vermutlich auf dieselbe Art wie Ollie Turner. Und überhaupt auch nur seinetwegen. Wenn er nicht weggerannt wäre. Wenn er seine Nase nicht hinter Türen gesteckt hätte, die er kein Recht zu öffnen hatte …

»Warum hat man mich darüber nicht früher informiert?«, wollte Sikes von Grimwig wissen.

»Bis vor ein paar Stunden hat niemand daran gedacht, sie noch mal zu zählen.«

Sikes schürzte ihre perfekt bemalten Lippen. »Und welcher Idiot hat die Schlüssel im Schloss stecken lassen?«

Mit den Augen deutete er auf die beiden Wachen, die nervös an der gegenüberliegenden Wand standen.

Sikes drehte sich um. Bullseye, der bisher folgsam neben ihr gewartet hatte, betrachtete das als ein Zeichen. Der Hund lief auf die beiden Männer zu und knurrte sie an: ein dunkles, unheilvolles Grollen aus den Tiefen hinter seinen messerscharfen Zähnen.

Der Jüngere und Schlankere der beiden trat nach vorne. »Es tut uns leid, Ms Sikes, ganz ehrlich. Bulger hat gesagt, es würde uns Zeit sparen …«

»Zeit?«, sagte Sikes und schnitt ihm das Wort ab. »Ihr nennt das – meine Anwesenheit hier – Zeit sparen?«

Bullseye knurrte noch einmal und die Wache schüttelte wimmernd den Kopf. Er zog sich an die Wand zurück.

Sikes wandte sich an den älteren und dickeren Mann. Bulger, von seinen Kollegen ausschließlich Mops genannt. *Wie passend,* dachte Sikes, während sie seine Wampe betrachtete, die über seine Gürtelschnalle schwappte. Er sah aus, wie er hieß.

»Das war deine Entscheidung?«

Der große Mann schwabbelte regelrecht vor Angst. Als er den Kopf schüttelte, bebten seine Wangen ebenfalls. »Das ist gelogen«, behauptete er. »Timmons hier …«, er zeigte mit dem Kopf auf den dünnen Mann, »er hat gesagt, dass es Zeit sparen würde. Er lässt immer Aufgaben aus. Ist immer zu spät, versucht immer, früher Feierabend zu machen. Er ist faul, das ist er. Es ist seine Schuld, dass das Mädchen entkommen ist.«

Sikes betrachtete nun wieder Timmons, der bei Bulgers Anschuldigungen die Augen weit aufriss. Sikes wusste genau, welcher Mann log.

Sie traf ihre Entscheidung.

»Du«, sagte sie zu Timmons, »stell dich da drüben hin. Zur Strafe musst du die Sauerei aufputzen.«

In Timmons Erleichterung mischte sich Verwirrung. Er schlurfte zur gegenüberliegenden Wand und machte nervös einen großen Bogen um Bullseye. »Aber … was für eine Sauerei, Ms Sikes?«, fragte er, ein Auge auf den riesigen Husky gerichtet, während er das andere über den nackten Korridor schweifen ließ.

Maddy Sikes antwortete nicht. Als sie sich abwandte, folgte ihr Grimwig sofort. Während sie den Flur entlangmarschierten, wurde Bullseyes Knurren hinter ihnen lauter. Ein Schrei war zu hören, schriller, als es Sikes bei einem so großen Mann erwartet hatte – dann verstummte der Schrei abrupt.

Sie waren im Lagerhaus, als Bullseye sie einholte. Er leckte sich über die Zähne, als versuchte er, etwas von seinem schneeweißen Fell zu entfernen, das wie Lippenstift aussah.

Sikes griff nach unten und strich mit der Hand über seinen Rücken.

100. Bulger war nicht gerade das denkwürdige Opfer, mit dem sie diese signifikante Zahl hatte erreichen wollen, aber sein Tod war unausweichlich gewesen und es brachte nichts, ihn aufzuschieben. Maddy Sikes duldete keine Fehler. Schlamperei und Täuschung duldete sie noch weniger.

Sie hatte darüber nachgedacht, Grimwig die Schuld an dem zu geben, was passiert war. Schließlich hatte er Bulger eingestellt, was ihn indirekt für die Fehler des Mannes verantwortlich machte.

Sikes würde ihren Assistenten im Auge behalten und sich gleichzeitig nach einem potenziellen Ersatz umsehen müssen. Es gab da eine Person, die passen könnte. Ja, wirklich, sehr gut passen könnte. Diese Person müsste ausgebildet und vernünftig motiviert werden. Und Sikes müsste sehen, wie sie bei dem Vorstellungsgespräch, an dem sie unwissentlich gerade teilnahm, abschnitt. Aber vielleicht, bald …

Sikes richtete ihre Aufmerksamkeit wieder auf das, was vor ihren Augen ablief.

Im Lagerhaus fand gerade eine riesige Aufräumaktion statt. Die Lieferung war bereits umgeladen worden und konnte jetzt jederzeit in Position gebracht werden. Ein Heer aus Männern in weißen Overalls ging peinlich genau seiner Arbeit nach. Es war wichtig, dass sie keine Spuren hinterließen, keine möglichen Beweismittel übersahen. Jetzt, da Nancy Bedwin ausgeschaltet war, standen die Chancen zwar gut, dass niemand hier danach suchen würde, aber Sikes konnte keine weiteren Fehler erlauben. Eine entkommene Gefangene konnte sie dulden – wenn man die Tatsache, dass sie den Verantwortlichen soeben von ihrem Kampfhund in Stücke hatte reißen lassen, als ›dulden‹ bezeichnen konnte – doch bei diesem Teil ihres Plans stand mehr auf dem Spiel. Auch nur ein kleiner Flüchtigkeitsfehler und alles, was Sikes geplant hatte, würde scheitern.

»Wie lange noch?«, fragte sie Grimwig.

»Noch eine Stunde. Höchstens zwei.«

Schneller als geplant. Sikes nickte anerkennend.

»Und der Doktor? Erfüllt er alle Erwartungen?«

Sie hatten Dr. Gruber den Nordkoreanern abgejagt, natürlich ohne ihr Wissen. Sikes störte es nicht, sich Feinde zu machen. In ihrer Branche ließ sich das nicht vermeiden. Aber sogar Sikes würde nicht so weit gehen, einen Schurkenstaat zu provozieren, der über Atomwaffen und eine Armee mit über fünf Millionen Soldaten verfügte.

»Der Doktor ist auf Kurs«, sagte Grimwig.

Dann entwickelte sich ja alles prächtig, dachte Sikes, von ein paar kleineren Problemen abgesehen. Apropos, es war auch höchste Zeit, Ollie Turner auszuschalten. Ein einziger Anruf konnte das erledigen.

Was die anderen Kinder betraf, die in diesem fürchterlichen Keller eingesperrt waren, brachte es nichts, eine weitere Flucht zu riskieren. Außerdem war Phase eins abgeschlossen. Es wurde Zeit, mit Phase zwei zu beginnen.

»Die Kinder«, sagte Sikes zu Grimwig. »Ich glaube, es ist Zeit.«

»Sie meinen …«

Bullseye leckte sich immer noch die Lefzen. Sikes ging vor ihm in die Hocke, sodass sie und der Hund auf Augenhöhe waren. Während sie Bullseye hinter den Ohren kraulte, schloss sie die Augen und atmete genüsslich den frischen Duft des Todes ein. Sie atmete aus und sah Grimwig direkt an.

»Ich meine, sie töten«, sagte sie. »Tötet sie alle.«

16 NEUES SPIELZEUG

»Es hat angefangen«, sagte Jack.

Das Ermittlungsteam hatte sich im Kontrollraum versammelt. Keya war auch dort. Niemand war sonderlich glücklich darüber, sie in die Zentrale des Haven einzuladen, aber sie waren zu dem Schluss gekommen, dass sie keine andere Wahl hatten. Abgesehen von allem anderen würden sie außerdem ihre Hilfe brauchen.

»Schieß los«, bat Dodge sie, als er und die anderen sich um sie scharten. Ollie stand etwas abseits. Auch wenn er sich dem Kampf jetzt ganz verschrieben hatte – sollte Maddy Sikes wirklich dahinterstecken, hatte Ollie mehr Grund als irgendjemand sonst, die Sache aufzudecken –, kam er sich immer noch wie der Neue an der Schule vor.

»Der Krieg, den Ollie vorhergesehen hat«, erklärte Jack. »Er hat angefangen. Momentan sind es lediglich kleinere Auseinandersetzungen, aber überall in der Stadt brechen Kämpfe aus.«

Ollie sah, dass Jack Twitter, Instagram, Snapchat und mehrere Newsfeeds überwachte. Insgesamt hatte sie drei Monitore vor sich aufgereiht, wobei der letzte eine genaue Kopie des Polizeikontrollsystems abzubilden schien. Ollie wusste von Nancy, dass der Nachrichtenverkehr aller Notfalldienste für die Öffentlichkeit gesperrt war. Jack musste sich eingehackt haben.

Sie zuckte schuldbewusst mit den Achseln, als sie Ollies Blick bemerkte.

»Wir bemühen uns, so weit wie möglich keine Gesetze zu brechen«, sagte sie, »aber manche Informationen sind zu wertvoll, um sie nicht zu nutzen.« Sie tippte auf den Bildschirm. »So was hilft uns, Leben zu retten.«

Dodge spähte über Jacks Schulter und ließ den Blick über die Bildschirme schweifen.

»Du hattest recht, was deinen Bruder betrifft«, sagte er zu Keya. »Diesem Bericht nach sind fünf Polizeieinheiten zu Unruhen auf der Winslow-Wohnanlage in Brixton gerufen worden. Das ist das Revier der Southsider, oder? Zwei Polizeibeamte verletzt, sieben Bandenmitglieder im Krankenhaus. Sechzehn Leute sind in Gewahrsam.«

Keya blickte besorgt. »Steht da, wer verletzt ist? Stehen da irgendwelche Namen?«

Dodge zuckte entschuldigend mit den Schultern und schüttelte den Kopf.

»Danny Hunter hat auch zugeschlagen«, sagte Flea und stieß einen Finger in die Mitte eines Bildschirms. »Dann hat er uns wohl doch geglaubt, dass wir seinen Sohn nicht entführt haben. Wie's aussieht, beschuldigt er die Shiver Street Gang.«

»Die wahrscheinlich Danny Hunter beschuldigen, ihr verschwundenes Gangmitglied entführt zu haben.« Jack scrollte durch den Newsfeed, den Flea entdeckt hatte. »Dein Onkel Danny macht keine halben Sachen«, bestätigte sie. »Das Hauptquartier der Shiver Streets wurde in Brand gesetzt. Vier Löschfahrzeuge am Schauplatz. Es wurden Verletzte gemeldet, aber nicht, wie viele.«

Ollie trat näher an Jacks Tisch heran. »Warte mal. Wenn er jetzt die Shiver Street Gang beschuldigt, heißt das dann, dass er Erik freilassen wird?«

»Das kannst du vergessen«, sagte Dodge. »Warum würde er das tun? Er weiß nicht, ob die Shiver Street Gang verantwortlich ist, aber wie Keya gesagt hat: Er kann es sich nicht leisten, schwach auszusehen, nur für den Fall, *dass* sie Harvey entführt haben. Außerdem arbeiten wir kostenlos für ihn. Was hätte er also davon, Erik gehen zu lassen?«

Ollie warf einen verstohlenen Blick auf den Countdown von Dodges Uhr. Weniger als zwanzig Stunden bis zur Mittagsfrist.

»In Acton ist noch ein Feuer ausgebrochen«, meldete Jack, während sie weiterscrollte. »Weitere Auseinandersetzungen in Wandsworth, Islington, Chelsea. Anscheinend haben die Notfalldienste Schwierigkeiten, die Situation unter Kontrolle zu bringen.«

»Aber was hat Maddy Sikes davon, wenn sie dafür sorgt, dass sich die Stadt zerfleischt?«, fragte Sol. »London ist auch ihr Revier. Ihr gehört zwar nicht so viel davon, wie sie gerne hätte, aber es liegt nicht in ihrem Interesse, London in ein Kriegsgebiet zu verwandeln. Das ist doch bestimmt schlecht fürs Geschäft.«

»Das kommt ganz darauf an, von welcher Art Geschäft du sprichst«, warf Jack ein.

»Und genau das ist die Frage«, sagte Dodge. Er schüttelte den Kopf. »Was um alles in der Welt treibt Sikes da?«

Ollie hatte sich dasselbe gefragt. Und über Nancy nachgedacht. Darüber, mit welcher Skrupellosigkeit Sikes sie aus dem Weg geräumt hatte. Es ergab keinen Sinn, dass Sikes eine Polizistin völlig grundlos umbringen ließ, es sei denn, diese Polizistin stand kurz davor, etwas zu entdecken, das Sikes unbedingt geheim halten wollte. Und ein Bandenkrieg kam ihm einfach nicht wie ein ausreichender Grund vor.

»Vielleicht ist der Gangkrieg nicht das eigentliche Ziel«, meinte Ollie. »Vielleicht ist das Ziel das dadurch entstandene Chaos – die Tatsache, dass die Notfalldienste jetzt voll ausgelastet sind. Vielleicht sind die Kämpfe, die Brände nur als Ablenkung gedacht.«

Niemand sagte ein Wort. Sogar Ollie fühlte sich ganz benommen, als er darüber nachdachte, was das bedeuten würde. Wenn er recht hatte und das, was gerade passierte, war nur der Auftakt für etwas anderes – ein Mittel, um die Polizei zu beschäftigen –, musste das, was als Nächstes bevorstand, von einem völlig anderen Kaliber sein.

Flea brach schließlich das Schweigen. »Was spielt das für eine Rolle?«, fragte er. »Wen interessiert's, was Maddy Sikes *plant*. Wir sind ihr auf die Schliche gekommen. Wir wissen, dass sie dahintersteckt, egal, was es ist, also lasst uns was dagegen *unternehmen*! Retten wir die Kids und bringen sie nach Hause, dann werden die Kämpfe aufhören. Wenn wir das schaffen, haben wir Sikes' finsteren Plan durchkreuzt, bevor er überhaupt angefangen hat.«

Lily trat näher an ihren Bruder heran. »Das ist gar keine so schlechte Idee, weißt du«, sagte sie zu Dodge. »Egal, was Sikes vorhat, es bringt nichts, darauf zu warten, dass es passiert.«

Dodge betrachtete den Computerbildschirm mit einem Stirnrunzeln. Er las nicht mehr, stellte Ollie fest. Er traf eine Entscheidung.

Er richtete sich auf.

»Flea hat recht«, erklärte er.

Flea gab im Hintergrund einen erleichterten Seufzer von sich. »Endlich«, murmelte er.

»Wir machen, was Flea vorgeschlagen hat«, fuhr Dodge fort. »Wir gehen zurück zum Lagerhaus.« Als Flea sich in Bewegung setzte, hob Dodge einen Finger und stoppte ihn. »Aber nur ich, Keya … und Ollie.«

»Was?«, platzte Flea heraus.

Auch Ollie war überrascht.

»Nur wir drei kennen uns vor Ort aus«, sagte Dodge. »Und wenn wir alle gehen, ist das Risiko größer, dass man uns entdeckt. Man hat Sikes mittlerweile bestimmt über Keyas Flucht informiert und das bedeutet, dass ihre Männer besonders wachsam sein werden. Wir müssen schnell und heimlich agieren. Unbeobachtet. Sind wir uns einig?«

Dodge sah Flea an, der als einziges Mitglied des Ermittlungsteams nicht nickte. Vielmehr schäumte er sichtlich vor Wut.

Dodge wandte sich an Keya. »Ist das für dich okay?«, fragte er sie.

»Da kannst du drauf wetten«, erwiderte Keya mit einem wild entschlossenen Blick in den Augen.

»Was ist mit dir, Ollie?«, fragte Dodge. »Bist du dabei?«

Ollie erlaubte sich einen flüchtigen Blick zu Flea. »Wann gehen wir?«, fragte er.

Nur Flea weigerte sich, ihnen in den Ausrüstungsraum zu folgen. Er war nach Dodges Entscheidung davongestürmt und hatte die Tür hinter sich zugeknallt.

Ollie versuchte, sich auf die Aufgabe zu konzentrieren, die ihnen bevorstand. Er würde zu dem Gefängnis zurückkehren, aus dem er gerade erst entkommen war.

»Vergiss nicht, Ollie«, sagte Dodge zu ihm, als sie wieder im Ausrüstungsraum waren, »das ist eine Rettungsmission. Das ist nicht der richtige Zeitpunkt, um sich zu rächen.«

Ollie sah auf und begegnete einen Moment lang Dodges Blick. Dann nickte er.

»Bevor du gehst«, hielt Jack Ollie auf, »habe ich noch ein paar kleine Spielzeuge für dich, die sich im Notfall als nützlich erweisen könnten.«

Sie reichte Ollie ein Handy, das genau wie das von Dodge aussah, bis hin zur modifizierten Antenne.

»Es ist nicht ganz so ausgestattet wie Dodges, verfügt aber über genügend außergewöhnliche Features, um dir nützlich zu sein. Am wichtigsten ist die Kommunikations-App, die sogar unten in den Tunneln funktioniert. Dodge wird alle deine Nachrichten auf seinem Handy sehen und auch wir werden sie hier überwachen können.«

Ollie nahm das Gerät entgegen. Es war schwerer als ein normales Handy. Das zusätzliche Gewicht war eigenartig beruhigend.

»Und dann habe ich da auch noch eins von diesen hier für dich.« Jack hielt ihm ein lilafarbenes Silikon-Armband hin, dieselbe Farbe wie seine alte Schuluniform.

»Es ist nichts Besonderes. Aber darin ist ein äußerst starker Peilsender verborgen. In deinem Handy ist natürlich auch einer, aber wenn man dich erwischt, wird man dir das Handy wegnehmen. Das Armband werden sie wahrscheinlich übersehen. Und falls doch nicht, lässt sich das Signal dieser Babys unter keinen Umständen abschalten. So wissen wir zumindest, wo wir anfangen müssen, nach euch zu suchen.«

Dass Jack davon sprach, dass er gefangen genommen werden könnte, entspannte Ollie nicht unbedingt. Er legte das lilafarbene Armband an. Da fiel ihm zum ersten Mal auf, dass die anderen Mitglieder des Ermittlungsteams auch alle eins trugen, jeweils in einer anderen Farbe. Jacks war gelb, das von Dodge war weiß.

»Und als Letztes, Ollie, weil du noch nicht gelernt hast, wie Song Leuten in den Hintern zu treten …«, sagte Jack und griff nach hinten. »Etwas, mit dem du jedem Bösewicht, der sich mit dir anlegt, einen kleinen Schock verpassen kannst.«

Jack hielt ihm zwei schlichte Silberringe hin, die einem Paar Eheringe ähnelten.

»Schmuck?«, sagte Keya, die zuschaute. »Was soll er damit anstellen, die Bösewichte zu Tode blenden?«

»So was in der Art«, gab Jack mit einem Lächeln zurück. Sie

steckte sich einen Ring an jede Hand. »Wenn du etwas mit nur einem Ring berührst, passiert nichts.« Jack drückte einen Ring gegen Sols nackten Arm. »Aber wenn du etwas, das Strom leitet, mit *beiden* Ringen berührst ...« Sie streckte die andere Hand aus, doch bevor sie Sol berühren konnte, sprang er zurück.

»Nee, nee«, protestierte Sol. »Ich stehe nicht als Versuchskaninchen zur Verfügung.«

Jack sah sich nach einem anderen Opfer um, aber auch alle anderen wichen vor ihr zurück.

»Spielverderber«, sagte Jack. »*So* doll hätte es auch wieder nicht wehgetan. Es fühlt sich wie ein starker Stromschlag an, das ist alles. Gerade stark genug, um jemanden, der dich anpackt, dazu zu bringen, dich wieder loszulassen.«

Sie nahm die Ringe ab und reichte sie Ollie. »Einen an jede Hand«, wiederholte sie. »Wenn du dann etwas – oder jemanden – anfasst, musst du leicht zudrücken. Pass aber auf: Du kannst sie nur einmal benutzen.«

Ollie nahm sie nervös entgegen. Er rechnete mit einem elektrischen Schlag, als die Ringe seine Haut berührten, doch aus irgendeinem Grund – der mangelnde Druck vielleicht? – passierte gar nichts, als sie in seiner Hand landeten. Er steckte sie an beide Mittelfinger. Sie waren ein bisschen locker, fielen aber nicht ab, als er die Hände schüttelte.

»Für dich habe ich auch welche, wenn du möchtest, Keya«, sagte Jack. »Und ich kann auch ein Armband für dich fertig machen, wenn du magst.«

»Nichts für ungut, aber nein danke«, erwiderte das Mädchen

stolz. »Ich kann auf mich selbst aufpassen. Und ich will auf keinen Fall, dass irgendjemand – egal wer – genau weiß, wo ich zu finden bin.«

»Ich hatte mir schon gedacht, dass du das sagen würdest«, antwortete Jack.

Ollie breitete die Finger vor sich aus und musterte die unscheinbaren Ringe.

»Seid ihr startklar?«, fragte Dodge und marschierte durch die Gruppe. Er blieb an der Tür stehen, die hinunter in die Tunnel führte, und wandte sich wieder dem Raum zu.

»Seid vorsichtig«, sagte Lily und ging nach vorne. Ollie sah, wie sie ihre Finger mit Dodges verschränkte und ihn sanft auf die Lippen küsste.

Eine Hand fiel auf Ollies Schulter und ließ ihn mit einem schlechten Gewissen herumwirbeln. Aber es war nur Sol, der Ollie die andere Hand hinhielt, damit er sie schüttelte.

»Viel Glück, Alter«, sagte Sol zu ihm, während er Ollies Arm drückte. »Und falls du Mad Maddy über den Weg läufst«, fuhr Sol fort und sein nervöses Lächeln nahm einen entschlossenen Zug an, »solltest du sie daran erinnern, mit wem sie es zu tun hat.«

17 IN DER HÖHLE DES LÖWEN

Sie eilten durch die Tunnel, den Weg zurück, auf dem sie geflohen waren. Lange bevor Ollie damit gerechnet hätte, gab Dodge ihnen ein Zeichen, stehen zu bleiben.

»Sind wir schon da?«, flüsterte Ollie.

»Wir sind da«, antwortete Dodge. »Genau an unserem Ausgangspunkt, Ollie.« Er streckte einen Finger aus und Ollie erkannte die Leiter an der Wand hinter Dodge.

»Werden sie nicht darauf gefasst sein, dass wir auf demselben Weg reinkommen, auf dem wir entkommen sind?«

»Wer sagt, dass sie wissen, wie wir entkommen sind?«, gab Dodge zurück. »Du hast den Gullydeckel doch wieder geschlossen, oder, Keya?«

»Klar doch«, bestätigte sie. »Und bevor du fragst, es hat mich auch niemand gesehen, wie ich hier runtergegangen bin.«

Dodge nickte anerkennend und spähte dann in die Finsternis. »Außerdem«, sagte er, »bezweifle ich, dass sie uns überhaupt erwarten. Wir sind ihnen schon das letzte Mal nur knapp entwischt. Sie denken sicher, dass wir nach allem, was wir durchgemacht haben, bestimmt nicht so dumm wären, zurückzukommen.«

Dodge schenkte Ollie ein Grinsen und Ollie erwiderte es unwillkürlich. Sogar Keya lächelte schelmisch.

Sie kletterten die Leiter hoch, Dodge als Erster, dann Keya und schließlich Ollie als Schlusslicht. Dodge hob vorsichtig, Stück für Stück, den Gullydeckel an. Und mit jeder Sekunde, die verging, machte sich Ollie auf einen die Stille zerreißenden Schrei oder Schuss gefasst.

Aber nichts passierte. Sobald sich Dodge vergewissert hatte, dass die Luft rein war, kletterte er hinaus auf den Hof. Keya und Ollie folgten ihm.

Der Lastwagen, der dort geparkt gewesen war, stand immer noch an derselben Stelle und bot ihnen eine willkommene Deckung. Außerdem wurde es schon dunkel, was bedeutete, dass es später war, als Ollie angenommen hatte.

»Folgt mir«, wies Dodge sie an, »und bleibt geduckt.«

Es war nicht wie zuvor. Ollie erinnerte sich an die Anzahl von Wachen, die beim letzten Mal in der Anlage stationiert gewesen waren, das Geschrei der Männer, die sie verfolgt hatten. Jetzt herrschte Totenstille und es war niemand zu sehen.

Er hätte erleichtert sein sollen. Warum hatte er aber dann das Gefühl, dass etwas nicht stimmte?

Als sie sich dem Gebäude näherten, warf Dodge ihm einen Blick zu und Ollie konnte an seiner Miene erkennen, dass er sich dieselben Gedanken machte.

Sie waren nicht so dumm, das Lagerhaus durch die Brandschutztür zu betreten, und suchten auf der Rückseite des Gebäudes nach einem anderen Weg hinein. Sie wurden schnell fündig: ein Fenster im Erdgeschoss, das einen Spaltbreit offen stand.

Zu einfach, dachte Ollie. *Das ist doch bestimmt viel zu einfach.*

Er zwängte sich durch die Öffnung und landete neben den anderen in der Hocke auf dem Lagerhausboden.

Dem *leeren* Lagerhausboden.

Das Fenster hatte sie in eine Ecke der riesigen Halle geführt, die zuvor noch mit gestapelten Kisten gefüllt gewesen war. Es war nicht Maddy Sikes' übliche Art der Lieferung, hatte Dodge bei ihrem letzten Besuch gesagt, und Ollie hatte sich gefragt, was er damit meinte. Aber das spielte keine Rolle mehr. Ganz gleich, was Sikes transportiert hatte, es war schon seit Langem weg.

Nachdem er sich vergewissert hatte, dass sie allein waren, schaltete Dodge die Taschenlampe seines Handys ein und Ollie folgte seinem Beispiel. Als sie den Lichtstrahl über den Betonboden schweifen ließen, entdeckten sie keine einzige leere Kiste, nicht einmal einen weggeworfenen Zigarettenstummel. Es war, als hätten sie sich das, was sie hier beobachtet hatten, nur eingebildet oder als wären sie irgendwie im falschen Lagerhaus gelandet.

Dodge und Ollie tauschten einen Blick.

»Und?«, zischte Keya. »Was jetzt?«

Ollie versuchte, nicht auf die Stimme in seinem Kopf zu hören. *Du bist zu spät*, sagte sie ihm. *Du hattest eine Chance und hast sie vertan. Die vermissten Gangmitglieder sind tot, Erik ist tot und Maddy Sikes – Nancys Mörderin – ist davongekommen. Und es ist* deine *Schuld.*

Dodge schaltete seine Taschenlampe aus. Ollie tat es ihm

gleich. Als sich ihre Augen an die Dunkelheit gewöhnt hatten, richtete sich Dodge auf.

»Wir gehen weiter«, sagte er leise, als würde ihn das leere Lagerhaus genauso misstrauisch machen wie Ollie. »Es hat sich nichts geändert. Nur weil die Lieferung weg ist, heißt das nicht, dass sie die Gefangenen auch weggebracht haben. Und wenn doch, können sie nicht sehr weit sein.«

Sie drückten sich an die Wand, wo die Schatten am dunkelsten waren, und gingen los. Ollie bemerkte, dass er schwitzte, weniger der Temperatur als seiner Anspannung wegen. Als er die Finger bewegte, spürte er das Gewicht der Ringe, die Jack ihm gegeben hatte, und hoffte, dass die Feuchtigkeit an seinen Handflächen sie nicht aus Versehen auslösen würde.

Plötzlich war ein scheppperndes Geräusch zu hören und kurz darauf durchflutete Licht das gesamte Lagerhaus.

»Scheinbar sind ein paar Ratten aus der Kanalisation entkommen«, hörten sie eine Stimme so klar und kühl wie Eis.

Ollie wirbelte herum. Er sah eine Frau, groß und schwarz gekleidet, mit einem Schopf aus stoppeligem weißen Haar. Sie funkelte bei jeder Bewegung, weil sich das Licht in ihrem Diamantschmuck brach.

Maddy Sikes, höchstwahrscheinlich.

An ihrer Seite war einer der größten Hunde, die Ollie je gesehen hatte.

Ohne es zu merken, trat er einen Schritt auf sie zu. Statt Angst tobte in diesem Moment die reinste Wut in ihm – eine wilde Entschlossenheit, Sikes für das, was sie getan hatte, bezahlen zu lassen. Doch dann bemerkte Ollie die Wachen, die um sie herum auftauchten. Eine kleine Armee: mindestens zwanzig oder dreißig. Ollie und seine Freunde waren umzingelt.

»Los!«, schrie Dodge. »Rennt.«

Das musste er ihnen nicht zweimal sagen.

»Schnappt sie euch!«, brüllte Sikes.

Dodge stürmte auf eine Leiter zu, die etwa fünfzehn Meter entfernt war. Ollie hatte keine Ahnung, wohin sie führte. Aber wenn es ihnen gelang, hinaufzuklettern und die Leiter dann umzukippen, würde ihnen das zumindest ein wenig Zeit verschaffen.

Sie hatten sowieso keine andere Wahl. Jeder weitere Ausgang aus dem Lagerhaus war versperrt.

Einer von Sikes' Männern war schneller als seine Kollegen und rannte auf sie zu, um ihnen den Weg abzuschneiden. Er breitete die Arme aus, als Dodge näherkam, doch Dodge machte im allerletzten Moment eine Rolle vorwärts und haute den Mann damit um.

Ollie war an Keya vorbeigezogen und sprang über den am Boden liegenden Mann. Als er landete, war er auf gleicher Höhe mit Dodge, der wieder auf die Füße gesprungen war.

Sie sprinteten weiter, Keya unmittelbar hinter ihnen, bis sie plötzlich aufschrie.

Ollie und Dodge drehten sich gleichzeitig um. Der Wachmann, der von Dodge umgehauen worden war, hatte eins von Keyas Beinen gepackt. Und auch einer seiner Kollegen würde gleich bei ihr sein.

»Keya!«, brüllte Ollie. Er drehte sich um und wollte zurückrennen, um seiner Freundin zu helfen, aber Dodge zog ihn mit sich. Gerade noch rechtzeitig: Ein dritter Mann war wie aus dem Nichts aufgetaucht und hätte Ollie geschnappt, wenn Dodge ihn nicht zurückgezogen hätte.

»Geht!«, schrie Keya ihnen zu und Ollie begriff, dass sie keine andere Wahl hatten.

Dodge wirbelte herum und riss Ollie mit sich. Auf den letzten Metern vor der Leiter stellte sich ihnen ein abartig aussehender Mann mit einem haiähnlichen Grinsen in den Weg. Dodge beschleunigte, senkte die Schulter und prallte geradewegs in die Brust des Mannes, der wie ein Smartie aus ihrem Weg purzelte und so die unteren paar Sprossen freimachte.

Dodge stieg die Leiter als Erster hoch. Als er die Plattform erreicht hatte, beugte er sich nach unten und streckte die Hand aus.

»Beeil dich, Ollie! Sie sind direkt hinter dir!«

Ollie kletterte, so schnell er konnte. Bevor er sich jedoch nach der Hand seines Freundes ausstrecken konnte, packte ihn jemand am Fuß.

Ollie schaute erst gar nicht hin. Er trat nach unten und spürte, wie die Person, die ihn festhielt, losließ.

Einen Moment lang dachte Ollie, er würde es schaffen. Er stieg eine weitere Sprosse nach oben und war schließlich in Reichweite von Dodge, aber diesmal packten ihn mehr als zwei Hände. Ollie spürte, wie man ihn an *beiden* Beinen griff. Als er nach unten schaute, sah er ein halbes Dutzend Wachen am Fuß der Leiter, die ihn alle auf den Boden herunterziehen wollten. Es war, als würde er in eine Grube voller durchgeknallter Zombies blicken.

»Ollie!«, schrie Dodge und Ollie merkte, wie sich die Hand seines Freundes um seinen Oberarm legte. Einen schier ewigen Moment lang wurde Ollie in zwei Richtungen gezerrt, wie ein menschliches Seil bei einer teuflischen Partie Tauziehen.

Aber es bestand überhaupt kein Zweifel, welche Seite gewinnen würde. Dodges Hand glitt ab, bis seine Finger an Ollies Armband hängen blieben. In diesen letzten Sekunden war es nur die Stärke des Silikonbands, welche die beiden noch zusammenhielt.

Doch dann riss das Gummiband, Ollies Handgelenk löste sich heraus und er fiel …

Fiel …

In Richtung Boden.

18 ALARMSTUFE ROT

Ollie konnte nichts tun, um sie abzuwehren. Er wurde von allen Seiten gepackt, und bevor er wusste, wie ihm geschah, zerrten sie ihn durch das Lagerhaus.

Die Männer warfen ihn in einen dunklen Raum und einen Augenblick lang glaubte Ollie, er wäre wieder hinter der Tür, durch die er und Keya entkommen waren. Aber dann hörte er das Geräusch eines Motors – eines großen Dieselmotors – und die Wände fingen an zu beben.

Er befand sich im Inneren eines Lasters. Eines *fahrenden* Lasters. Erst jetzt bemerkte Ollie die Temperatur – eine Kälte, als wäre er in einem Kühlschrank gefangen.

Neben sich hörte er ein schlurfendes Geräusch. Er verengte die Augen, um tiefer in die Finsternis spähen zu können. Mit der Zeit konnte er alle möglichen Formen ausmachen, die jedoch zu verworren waren, als dass er sich einen Reim darauf hätte machen können. Als sich die Dunkelheit allmählich auflöste, begriff Ollie, was er da sah: Beine, Füße, Arme, Köpfe. Ollie war nicht allein. Am anderen Ende des Containers lagen Menschen.

»Hallo?«, rief er. Halb lag er, halb kniete er neben den Türen des Containers, an der Stelle, an die ihn Sikes' Männer geworfen hatten. Er stand unsicher auf, stützte sich an den Wänden des Lasters ab und ging auf die Fahrerkabine zu.

Eine Stimme drang schwach durch die Dunkelheit.

»Ollie? Bist du das?«

Ollie hielt inne und legte den Kopf schief. »Keya?«

»Hier drüben, Ollie.«

Ollie machte einen weiteren Schritt nach vorne und schließlich sah er sie. Und nicht nur sie. Keya war ihm am nächsten von etwa zwei oder drei Dutzend Jugendlichen, die am Ende des Containers gegenüber den Lastwagentüren zusammengekauert waren.

Die verschwundenen Gangmitglieder. Ollie hatte sie gefunden, wenn auch nicht ganz so, wie er es sich vorgestellt hatte.

Keya war an der Wand zusammengesackt. Das einzige Licht im Hinteren des Lastwagens schien von einer Reihe schwach leuchtender Röhrenlampen an der Decke zu kommen, ähnlich der Notfalllichter in einem Flugzeug. Doch selbst im Halbdunkel konnte Ollie erkennen, wie schwer Keya verletzt war. Ihre Lippe blutete und ihr linkes Auge war blau und geschwollen.

»Sie haben dich auch erwischt«, murmelte sie schwach. Sie schenkte Ollie ein bitteres, niedergeschlagenes Lächeln. »Ich hatte gehofft, dass du und Dodge entwischt wärt.«

Sie schien zu versuchen, über Ollies Schulter zu spähen. Ollie drehte sich nach hinten, um zu sehen, was sie suchte, und ließ dann den Blick schnell über die Gesichter der anderen Gefangenen schweifen.

»Ist Dodge nicht hier?«, fragte er.

Keya schüttelte den Kopf. »Als ich ihn das letzte Mal gesehen habe, war er mit dir zusammen.«

Und das bedeutete … was? Dass Dodge entkommen war? Ollie verspürte Hoffnung. Wenn Dodge es rausgeschafft hatte, würde schon bald Hilfe unterwegs sein. Doch dann erinnerte sich Ollie daran, was passiert war, und berührte sein nacktes Handgelenk. Sein Peilsender. Das Armband. Es war gerissen, als Dodge versucht hatte, ihn zu retten. Ollies Handy war auch weg und das hieß, dass die Haven-Crew keine Möglichkeit hatte, ihn zu finden. Und der Laster könnte sie sonst wohin bringen.

Ollie wandte sich den anderen zu. Keiner von ihnen hatte bisher auch nur ein Wort gesagt, und als Ollie genauer hinsah, stellte er fest, dass sich auch niemand regte. Einige starrten geistesabwesend ins Leere, aber die meisten hatten die Augen geschlossen.

»Was ist mit ihnen los? Sind sie …?«

»Sie sind am Leben«, erklärte ihm Keya. »Aber ihnen ist eiskalt. Wer weiß, wie lange man sie bereits hier drin eingesperrt hat. Ich werde schon blau und bin erst seit zehn Minuten hier.« Als wollte sie es demonstrieren, fing sie heftig an zu zittern. Sie trug ein T-Shirt, dessen Ärmel an den Schultern abgerissen waren, und Ollie konnte Gänsehaut auf ihrer nackten Haut erkennen.

»Es muss ein Lebensmittellaster sein oder so was in der Art«, sagte Ollie. »Wie sie Supermärkte benutzen.« Er zog seinen Kapuzenpulli aus. »Hier, nimm das.« Er legte den Pulli wie eine Decke über Keya.

Der Lastwagen schlingerte und Ollie fiel gegen die Containerwand. Er ließ sich auf den Boden gleiten und schmiegte sich an Keya, so wie die anderen Gefangenen, die sich verzweifelt zusammengedrängt hatten, um warm zu bleiben. Er musterte ihre glasigen Augen und sah, wie ein oder zwei von ihnen zuckten, als würden sie träumen … und dann, ob von der Kälte oder der Bewegung des Lasters oder einfach aus reiner Erschöpfung, schlief Ollie schließlich selbst ein.

Ein Rumpeln, das von unten kam, und ein scharfer Schmerz in seinen Rippen weckten ihn auf.

»Wach auf, Ollie. Wir werden langsamer.«

Ollies Augenlider fühlten sich so schwer an, als wäre es Montagmorgen.

»Wie viel Uhr ist es?«, murmelte er. »Hab ich verschlafen?«

Er spürte einen weiteren Stoß in die Seite. Ollie drehte sich ruckartig um und sah Keya neben sich. Das Quietschen von Bremsen durchzuckte ihn wie ein Wecker und Ollie schreckte auf, wobei ihn die Wirklichkeit wie ein Eimer kaltes Wasser traf.

»Was ist los?«, fragte er. »Wo sind wir?«

Keya stöhnte, als sie sich in eine aufrechte Position hievte. »Ich bin mir nicht sicher. Ich muss wohl irgendwann eingeschlafen sein.«

Sie hatte recht mit dem, was sie eben gesagt hatte: Der Lastwagen wurde definitiv langsamer. Die Geschwindigkeitsveränderung sowie das immer wiederkehrende Heulen der Bremsen weckte auch die anderen Kinder und Jugendlichen auf.

Ganz in ihrer Nähe war eine Stimme zu hören. »Wer seid ihr zwei? Ich hab euch hier drin noch nicht gesehen.«

Das Mädchen, das gesprochen hatte, war zwei oder drei Jahre älter als Ollie. Ihr schwarzes Haar hing in Zöpfen herab, in deren Enden jeweils verschiedenfarbige Perlen geflochten waren, und ihre Ohren, ihre Nase und ihre Unterlippe waren gepierct. Sie war nicht wärmer angezogen als die anderen Straßenkids, aber im Gegensatz zu ihnen schien sie bereits völlig bei sich zu sein.

»Shiver-Street-Vollidioten, darauf wette ich mit dir«, sagte ein Junge neben ihr mit erschöpfter Stimme. Genau wie das Mädchen war der Junge etwa fünfzehn oder sechzehn. Er hatte in Spitzen abstehende Haare, ein scharfes Kinn und eine Nase, die wie der Schnabel eines Adlers hervorragte. Er trug eine Baggy-Jeans-Tanktop-Kombi, die Ollie sofort bekannt vorkam.

»Das ist unsere Ecke, ihr Loser«, sprach der Junge weiter. »Los, verschwindet. Die Versager-Ecke ist da drüben.«

»Halt die Klappe, Harvey«, blaffte das Mädchen ihn an. »Wir haben das alles hinter uns, meinst du nicht? Du hast gehört, was sie mit uns vorhaben. Bringt doch echt nichts, uns zu streiten, wenn wir alle im selben Boot sitzen.«

Ollie sah den Jungen an. »Harvey?«, fragte er. »Etwa Harvey Hunter?«

Der Junge verengte die sowieso schon zusammengekniffenen Augen zu Schlitzen. »Das bin ich«, erwiderte er. »Wer will das wissen?«

Bevor Ollie antworten konnte, wandte sich Keya an das Mädchen. »Was hast du gerade gesagt? *Was* haben sie mit uns vor?«

Das Mädchen blickte grimmig. »Wir haben zwei der Wachmänner belauscht«, erklärte sie. »Nicht, dass sie sich groß Mühe gemacht hätten, leise zu sprechen. Wenn du mich fragst, wollten sie, dass wir sie hören.«

»Aber was hören? Was haben sie gesagt?«

»Sie werden uns umbringen«, entgegnete Harvey Hunter trocken. »Uns abmurksen und unsere Leichen dann in ganz London abladen. Wo uns jeder sehen kann. An Orten, an denen man uns finden wird. Sie haben gesagt, bis Mittag würden wir Schlagzeilen machen.«

Ollie trug keine Uhr, aber er sah eine am Handgelenk eines der jüngeren Kinder, die in der Nähe saßen. Laut des Displays war es kurz vor vier Uhr morgens. Der Besitzer der Uhr, die viel zu groß war für sein Handgelenk, schien kurz davor zu sein, in Tränen auszubrechen. Er lauschte jedem Wort, das von Harvey und den anderen kam.

»Aber … warum?«, fragte Keya. »Und wenn sie schon die ganze Zeit vorhatten, uns alle umzubringen, warum haben sie es dann nicht schon längst getan?« Sie redete mit dem Mädchen mit den Zöpfen, drehte sich aber zu Ollie, damit er antwortete.

»Timing«, sagte er. »Das ist der einzige Grund, der irgendeinen Sinn ergibt. Die Entführungen sollten dazu dienen, den Krieg anzuzetteln. Wenn Leichen in den Gebieten verschiedener Gangs auftauchen, wird in der ganzen Stadt Alarmstufe Rot ausgerufen.«

»Krieg?«, hakte das Mädchen mit den Zöpfen nach. »Wovon redet ihr überhaupt? Wer ist im *Krieg*?«

Harvey Hunter schlug sich schadenfreudig aufs Knie. »Mein

Alter«, sagte er zu Ollie. »Stimmt's? Ich wusste, dass er nach mir suchen würde! Ich wusste, dass er es nicht tatenlos hinnehmen würde! Er macht gerade diese Shiver-Street-Schwächlinge fertig, oder?« Als er Ollie anlächelte, ähnelte es mehr einem hämischen Grinsen.

»Halt die Klappe, Harvey!«, fuhr ihn das Mädchen an und schlug ihm auf den Arm. »So wie sich das anhört, ist dein Alter Teil des Problems, stimmt's?« Sie sah Ollie fragend an. »Wie heißt du eigentlich? Ich bin Imani. Harvey habt ihr ja schon kennengelernt«, fügte sie mit missbilligend geschürzten Lippen hinzu.

»Ich bin Ollie. Ollie Turner. Und das ist Keya. Wir sind …« Ollie zögerte und streckte dann die Schultern durch. »Wir sind vom Haven.«

Er bemerkte, wie Imani ehrfürchtig die Augen weit aufriss, und fragte sich, ob sie genau wie Keya davon ausgegangen war, dass der Haven bloß eine Legende war.

»Ich nicht«, warf Keya ein. »Eigentlich bin ich eine Forza. Aber ich und die Typen vom Haven arbeiten bei dieser Sache zusammen.« In Keyas Stimme schwang Stolz mit, ganz anders als im Ausrüstungsraum, als sie die Haven-Crew verhöhnt hatte.

»Ach, ja?«, schniefte Harvey, der sich den Arm dort rieb, wo Imani ihn geschlagen hatte. »Und wie läuft's eurer Meinung nach so?«

Bevor Keya antworten konnte, bremste der Lastwagen scharf und alle rutschten auf einen Haufen. Ein Chor von Beschwerden ertönte – Leute riefen »Hey!«, »Pass doch auf!« und »Nimm deine Achselhöhle aus meinem Gesicht!« –, bevor der Laster allmählich wieder ins Gleichgewicht kam. Ollie drückte eine Handfläche gegen die Wand und bereitete sich darauf vor, dass der Lastwagen gleich wieder anfahren würde.

Stattdessen wurde der Motor abgeschaltet.

»Wir sind stehen geblieben«, flüsterte Imani.

»Was du nichts sagst«, zischte Harvey zurück.

Alle Gefangenen saßen reglos da und warteten darauf, dass etwas passierte.

Nach Minuten, die sich wie Stunden anfühlten, klappte die Tür des Containers auf und ein Lichtstrahl durchschnitt die Dunkelheit. Ollie beobachtete, wie sich der Schein der Taschenlampe auf die Kinder ihm gegenüber richtete und methodisch von Gesicht zu Gesicht schweifte. Der Lichtkegel erreichte Imani, danach Harvey, Keya, Ollie, kurze Zeit später den Jungen mit der Uhr, dann …

Er kehrte zu Ollie zurück.

»Das ist er«, hörte er eine Stimme.

»Du!«, sagte eine andere. Der Taschenlampenstrahl tanzte hin und her, um Ollie anzuzeigen, und in dem aufblitzenden Licht sah er, dass einer der Männer eine Waffe hielt. »Komm hier rüber. *Sofort.*«

Ollie zögerte, rappelte sich dann aber unsicher auf. Neben ihm stand auch Keya auf.

»*Nur* du«, sagte die Stimme. »Der Rest bleibt, wo er ist.«

Keya und Ollie tauschten einen Blick, dann sank Keya langsam zurück auf den Boden. »Sei vorsichtig«, flüsterte sie.

Ollie bewegte sich auf die Türen zu. Je näher er dem Ende des Containers kam, umso heller wurde es. Hinter den Männern, die auf ihn warteten, befand sich offenbar eine Tiefgarage.

»Leg einen Zahn zu, Junge. Wir haben nicht den ganzen Tag Zeit.«

Auf dem Weg zu Sikes' Männern bemerkte Ollie etwas.

»Moment«, sagte er. »Ich ... ich habe was vergessen.« Er drehte sich abrupt um und eilte zurück zu den anderen.

»Hey! Wo gehst du hin? Wehe, wir müssen reinkommen und dich holen!«

Ollie kauerte an der Stelle, an der er vorhin gesessen hatte. Er sah den Jungen an, der geweint hatte. »Deine Uhr«, zischte Ollie. »Gib sie mir.«

Der Junge zog die Hand mit der Uhr abwehrend zurück. »Was? Warum?«

»Gib sie ihm einfach«, sagte Keya, obwohl sie offensichtlich genauso verdutzt war wie der Junge.

Widerwillig reichte dieser Ollie seine Uhr. Er zog sie über sein Handgelenk und drehte sich dann wieder Keya zu. »Erzähl ihnen alles, was passiert ist, und sorg dafür, dass sie bereit sind.«

»Aber ... was meinst du damit? Ollie, warte!«

Ollie war schon beinahe am Ende des Containers angelangt. Er wollte sich gerade umdrehen, um noch etwas zu sagen, als ihn eine der Wachen am Arm packte. Der Mann zerrte so heftig an Ollie, dass er aus dem Fahrzeug und auf den Boden krachte. Dann knallten die Türen des Lasters zu und Keya und die anderen blieben in der Dunkelheit zurück.

19 ERZFEINDIN

Ollie wurde halb durch die Tiefgarage geführt, halb gezerrt.

Die Männer stießen ihn in einen Fahrstuhl, wo sie ihn in die hinterste Ecke zwangen. Eine der Wachen drückte einen Knopf und die Türen schlossen sich. Soweit Ollie erkennen konnte, ging es nach oben. *Ganz* nach oben.

Der Aufzug summte wie die Fahrstühle auf der *USS Enterprise* und Ollie spürte die Aufwärtsbewegung nur deshalb, weil er genau darauf achtete.

Im Handumdrehen erreichten sie, wohin der Aufzug sie auch immer beförderte. Es ertönte ein *Ping* wie bei einer Smartphone-Nachricht und die Türen glitten anmutig auseinander.

Da stand sie: Maddy Sikes.

Sie war etwa zwanzig Schritte von Ollie entfernt in einem riesigen Raum mit Marmorboden und deckenhohen Panoramafenstern, welche die Stadt überblickten.

Der Tag brach gerade an und Ollie hatte London noch nie so wunderschön gesehen. Sie befanden sich bestimmt zweihundert Meter über dem Boden, auf gleicher Höhe mit den höchsten Bürogebäuden in der City. Der Himmel war von einem frischen, mit pinkfarbenen Schwaden durchzogenen Blau.

Ollie wusste, dass ihn die Wachleute nicht hätten gehen lassen, aber in diesem Moment hatte er nicht die geringste Absicht, sich von dort wegzubewegen. Er war von dem Ausblick wie gebannt. Nur mit allergrößter Mühe konnte er seine Aufmerksamkeit wieder Sikes zuwenden.

Sie redete mit einem hochgewachsenen, spindeldürren Mann mit spärlichem Haar und einem so hageren Gesicht, dass die genaue Form seines Schädels erkennbar war. Zwischen ihnen stand ein kleiner hässlicher Mann, den Ollie schon aus dem Lagerhaus kannte. Er hatte ihnen den Fluchtweg abgeschnitten, bevor Dodge ihn zu Boden warf. Ollie freute sich, als er einen riesigen Bluterguss an der Schläfe des Mannes entdeckte.

Sikes bemerkte, dass die Aufzugtüren offenstanden, machte aber keine Anstalten, auf Ollie und seine Bewacher zuzugehen. Fürs Erste schien sie sich ganz auf den skelettartigen Mann ihr gegenüber zu konzentrieren.

»Danke, Dr. Gruber«, sagte sie. »Sie haben in einem sehr kurzen Zeitraum ein sehr großes Wunder bewirkt.«

Der Mann – Gruber – ließ sich offenbar nicht von Sikes' Worten besänftigen. »Ich habe Ihnen gesagt, dass meine Anwesenheit hier völlig unnötig ist«, antwortete er in einem Akzent, der Ollie an Eriks Aussprache erinnerte und außerdem daran, wie schnell die Zeit verging, die ihnen noch zu seiner Rettung blieb. »Alles war schon vor dem Versand der Lieferung vorbereitet«, fuhr Gruber fort. »Meine Anwesenheit hier bringt uns beide nur in große Gefahr.«

»Ich kann Ihnen versichern, dass keine Gefahr mehr besteht, Dr. Gruber«, sagte Sikes. »Alle potenziellen Bedrohungen wurden aus der Welt geschafft.«

Ollie hätte es fast verpasst, aber Sikes' Blick schnellte definitiv in seine Richtung. Ihm wurde bewusst, dass sie über Nancy redete. In welchem Fall Nancy auch immer ermittelt hatte, sie war der Wahrheit so nahegekommen, dass es sie das Leben gekostet hatte.

Ollie spürte, wie er die Finger einzog und den Kiefer so fest anspannte, dass es anfing wehzutun.

»Außerdem«, fuhr Sikes fort, »werden wir schon bald nicht mehr in der Stadt sein. Unten wartet ein Auto auf Sie und spätestens um siebzehn Uhr werde ich in einem Privatflugzeug in Richtung Karibik sitzen. Keiner von uns hat irgendetwas zu befürchten.«

»Das mag sein«, antwortete Gruber. »Nichtsdestotrotz werde ich das Doppelte benötigen. Verstehen Sie, Ms Sikes? Verdoppeln Sie die Bezahlung, die Sie mir versprochen haben.«

»Sie werden Ihre angemessene Belohnung bekommen, Doktor, glauben Sie mir«, erwiderte Sikes mit einem verschlagenen, aalglatten Lächeln. Sie hielt Gruber die Hand hin, damit er sie schütteln konnte, und streckte dann den Arm aus. »Grimwig, zeige Dr. Gruber bitte den schnellsten Weg nach unten.«

»Mit Vergnügen«, antwortete der hässliche Mann – Grimwig. Er streckte ebenfalls einen Arm aus und bedeutete dem Doktor voranzugehen. Dr. Gruber nickte Sikes knapp zu und mit einem angewiderten Blick auf Grimwig machte er sich in die Richtung auf, in die Sikes' Assistent zeigte.

Als Grimwig und der Doktor schließlich gegangen waren, wandte sich Sikes Ollie zu. Die Wachen hatten ihn in dem offenen Fahrstuhl festgehalten, aber jetzt trat der Mann zur Seite, der den Ausgang versperrt hatte, und Ollie wurde von hinten gestoßen. Er taumelte vorwärts, blieb mit den Zehen an der Schwelle des Aufzugs hängen und legte sich der Länge nach auf den Boden. Bevor Ollie sich aufrappeln konnte, stand Maddy Sikes auch schon über ihm.

»Komm jetzt, Ollie Turner«, sagte sie. »Es besteht kein Grund, vor mir zu Kreuze zu kriechen.« Sie beugte sich vor und grinste ihn teuflisch an. »Obwohl ich sagen muss, dass es dir steht. Wie schade nur, dass es dich nicht retten wird.«

Als Ollie sich aufrappelte, verpasste ihm einer von Sikes' Männern einen Tritt in die Rippen. Ollie hätte wieder hinfallen können, weigerte sich aber diesmal, zu Boden zu gehen.

Sikes entfernte sich und nahm hinter einem Schreibtisch Platz, der die Größe von Ollies altem Zimmer hatte. Die Männer setzten Ollie auf die andere Seite.

Er hob das Kinn.

»Sie haben meine Freundin umgebracht«, sagte er zu Sikes. »Und ich werde Sie nicht damit davonkommen lassen.«

Einen Moment lang starrte Sikes ihn einfach nur an. Ihre Augenbrauen zuckten, als wäre sie verwirrt. Dann gab sie einen schrillen, vogelartigen Laut von sich, der wie Nägel klang, die über eine Tafel kratzen. Es dauerte einen Augenblick, bis Ollie das Geräusch als Gelächter identifizierte.

Danach war ein Knurren zu hören. Als Ollie nach der Quelle suchte, stellte er fest, dass es von unter dem Tisch kam. Dort zu

Sikes' Füßen lag der wolfsgroße Hund, den Ollie im Lagerhaus gesehen hatte: ein riesiges Vieh, wie ein Warg aus *Der Herr der Ringe*. Unwillkürlich konzentrierte sich Ollie auf dessen Zähne.

»Sieh an, sieh an«, sagte Sikes, die immer noch kicherte. »Der Apfel fällt nicht weit vom Stamm, was? Und genau wie Inspector Bedwin erweist du dich als eine mächtige Nervensäge. Das ist zum Teil der Grund, warum ich dich unbedingt kennenlernen musste, bevor wir dich beseitigen: Ich wollte sehen, ob du dieselbe törichte Sturheit an den Tag legst wie sie.« Sie bemerkte Ollies bitterbösen Blick. »Und offenbar kenne ich die Antwort jetzt.«

Ollie konnte es nicht ertragen, Sikes mit so großer Verachtung über Nancy reden zu hören.

»Halten Sie die Klappe!«, platzte er heraus. »Reden Sie nicht über sie! *Wagen* Sie es nicht mal!«

Ollie spürte, wie er nach vorne umgestoßen wurde. Einer der Wachmänner hatte ihn auf den Hinterkopf geschlagen und Ollie wäre auf den Boden gefallen, wenn Sikes' Schreibtisch nicht im Weg gewesen wäre. Es verschlug ihm den Atem, als sich die Tischkante in seinen Magen drückte.

Für ein paar Augenblicke regte Ollie sich nicht. Es gelang ihm einfach nicht. Doch in dieser Zeit wurde ihm vage bewusst, was er da gerade anstarrte.

Auf dem Schreibtisch lag eine Karte ausgebreitet. Aus Ollies Perspektive stand sie zwar auf dem Kopf, doch er erkannte London sofort. In der ganzen Stadt waren insgesamt etwa zwanzig *X* verstreut. Jedes *X* befand ich in der Mitte eines Gebiets, das jeweils in einer anderen Farbe schraffiert war, und Ollie begriff schnell, dass es sich dabei immer um ein Bandenrevier handelte. *Razors* stand handgeschrieben neben einer Zone. *S. Street* an einer anderen Stelle. Da waren noch weitere Namen, die Ollie aber nichts sagten. Und an einer Stelle im Osten der Stadt in der Nähe eines Wahrzeichens, das Ollie gut kannte, war ein Sternchen neben einer Notiz, die *Haven* besagte.

Ollie spürte, wie es ihm zum zweiten Mal den Atem verschlug. Sie wusste es? Maddy Sikes wusste, wo der Haven war? *Wie?*

Bevor Ollie deuten konnte, was er da gesehen hatte, wurde er an den Schultern gepackt. Eine Wache hievte ihn in eine aufrechte Position.

»Wage *du* dich nicht, noch einmal so mit mir zu sprechen«, drohte ihm Sikes, »sonst ordne ich Grimwig an, mit dir auf dieselbe Weise zu verfahren, wie er es gerade mit Dr. Gruber tut.«

Und das hieß was? Dass Gruber auf dieselbe Art umgebracht werden sollte wie Nancy? *Zeig Dr. Gruber bitte den schnellsten Weg nach unten*, hatte Sikes zu Grimwig gesagt, und Ollie malte sich in Gedanken aus, wie Gruber an dem gigantischen Fenster vorbei fünfzig Stockwerke in die Tiefe stürzte.

Er sah Sikes mit derselben Abscheu an, die sie ihm zuteilwerden ließ. In dem Moment wurde Ollie bewusst, wie hässlich sie war. Nicht auf dieselbe Weise wie ihr Assistent Grimwig. Wenn Ollie ein Foto von Sikes in einer Zeitschrift gesehen hätte, hätte er sie für eine berühmte Schauspielerin gehalten. Aber es war, wie Nancy immer gesagt hatte: *Hübsche Menschen können auf dieselbe Art hässlich sein wie Menschen, die nie Models sein werden, dennoch schön sein können. Es hängt alles davon ab, was du in dir trägst. Oder, noch wichtiger, was du davon ausstrahlst.*

Und als Maddy Sikes Ollie ansah, strahlte sie nichts als Hass aus. Ihre Schönheit war bestenfalls oberflächlich. Eigentlich nicht einmal das. Ollie musste an Farbe denken, die man über eine verrottende Fassade geschmiert hatte.

»Kinder«, murmelte Sikes, die weiterhin ihre offensichtliche Abscheu zur Schau stellte. »Wenn es nach mir ginge, würde man euch alle bei eurer Geburt ertränken. Oder wie wilde Tiere in Käfige sperren, bis ihr erwachsen seid. Aber ihr würdet gewiss nicht mit irgendjemandem sprechen dürfen, wenn ihr einem nicht den gehörigen Respekt erweist.«

»Respekt?«, wiederholte Ollie automatisch. »Was haben Sie bitteschön getan, um Respekt zu verdienen? Von *irgendjemandem*.«

Einen Moment lang glaubte Ollie, dass Sikes ausrasten würde. Sie zuckte, als müsste sie innerlich so etwas wie ein Erdbeben unterdrücken. Letztendlich blieb es aber bei dieser kurzen Erschütterung.

»Genau das ist es«, sagte sie. »Was ich *verdiene*, gebietet Respekt. Was ich *besitze*. Es gibt nur wenige Menschen, die es sich *leisten* können, mich nicht zu respektieren. Und diejenigen, die es in der Vergangenheit gewagt haben, haben dafür mit dem Leben bezahlt.«

Sikes' Blick schien sich nach innen zu kehren. Bisher waren ihre Augen grau gewesen wie ein aufgewühltes Meer. Jetzt glätteten sich die Wogen zu einem zarten Blau, als hätte die Erinnerung, in der sie gerade schwelgte, sie besänftigt.

»Ich muss schon sagen«, wandte sie sich wieder an Ollie, »ich bin überrascht, dass du Nancy Bedwins Tod so persönlich nimmst. Soweit ich unterrichtet bin, wart ihr nicht einmal verwandt. Sie war nicht wirklich *Familie*.«

Ollie begriff, dass sie versuchte, ihn zu provozieren. Diesmal hatte er fest vor, nicht darauf zu reagieren.

»Apropos«, fuhr Sikes fort, »wusstest du, dass sich unsere Wege schon einmal gekreuzt haben, Ollie Turner?«

Ollie runzelte die Stirn.

Sikes schien seine offensichtliche Verwirrung zu genießen. »Ich muss sagen, dass es mich selbst überrascht hat, als es mir klar geworden ist«, sagte sie. »Amüsiert ist das passendere Wort.«

»Wovon reden Sie überhaupt?«

»Von deinen Eltern«, erwiderte Sikes und Ollie spürte, wie ihm etwas – ein Gefühl, das körperliche Form angenommen hatte – im Hals stecken blieb.

Sikes lehnte sich in ihrem Stuhl zurück. Der Hund war an ihre Seite gekommen, seine Blutaugen fixierten Ollie, während Sikes die Hand in sein Fell steckte.

»Ich wusste, dass mir dein Name bekannt vorkam, als ich ihn zum ersten Mal gehört habe. Und die Namen meiner Opfer vergesse ich nie. Sie sind wie Trophäen für mich, verstehst du. Ich sammle sie. So wie Jungs in deinem Alter, keine Ahnung …«, sie winkte abschätzig mit der Hand, »Fußballsticker. Blutergüsse.«

Ollie schluckte. Er schaffte es, seine Kehle ausreichend freizumachen, um sprechen zu können. »Opfer?«, hakte er nach.

»Meine Mum und mein Dad … sie sind bei einem Terroranschlag umgekommen. Einer Bombe. Das waren nicht *Sie!*«

Nachdem sie zuvor am Rande eines Wutausbruchs gewesen war, genoss Sikes die Situation jetzt eindeutig.

»Das ist das andere Problem mit euch pickeligen Rotznasen«, merkte sie an. »Ihr habt keine Ahnung, wie die Welt funktioniert. Ihr akzeptiert alles, was passiert, ohne darüber nachzudenken.«

Ollie konzentrierte sich zu sehr auf Sikes Worte, um mit ihr zu streiten. Wenn er es getan hätte, hätte er darauf bestanden, dass Sikes die Sache falsch sah. Dass es Erwachsene waren, die so oft übersahen, was wirklich vor sich ging, und sich weigerten, es jemals einzusehen, wenn sie unrecht hatten.

»In vielerlei Hinsicht waren es deine Eltern, die mich auf meinen Weg gebracht haben«, fuhr Sikes fort. »Deine Eltern und diejenigen, die mit ihnen gestorben sind. Ohne sie wäre ich jetzt nicht die Frau, die ich bin, und auch nicht die Frau, die ich im Begriff bin zu werden.«

Sie spricht in Rätseln, dachte Ollie. Versuchte, ihn zu verwirren, damit er glaubte, was sie sagte. Aber sie konnte nicht für den Tod seiner Eltern verantwortlich sein. Sie *konnte* es einfach nicht.

Und doch, welchen Grund könnte sie haben zu lügen?

»Sie waren ein Experiment, verstehst du«, erklärte Sikes weiter. »Ein kleiner Vorgeschmack darauf, was dieser Stadt noch bevorsteht. Du hast es einen ›Terroranschlag‹ genannt und das ist genau das, was ich die Welt glauben lassen wollte. Denn es gibt nichts, was größere Angst einflößt. Und Angst, Ollie Turner, ist meine Freundin. Sie ist, was mich vorantreibt.«

Sikes beugte sich gierig vor wie jemand, der seit Tagen nichts gegessen und gerade ein Fünf-Gänge-Menü serviert bekommen hatte.

»Wenn die Menschen Angst haben, geraten sie in Panik. Und Panik birgt Chancen für Leute, die Ruhe bewahren. Und ruhig zu bleiben ist einfach, wenn man weiß, was kommt. Wenn du die Person bist, die alles kontrolliert.«

Ollie schüttelte den Kopf. »Sie haben sie nicht umgebracht«, beharrte er. »Das haben Sie nicht!«

Auf Sikes' Gesicht breitete sich ein Lächeln aus wie giftiger Schlick.

»Ich fürchte doch, Ollie Turner. Es war meine Organisation, die die Bombe gelegt hat, auf meinen Befehl hin. Es war ein Probelauf für das, was ich jetzt entfesseln werde.«

Ollie wusste nicht, wann es passiert war, aber die Männer links und rechts von ihm hatten seine Arme umklammert. Ohne darüber nachzudenken, machte er einen Satz nach vorne, um Sikes zu packen. Doch stattdessen wurde er auf den Tisch gedrückt und konnte die Frau, die sein Leben zerstört hatte, nur durch einen Tränenschleier hindurch anblicken.

»Ich habe aus dir den Jungen gemacht, der du heute bist, Ollie Turner«, sagte Sikes und lehnte sich zurück. »Ich habe dich erschaffen. Wer du bist, was du bist, *wo* du bist. Du bist meinetwegen der Mensch, der du bist.«

Ollie weinte jetzt offen. Er konnte seine Tränen nicht mehr länger zurückhalten. Aus Zorn, aus Wut, aus Kummer. Und weil er machtlos war.

»Ist das der Grund, warum Sie mich hierhergebracht haben?«, stammelte er. »Um sich an meinem Unglück zu *weiden*?«

»Ich ziehe *in Erinnerungen schwelgen* vor. Aber ja, ich wollte dein Gesicht sehen, wenn du die Wahrheit erfährst.« Ihr Lächeln verwandelte sich in ein hämisches Grinsen. »Kinder wie du haben mein ganzes Leben lang versucht, mir wehzutun«, fuhr sie kühl fort. »Die Mädchen, die mich in diesem verdammten Internat gemobbt haben. Meine sogenannten Geschwister. Gemeine, bösartige Miststücke, jedes einzelne von ihnen. Aber am Schluss habe ich sie alle besiegt. Sogar deine Haven-Freunde, Ollie Turner, die sich für *so gut* halten. Auch sie habe ich geschlagen, selbst wenn sie es noch nicht wissen.«

Durch seine Tränen hindurch sah er, wie Sikes aufstand.

»Bringt ihn zurück nach unten«, befahl sie den Wachen, wieder ganz die Geschäftsfrau. »Werft ihn zu dem Rest. Und sorgt dafür, dass die Haven-Ratten ihn finden, wenn ihr seine Leiche entsorgt. Wenn wir Glück haben, geben sie diesem Verbrecher Danny Hunter die Schuld und fangen an, sich untereinander zu bekämpfen wie alle anderen auch.«

Ollie merkte, wie er davongezerrt wurde. Zu spät fing er an, sich zu wehren.

»Sie werden nicht damit davonkommen!«, brüllte er. »Was auch immer es ist, was auch immer Sie vorhaben, Sie werden nicht gewinnen!«

Die Männer zogen ihn zurück in Richtung Aufzug und Sikes blieb hinter ihm stehend zurück. Auch wenn er sie nicht mehr sehen konnte, hörte er sie noch.

»Mein armer Junge«, sagte sie mit einem triumphierenden Lachen. »Ich fürchte, das habe ich bereits.«

20 SCHÜSSE

Sobald sie wieder unten in der Tiefgarage waren, stießen Sikes' Männer Ollie auf den Laster zu, in dem sie die anderen Kinder zurückgelassen hatten.

Während Ollie über den Asphalt geschleift wurde, bemerkte er eine Flotte von Krankenwagen, die auf Parkplätzen entlang der hintersten Gebäudewand aufgereiht waren. Es handelte sich insgesamt bestimmt um zwanzig Fahrzeuge. Wenn Ollie nicht gewusst hätte, was in dem Gebäude über ihm vor sich ging, wäre er davon ausgegangen, dass sie sich unter einem Krankenhaus befanden.

Doch kein einziger Rettungswagen schien in Gebrauch zu sein. Am merkwürdigsten war, dass sie alle brandneu aussahen. Und da war noch etwas anderes. Etwas, das Ollie in seiner Wut nicht ganz klar definieren konnte …

Er hatte keine Zeit, weiter darüber nachzudenken, weil sie kurz darauf neben dem Laster und vor den Doppeltüren standen, hinter denen man ihn gleich einsperren würde. Und wenn das passierte, würde er da nicht mehr herauskommen. Zumindest nicht lebendig.

Ollie hatte seinen Plan nicht vergessen. Nach der Begegnung mit Sikes war er entschlossener denn je, ihn in die Tat umzusetzen. Aber wenn überhaupt, war es nur ein halber Plan, der von einer Menge Glück abhing. Und von der Hoffnung, dass Keya ihn verstanden und dafür gesorgt hatte, dass die anderen bereit waren. Und davon, dass die anderen auf sie gehört hatten.

Als eine der Wachen die Hand ausstreckte, um die Containertür zu öffnen, warf Ollie einen Blick auf die Uhr an seinem Handgelenk, die Uhr, die er sich von dem Jungen im Laster »geborgt« hatte. Obwohl sie ein Metallband hatte, fühlte sie sich nicht so schwer an, wie sie zunächst ausgesehen hatte. Das Label auf dem Ziffernblatt behauptete, es sei eine Rolex, aber sogar Ollie konnte erkennen, dass es eine Fälschung war, etwas, das der Junge getragen hatte, um sich auf der Straße Respekt zu verschaffen. Ollie hoffte nur, dass sie das, was er vorhatte, bewerkstelligen konnte.

Er öffnete den Verschluss, sodass die Uhr lose von seinem Handgelenk hing.

Die rechte Tür zum Container schwang auf und einer der Wachleute zückte seine Waffe. Die gefangenen Gangmitglieder waren alle aufgestanden, schreckten aber beim Anblick der Pistole zurück.

Zumindest standen sie. Ollie hatte mehr oder weniger erwartet, dass sie immer noch an der hintersten Wand zusammengekauert sein würden.

»Geh rein!«, befahl der Mann, der die Tür geöffnet hatte, und stieß Ollie nach vorne.

Als Ollie hineinkletterte, tat er so, als würde er ausrutschen. Er fluchte, als hätte er sich wehgetan, und streckte die Hand aus, um sich hochzuhieven. Die linke Containertür blieb geschlossen – die Männer hatten nur eine Tür öffnen müssen, um Ollie hineinzuwerfen – und er umfasste den Teil, an dem der Riegel der offenen Tür einrasten würde, wenn man sie zumachte. Dabei ließ er die Uhr von seinem Handgelenk rutschen und verkeilte sie fest im Hohlraum des Schlosses.

»Dämlicher Rotzbengel«, sagte die Wache und schubste Ollie erwartungsgemäß ein zweites Mal. Er fiel mit dem Gesicht nach vorne in den Laster und landete direkt vor Keyas Füßen.

»Ollie! Ist alles in Ordnung?«

Die schmerzhafte Landung ließ ihn zusammenzucken. »Sind sie bereit?«, fragte er, während er zu ihr aufsah.

»Ja, aber … bereit für was?«, zischte Keya zurück.

Ollie drehte sich um, gerade noch rechtzeitig, um zu sehen, wie die Hintertür des Lasters langsam zufiel. Er beobachtete, wie das Licht um sie herum immer schwächer wurde, bis es schließlich ganz verschwand. Und als das passierte, war er überzeugt, dass sein Plan fehlgeschlagen war. Die Uhr war einfach nur unter dem Gewicht der Lastertür zerdrückt worden und er und die anderen waren im Inneren eingeschlossen, bis Sikes' Männer zurückkommen würden, um sie alle zu erledigen.

Aber dann war ein knirschendes Geräusch zu hören, wie Zahnräder, die nicht mehr ineinandergriffen, und Ollie bemerkte, dass sich die Türen doch nicht richtig geschlossen hatten. Dann hörten sie das Klirren von brechendem Glas – das Ziffernblatt, vermutete Ollie – und als die Tür wieder aufflog, sah er etwas Metallenes zu Boden fallen.

Die Uhr: Sie war herausgerutscht. Wenn die Wache noch einmal versuchte, die Tür zuzuknallen, wäre da nichts mehr, was sie davon abhielt, ins Schloss zu fallen. Jetzt oder nie.

Ollie sprang auf die Füße. »Angriff!«, schrie er. »Los!«

Ollie erreichte als Erster das Ende des Lastwagens, Keya und die anderen direkt hinter ihm. Gegen die Flut von Kindern und Jugendlichen, die über sie hereinbrach, hatten die Männer draußen keine Chance.

Ollie musste vom Laster springen, um nicht von dem Ansturm zertrampelt zu werden. Er prallte mit dem Mann zusammen, der seine Waffe gezogen hatte. Bei ihrem Zusammenstoß stolperte dieser nach hinten und ließ dabei seine Pistole fallen.

Der zweite Mann landete auf dem Rücken, bevor er wusste, wie ihm geschah. Die Gangmitglieder hinter Ollie waren auf ihm, über ihm, und Ollie sah, dass Keya kurz stehen blieb, um die Pistole des Mannes aus dem Holster zu ziehen und sie unter den Laster zu werfen. Ollie tat dasselbe mit der Waffe, die der erste Wachmann hatte fallen lassen. Und dann rannten sie, alle zusammen, vor Sikes' überforderten Männern davon und auf einen Streifen Tageslicht zu, den Ollie in der Ferne erspäht hatte.

Der Weg nach draußen. Er musste es sein.

Als sie näherkamen, sah Ollie eine Rampe, die von der Tiefgarage hinauf nach draußen zur Straße führte. Ihnen versperrte lediglich eine rotweiße Schranke den Weg, unter der sie sich problemlos hindurchducken oder über die sie hinwegspringen konnten.

Doch plötzlich tauchten wie aus dem Nichts Sikes' Männer auf und schwärmten aus den Schatten um sie herum aus.

»Stopp!«, schrie einer.

Ollie und die anderen bogen kurz vor dem Mann ab, der geschrien hatte, doch zwei weitere Wachen erschienen direkt vor ihnen und versperrten den Weg zur Rampe. Die erste hob die Waffe auf Schulterhöhe.

Ollie spürte, wie er im gleichen Moment zur Seite gezerrt wurde, in dem die Waffe losging. Er sah sich um und entdeckte Keya, die sich gleich neben ihm hinter einen Betonpfeiler drückte. Mit weit aufgerissenen Augen nickte ihr Ollie zum Dank zu.

Die anderen Kinder und Jugendlichen scharten sich hinter ihm, weil auch sie alle in Deckung gegangen waren. Ollie hörte noch mehr Schreie und sah, dass Sikes' Männer ihnen nicht nur den Fluchtweg abgeschnitten hatten, sondern sich ihnen noch eine weitere Gruppe von hinten näherte.

»Was jetzt?«, fragte Keya.

»Da!« Ollie zeigte über Keyas Schulter. Hinter der Reihe geparkter Krankenwagen hing ein grün erleuchtetes Notausgangsschild. Ollies Sicht wurde von den Fahrzeugen blockiert, sodass er die Tür dahinter nicht sehen konnte, geschweige denn, ob da überhaupt eine Tür war. Aber auch der Weg über die Rampe war versperrt und zurück zum Laster konnten sie nicht, weshalb das Ausgangsschild ihre einzige Chance war.

»Los«, drängte er, »schnell!«

Er und Keya fingen an, die anderen vor sich her zu scheuchen, und blickten dabei immer wieder besorgt über ihre Schultern, während Sikes' Männer stetig näherkamen. Ollie beobachtete, wie einer von ihnen die Waffe anhob, sein Kollege ihm aber den Lauf runterschlug, bevor er feuern konnte.

»Bist du verrückt?«, hörte Ollie den Mann sagen. »Schau, worauf du zielst!«

Aber hatte der Mann nicht auf Ollie gezielt? Er schaute verwirrt um sich … und dann begriff er es. Die Krankenwagen. Der Mann wollte nicht, dass sein Kollege auf die Krankenwagen schoss.

»Geht näher an die Fahrzeuge heran!«, rief Ollie nach vorne und drückte sich enger an einen der Rettungswagen. Er sah hinter sich und mindestens drei von Sikes' Wachleuten hatten freie Schusslinie auf ihn, doch keiner drückte den Abzug. Warum? Was war so besonders an einem Haufen leerer Krankenwagen?

Ollie hörte ein Geräusch und drehte sich um. Diesmal waren es weder die Männer noch Schüsse. Was Ollie hörte, war etwas viel Schlimmeres.

Es bewegte sich erschreckend schnell: ein verschwommener weißer Fleck, der durch die Schatten stürmte.

Sikes' Hund. Der Warg.

Hinter der Bestie konnte Ollie Sikes ausmachen, am hintersten Ende der Tiefgarage in der Nähe der Aufzüge. Sie beobachtete das Vorwärtskommen ihres Tieres so angespannt wie Ollie, nur geschah es in ihrem Fall vor lauter Erwartung und nicht aus Angst.

»Los!«, drängte Ollie und schob Keya vorwärts. »Schneller!«

Keya wollte sich umdrehen, um zu sehen, wovor sie davonrannten, aber Ollie scheuchte sie weiter in Richtung Ausgang.

Sie waren jetzt an der Reihe von Fahrzeugen vorbei und unter dem Schild war tatsächlich eine Tür. Imani stieß sie auf und Ollie erhaschte einen flüchtigen Blick auf eine Treppe, die nach oben führte. Der Rest der Gruppe zwängte sich panisch durch die Tür. Die Männer – und dieses *Biest* – kamen jedoch immer näher und Ollie wusste, dass es nur noch eine Frage von Sekunden war, bevor sie eingeholt wurden.

Imani begriff offenbar die Gefahr und fing an, ihre Mitgefangenen hektisch voranzutreiben. »Beeilt euch!«, hörte Ollie sie rufen. »Und findet etwas, um die Tür zu verbarrikadieren!«

Sie konnten es jetzt alle hören: das sabbernde, schniefende Knurren von Sikes' Hund. Als Ollie wieder hinsah, war das Tier schon so nah, dass er sein geiferndes Grinsen erkennen konnte.

Jetzt waren nur noch Imani, Harvey, Keya und Ollie draußen. Harvey sprang als Erster durch die Tür und schubste Imani dabei aus dem Weg.

»Spring, Ollie!«, schrie jemand. »Er ist hinter dir!«

Genau das versuchte Ollie zu tun. Er sprang auf Keyas und Imanis ausgestreckte Arme zu, aber als seine Fingerspitzen Keyas berührten, durchzuckte auf einmal ein brennender Schmerz sein Fußgelenk.

Ollie schrie auf und spürte, wie er von seinen Freunden weg- und durch die Tür gezogen wurde. Er wand und krümmte sich, was den Schmerz nur noch schlimmer machte. Sikes' Hund hatte seine Zähne in Ollies Fußgelenk gebohrt und wollte ihn zurück zu seinem Frauchen zerren.

Ollie hörte, wie Keya schrie und nach vorne stürmte, um

ihm zu helfen, doch eine Kugel schlug neben ihr in die Wand ein und trieb sie zurück.

»Geh!«, brüllte er schmerzverzerrt. »*Geh* einfach!«

Ein weiterer Schuss ertönte und diesmal hörte Ollie kurz darauf einen Schrei. Er konnte nicht sagen, ob es jemanden erwischt hatte, spürte aber, dass seine Freunde in der Tür in Deckung gegangen waren.

Ollie trat mit dem anderen Fuß um sich. Er traf den Hund mit der Ferse am Kiefer, doch das führte nur dazu, dass dieser noch fester zubiss. Er versuchte, das Tier noch einmal zu treten, verfehlte es aber und schlug stattdessen hilflos mit einer Faust um sich.

Und dann fiel es ihm wieder ein. Die Ringe. *Etwas, mit dem du jedem Bösewicht, der sich mit dir anlegt, einen kleinen Schock verpassen kannst,* hatte Jack gesagt.

Ollie streckte die rechte Hand aus und packte das linke Ohr des Hundes. Seine Augen drehten sich wütend, aber er konnte nichts tun, wenn er nicht zuerst Ollies Fußgelenk losließ.

Das andere Ohr zu greifen, erwies sich als deutlich schwieriger. Der Hund schüttelte unentwegt den Kopf und riss an Ollies Bein. Ollie wollte zupacken, doch griff daneben. Er sah, wie sich ihm ein Schatten näherte, einer von Sikes' Männern, und wusste, dass das seine letzte Chance war. Er schwang die Hand – blindlings, weil er vor Angst die Augen zukniff – und spürte, wie seine Fingerspitzen in etwas Weiches sanken. *Du musst leicht zudrücken*, hatte Jack gesagt, doch Ollie tat es mit aller Kraft.

Ein Stromstoß schoss durch ihn hindurch, traf Sikes' Hund

jedoch stärker als ihn. Der Husky ließ Ollies Fußgelenk sofort los und machte dabei einen so großen Satz nach hinten, dass er den herankommenden Mann zum Stolpern brachte. Dieser fiel um und wäre auf Ollie gelandet, hätten ihn nicht Hände unter jeder Schulter gepackt. Einen Moment lang glaubte Ollie, man hätte ihn erwischt, doch dann wurde er in die Richtung gezerrt, in die er gerannt war: auf das Ausgangsschild und die offene Tür zu, die zuknallte, sobald er hindurch war.

21 ZUCKERRAUSCH

Ollie lag ausgestreckt am Fuß der Betontreppe. Keya beugte sich über ihn und musterte besorgt sein verletztes Bein.

Von der Tiefgaragenseite der Tür war ein Knall und ein schepperndes Geräusch zu hören, als jemand an der Klinke rüttelte. Imani hatte einen Besen, den sie gefunden hatte, darunter verkeilt. »Das wird sie nicht lange aufhalten«, warnte sie.

Ollie setzte sich mühsam auf. »Ich habe einen Schuss und danach einen Schrei gehört«, sagte er. »Hat es jemanden erwischt? Ist irgendjemand verletzt?« Er warf einen prüfenden Blick auf Keya, die unversehrt zu sein schien, und dann auf Imani. Die anderen waren bereits die Treppe hinauf verschwunden.

»Nur du bist verletzt«, erwiderte Imani. »Es war Harvey, der geschrien hat, aber er hat nichts abbekommen. Hat offenbar nur ein bisschen Schiss vor lauten Geräuschen.« Sie rieb sich die Schulter, in die Harvey geprallt war. »Aber laufen kann der Junge, das muss ich ihm lassen. Völlig egal, wer ihm im Weg steht.«

Die Tür erzitterte erneut. Der Besen hielt stand, aber nur knapp.

»Kannst du laufen?«, fragte Keya Ollie.

Ollie nahm ihre ausgestreckte Hand und ließ sich von ihr auf die Beine hieven. »Ich werde müssen«, sagte er.

Sie humpelten so schnell sie konnten die Betontreppe hinauf, während Ollie den Arm um Keyas Schulter geschlungen hatte. »Das musst genäht werden, Ollie. Und eine neue Hose brauchst du auch.«

»Was *war* dieses Ding?«, fragte Imani hinter ihnen. »Es sah aus wie ... wie ein Eisbär oder so was.«

»Das war Sikes' Schoßhund«, antwortete Ollie, der beim Gehen vor Schmerz zusammenzuckte und sich alle Mühe gab, nicht sein ganzes Gewicht auf Keya zu verlagern. »Ein Warg.«

»Ein was?«

Ollie schüttelte den Kopf. »Ist nicht wichtig. Aber ich sag euch was, ich würde es in jedem Fall lieber mit einem Eisbären aufnehmen als mit diesem Ding.«

Die Treppe führte auf direktem Wege hinaus auf eine leere Seitenstraße in einem Teil der Stadt, der Ollie nicht bekannt vorkam. Die Straße war eng und auf beiden Seiten von nichtssagenden Bürogebäuden gesäumt.

Die anderen Kinder und Jugendlichen waren auf dem Bürgersteig versammelt.

»Wir müssen sofort von hier verschwinden«, erklärte Ollie und humpelte mit Keya und Imani in die Mitte der Gruppe. Er blickte nervös zu der Tür, durch die sie gerade gekommen waren, aber da war keine Spur von irgendwelchen Verfolgern. »Sikes wird es auf keinen Fall riskieren, uns am helllichten Tag zu jagen, aber je mehr Abstand wir zwischen sie und uns bringen, umso besser.«

»Hey«, sagte Harvey Hunter, der nach vorne trat und dabei

ein paar jüngere Kids aus dem Weg schubste. »Ich sage, wir jagen *sie*. Holen Verstärkung, kehren hierher zurück und beenden, was sie angefangen hat. *Niemand* legt sich in dieser Stadt mit einem Hunter an und kommt damit davon.«

»Harvey, pass auf!«, rief Keya plötzlich. »Maddy Sikes, sie steht direkt hinter dir!«

»Was? Wo?« Harvey sprang weg, als hätte er sich mit heißem Wasser verbrüht, und ging hinter Imani in Deckung.

Der Rest der Gruppe fing an zu lachen, bevor Harvey begriff, dass Keya ihn reingelegt hatte. Er umklammerte Imanis Arm und sie schüttelte ihn angewidert ab.

»Binden wir Harvey an einen Laternenpfahl«, schlug sie vor. »Wenn Sikes ihn will, kann sie ihn meinetwegen gerne haben.«

»Gute Idee«, stimmte Keya zu.

Harvey sah zu wütend – und zu beschämt – aus, um etwas zu erwidern.

»Er kommt mit uns«, sagte Ollie, obwohl er bei dieser Aussicht nicht gerade Freudensprünge machte. »Ich brauche ihn. Danny Hunter hält einen meiner Freunde gefangen. Harvey zu retten war der Preis, den Danny verlangt hat, damit wir ihn zurückbekommen.« Und die Frist war bald abgelaufen, doch das fügte er nicht hinzu. Es war bereits Morgen und das bedeutete, dass Erik nur noch ein paar Stunden blieben.

»Kommt schon«, sagte Ollie. »Verschwinden wir von hier.«

»Aber wohin?«, fragte Imani. »Ich weiß nicht mal, wo wir *sind*.«

Ollie war sich selbst nicht hundertprozentig sicher, wo sie

waren oder in welche Richtung sie gehen sollten. Aber er erinnerte sich an die Zeichnungen auf der Karte in Sikes' Büro und konnte an der Lage der aufgehenden Sonne bestimmen, wo Osten war.

»Wir gehen nach Hause«, antwortete er und ließ den Blick über die verlorenen und ängstlichen Gangmitglieder schweifen. »Wir alle. Gemeinsam. Wir gehen zum Haven.«

Normalerweise hätte eine Gruppe von dreißig schmutzigen und hungrig aussehenden Jugendlichen, die durch die Straßen von London strichen – während der Junge, der ihr Anführer zu sein schien, mit jedem Schritt eine länger werdende Blutspur auf dem Bürgersteig hinterließ –, genau die Art Aufmerksamkeit auf sich gezogen, die Ollie und die anderen unbedingt vermeiden wollten. Zu ihrem Glück war es jedoch sehr früh am Morgen und die Straßen waren menschenleer.

Sobald sie dem Labyrinth aus Bürogebäuden entkommen waren, konnte Ollie sich orientieren. Er schätzte die Entfernung zum London Eye am Horizont ab und erkannte, dass sie noch einen weiteren Weg vor sich hatten als gehofft. Bis zum Haven würden sie zu Fuß zwei Stunden brauchen, und das auch nur dann, wenn Sikes' Karte stimmte. Er konnte jetzt ohne Keyas Hilfe laufen, bezweifelte aber, dass er es bei den Schmerzen in seinem Bein bis dorthin schaffen würde.

Auch die anderen schwächelten, vor allem einige der jüngeren Kinder. Das war kein Wunder. Sie waren hungrig, durstig und vollkommen erschöpft.

Ollie brachte die Gruppe zum Stehen, als sie in einem mittelalterlichen Teil Londons eine Abkürzung durch einen gepflasterten Hof nahmen. Sie befanden sich immer noch tief im Finanzdistrikt der Stadt, wo es außer Bürogebäuden nicht viel gab, aber auf der anderen Seite der Straße hatte Ollie einen kleinen Laden entdeckt, der rund um die Uhr geöffnet war.

»Hat irgendjemand Geld?«, fragte er.

Er stülpte seine Hosentaschen um und fand ein altes, zerknülltes Taschentuch und ein Zwanzig-Pence-Stück.

»Ich hab fünf Pfund«, sagte Keya und holte einen Schein aus ihrer Socke. »Was denn?«, schob sie hinterher, als sie Ollies Blick bemerkte. »Wenn ich mein Geld nicht verstecke, klaut's mir mein Bruder, um sich Kippen zu kaufen.«

»Ich hab … achtundsiebzig Pence«, sagte Imani und hielt ihnen ein paar Münzen auf ihrer Handfläche hin.

Beide Mädchen fügten das, was sie gefunden hatten, Ollies magerer Ausbeute hinzu.

»Was ist mit dem Rest von euch?«, fragte Keya und fing an, von Person zu Person zu gehen und einzusammeln, was auch immer sie an Geld hatten. Die meisten steuerten etwas bei, auch wenn es nur ein paar Münzen waren. Als Keya bei Harvey ankam, funkelte Danny Hunters Sohn sie böse an und hielt die Arme fest vor der Brust verschränkt.

Dennoch war Keyas Ausbeute gar nicht mal so schlecht. Zusammen mit ihr und Imani ging Ollie einkaufen.

»Siebenundzwanzig Mars-Riegel, bitte«, sagte er zu dem Mann hinter der Theke. »Und siebenundzwanzig Dosen Cola.«

»Ich möchte lieber eine Sprite«, warf Imani ein.

»Sechsundzwanzig Dosen Cola und eine Dose Sprite«, korrigierte Ollie.

»Und eine Tube Wundsalbe«, meldete sich Keya zu Wort. »Und Verbandszeug, falls Sie welches haben.« Sie sah Ollie an. »Wenn wir schon eine Pause machen, können wir auch gleich dein Bein versorgen.«

Der Ladenbesitzer starrte sie an, bis Ollie das Geld auf die Theke legte. Der Mann zählte es ab, ließ es in die Kasse fallen und holte eine große Schachtel Mars-Riegel.

Während Imani den Proviant im Hof verteilte, machte sich Keya daran, Ollies Bein zu verarzten. Er zuckte, als sie den Verband anlegte, und kniff die Augen zusammen. Als er sie wieder aufschlug, hatte sich jemand zu ihnen gesellt. Der Junge, der Ollie seine Uhr überlassen hatte, war vom Rest der Gruppe herübergeschlichen.

»Danke«, sagte er zu Ollie. »Dass du uns gerettet hast.«

Ollie wusste nicht so recht, was er erwidern sollte. Er hatte es nicht wirklich so betrachtet.

»Bitte schön«, antwortete er. »Danke für, du weißt schon. Das Dankeschön.«

Der Junge nickte Ollie zu, während er an seiner Cola nippte, und wandte sich dann ab.

Er wirbelte noch einmal herum. »Aber du schuldest mir immer noch eine neue Uhr«, sagte er.

Keya, die vor Ollie auf dem Boden kniete, lachte. Sie zog seinen Verband fester und Ollie ließ einen gedämpften Schrei los.

Als er wieder aufsah, war der Junge schon in der Gruppe verschwunden.

Der Zucker hatte die gewünschte Wirkung. Alle gewannen wieder etwas von der Farbe zurück, die sie verloren hatten, während sie im Kühllaster zusammengekauert gewesen waren, und niemand beschwerte sich, als Ollie das Zeichen zum Weitermarschieren gab.

Auch Ollie fühlte sich besser. Keyas Erste-Hilfe-Künste hatten gewirkt. Sein Bein tat zwar immer noch weh, blutete aber nicht mehr, und ein dumpferes, erträglicheres Pochen ersetzte den stechenden Schmerz, der bei jedem Schritt durch ihn durchgegangen war.

Selbst als er das Tempo erhöhte, meckerte niemand. Sie wollten ihr Ziel so schnell wie möglich erreichen. Doch je näher sie kamen, umso mehr verwandelte sich die Aufregung in Unbehagen. Sie sahen die Spuren des Gangkriegs, der überall in der Stadt ausgebrochen war und in den Ollie nur einen kleinen Einblick über Jacks Computerbildschirm erhalten hatte. Auch wenn sie auf keine Kämpfe stießen, hörten sie in der Ferne doch Polizeisirenen. Ein ständiges Heulen, wie ein Baby, das im Nachbarhaus weinte. Und egal, in welche Richtung man sich drehte, überall waberten Rauchfahnen. Manche waren nur dünne, bescheidene Fähnchen, andere breite schwarze Säulen, so kompakt, dass man den Eindruck hatte, sie wären Himmelspfeiler.

Es gab noch einen anderen Grund, warum Ollie seine Nervosität nicht abschütteln konnte. Sie kamen dem Ort, der auf

Sikes' Karte eingezeichnet gewesen war, immer näher, doch was war, wenn die Karte nicht stimmte? Oder wenn sie zwar stimmte, Ollie das Gebäude aber nicht finden konnte, nach dem sie suchten? Er hatte den Haven noch nie an der Oberfläche gesehen. Wie sollte er ihn erkennen können? Laut Tante Fay war es nur eines von vielen Londoner Gebäuden. *Nicht weiter bemerkenswert*, so hatte sie sich ausgedrückt.

Als sie an der U-Bahn-Station vorbeikamen, die Ollie angepeilt hatte, drosselte er das Tempo, bis die Gruppe nur noch langsam ging. Um sie herum erwachte die Stadt allmählich zum Leben und ihr bunt gemischter Haufen hatte bereits ein paar fragende Blicke auf sich gezogen. Die vielen Kämpfe mussten die Leute nervös gemacht haben. Früher oder später würde sie bestimmt jemand ansprechen.

Nicht weiter bemerkenswert …

An der Ecke war ein Subway neben einem Starbucks: Das war nicht weiter bemerkenswert, zumindest nicht für London. Sonst waren da noch eine Ladenzeile, ein modernes Gebäude, in dem sich möglicherweise Wohnungen befanden, und eine wunderschöne alte Kirche. Ollies Ansicht nach war die Kirche das genaue Gegenteil von nicht bemerkenswert, aber wie sollte er das überhaupt erkennen können? Auch wenn der Haven von innen alt gewirkt hatte, sah er von außen vielleicht ganz anders aus. Möglicherweise war *das* Teil der Tarnung des Gebäudes.

Während Ollie suchte, bemerkte er das Murren, das sich um ihn herum erhoben hatte.

»Was ist das Problem?«

»Wo ist es denn jetzt?«

»Ich hab euch doch gesagt, dass er lügt – der ist genauso wenig vom Haven wie ich.«

»Warum verschwenden wir unsere Zeit? Es ist eine Legende, sag ich euch. Ein Märchen.«

Keya bemühte sich, den Unmut im Keim zu ersticken, aber sogar sie warf Ollie besorgte Blicke zu.

Doch es hatte keinen Zweck. Er konnte es nicht finden. Keins der Gebäude in den Straßen um sie herum vermittelte mehr den Eindruck, der Haven zu sein, als ein anderes.

Nachdem sie denselben Block zum dritten Mal umrundet hatten, war Ollie kurz davor aufzugeben. Die Karte war falsch. Sikes lag falsch. Er hätte erleichtert sein sollen, dass das Geheimnis des Haven sicher war, doch Ollie fühlte sich einfach nur schlecht. Er hatte sie verloren. Dodge, Sol, Lily. Jack, Song. Tante Fay. Sogar Flea.

Und Erik natürlich. Die Frist, die Danny Hunter gesetzt hatte, verstrich in knapp zwei Stunden und das bedeutete, dass Erik so gut wie tot war, wenn es Ollie nicht gelang, Harvey bald zum Haven zurückzubringen.

Doch dann fiel Ollie etwas an einem Gebäude auf der gegenüberliegenden Seite auf. Einen Moment lang versperrte ihm ein Bus die Sicht, doch als er weiterfuhr, hoppelte Ollie über die Straße, um es sich genauer anzusehen.

LEIHBIBLIOTHEK lautete die Aufschrift, die er erspäht hatte. Die Worte waren verblasst, aber leserlich, und in einen Türsturz gemeißelt über einem scheinbar zugemauerten Eingang.

Das Gebäude selbst war aus hellgrauem Stein, den die Abgase des vorbeifahrenden Verkehrs schon vor Langem schwarz gefärbt haben mussten. Auf den ersten Blick erschien es völlig schmucklos, doch je genauer Ollie hinsah, umso mehr fiel ihm auf, wie kunstvoll es war. Es sah aus wie eine ausländische Botschaft, die seit einiger Zeit leer stand, oder so etwas in der Art, und irgendwie schien es auf beiden Seiten in die anliegenden Gebäude überzugehen, weshalb Ollie es beim ersten Mal übersehen hatte. Und beim zweiten. Und beim dritten. Es war wie dieses berühmte Bild von einem Treppenhaus, das sich im Kreis windet und irgendwie gleichzeitig nach oben und nach unten zu gehen scheint. Anders gesagt, es war eine optische Täuschung. Es war so wirkungsvoll getarnt, dass sogar Ollie, der bewusst danach gesucht hatte, den Haven nicht entdecken konnte.

Und eine Bücherei. So wie das Gebäude innen ausgelegt war, erschien das auch völlig logisch. Hatte Ollie beim Eintreten nicht vom ersten Moment an den schwachen Geruch nach Büchern bemerkt? Er war im Laufe der Jahre bestimmt in den Putz gesickert.

»Das ist es«, sagte er zu sich selbst und allen anderen.

»Bist du sicher?« Keya stand direkt neben ihm. Genau wie der Rest der Gruppe. Ollie war nicht aufgefallen, dass sie ihm über die Straße gefolgt waren.

Ollie lächelte. »Ich bin sicher.« Er hob das Kinn und bewunderte das Gebäude. Er konnte es zwar von hier unten nicht sehen – durch die dezent getönten Fenster konnte er gar nichts sehen –, aber irgendwo da oben befand sich Tante Fays geheimer Garten. Und nur ein paar Meter entfernt auf der anderen Seite der Mauern waren seine Freunde.

»Und wie kommen wir jetzt rein?«, wollte Imani wissen. Wie Ollie betrachtete sie die scheinbar undurchdringliche Fassade des Gebäudes.

Ollies Lächeln verschwand wieder. Er blickte nach links, nach rechts, hoch und runter – und wusste, dass er darauf keine Antwort hatte.

22 DR. GRUBER

Wie sich herausstellte, mussten sie sich darüber überhaupt keine Sorgen machen.

»Ollie!«

Bevor Ollie sich zu der Stimme umdrehen konnte, geriet er auch schon unter dem Gewicht einer plötzlichen Umarmung ins Schwanken.

»Du hast es geschafft!«

»Lily?«

Durch den Ansturm von Haaren, die ihm in Augen und Mund flogen, konnte er sie nicht sehen, erkannte aber den Klang ihrer Stimme und ihren Geruch. Es war entweder ihr Shampoo oder ihre Haarspülung oder sonst *irgendetwas*, das Lily immer in einen köstlichen Erdbeerduft hüllte.

Ollie genoss den Moment, bis er Keyas merkwürdigen Blick bemerkte, so als hätte er etwas falsch gemacht.

Bevor er herausfinden konnte, was, spürte er eine Hand auf seiner Schulter, die ihn herumwirbelte. Auf einmal umarmte ihn nicht mehr Lily, sondern Sol. Auch wenn Sol nicht so gut roch wie Lily, freute sich Ollie genauso, ihn zu sehen.

»Wie bist du entkommen?«, fragte Sol ihn, während er Ollie drückte. »Dodge hat gesagt, sie hätten dich erwischt!«

Die Freude in Ollies Gesicht verwandelte sich in Unsicherheit. »Dodge?«, sagte er. »Heißt das … dass er es zurück zum Haven geschafft hat?«

Während ihres anstrengenden Marsches durch London hatte Ollie kaum gewagt, darauf zu hoffen. Er musterte Sols Miene, voller Angst, was er dort sehen würde, aber das Lächeln seines Freundes veränderte sich nicht. Vielmehr deutete er mit den Augen. Ollie drehte sich um …

Und da war er. Dodge stand hinter Lily und war scheinbar ebenso verwundert, Ollie zu sehen, wie Ollie ihn.

»Ollie, es … es tut mir leid. Ich habe versucht, dich zu retten, aber … sie waren zu viele und ich … ich …«

Ollie schnitt ihm das Wort ab und warf die Arme um seinen Freund. Als Dodge nicht im Container des Lasters aufgetaucht war, war Ollie klar gewesen, dass er entkommen sein könnte. Aber es hätte auch noch eine andere Erklärung gegeben: Wenn Dodge nicht gefangen worden war, hätte er auch bei seinem Fluchtversuch getötet worden sein können.

»Ach, ist das süß«, war eine Stimme zu hören. »Wie eine Szene aus einer kitschig-romantischen Hollywoodkomödie.«

Ollie und Dodge traten auseinander.

»Wer ist das?«, wollte Dodge wissen und zog die Augenbrauen zusammen.

Ollie lächelte reumütig, als wollte er sich schon im Voraus entschuldigen. »Das ist Harvey Hunter«, sagte er. »Danny Hunters verschwundener Sohn.«

»Und offensichtlich fällt der Apfel nicht weit vom Stamm«, bemerkte Sol.

Harvey schien Sols Kommentar zuerst als Kompliment aufzufassen, doch als ihm bewusst wurde, dass es das Gegenteil war, verfinsterte sich seine Miene.

»Pass bloß auf, *Sonic*«, sagte Harvey, der sich über Sols igelartige Dreadlocks lustig machte. »In dieser Stadt beschimpft niemand einen Hunter und kommt damit …«

»Ach, halt die Klappe, Harvey«, unterbrach ihn Keya. »Hast du's nicht langsam satt, ständig dieselben müden Sprüche zu klopfen? Ich hab's nämlich so was von satt, sie mir anhören zu müssen.«

Sol unterdrückte ein Lächeln. »Schön, dich zu sehen, Keya«, sagte er. »Danke, dass du unseren Jungen an einem Stück zurückgebracht hast.«

»Eigentlich«, erwiderte Keya, »ist es eher umgekehrt. Ollie hat uns alle gerettet, weil er's einfach draufhat. Wenn er nicht gewesen wäre, wären wir jetzt alle menschliche Eiszapfen. Ihr habt Glück, ihn zu haben«, fügte sie hinzu. Als sie Ollies Blick begegnete, sah sie schnell wieder weg.

»Du musst uns alles darüber erzählen«, sagte Dodge zu Ollie. »Sobald wir euch reingebracht haben.« Er zeigte diskret auf das Gebäude hinter ihnen.

»Wie habt ihr überhaupt gewusst, dass wir hier draußen sind?«, fragte Ollie.

»Ach, du kennst doch Jack«, antwortete Dodge mit einem Zwinkern. »Sie hat Augen überall.«

Ollie schaute sich nach einer versteckten Kamera um, war jedoch nicht überrascht, als er keine entdeckte.

»Kommt«, sagte Dodge. »Da lang.«

Er lief los, doch Ollie rührte sich nicht vom Fleck. »Dodge?«, sagte er. »Ich kenne die Regeln, aber was ist mit allen anderen? Du lässt sie doch rein – oder?«

Die befreiten Gangmitglieder drängten sich zusammen. Ollie konnte sehen, dass sie völlig erschöpft waren, jetzt, da sie endlich an ihrem Ziel angekommen waren.

Einen Moment lang schien Dodge hin- und hergerissen zu sein – zum einen wollte er den Haven beschützen, zum anderen war er sich bewusst, wie verzweifelt und hundemüde diese Gruppe von Kindern und Jugendlichen war.

»Sie sind alle hier willkommen«, sagte er schließlich. »Selbstverständlich sind sie hier willkommen. Wir bringen sie über den Hintereingang rein und benutzen ihre Oberteile als Augenbinden, sobald wir unten in den Tunneln sind. Aber wenn ich ehrlich bin, wirken sie alle so müde, dass sie sich wahrscheinlich sowieso nicht an den Weg erinnern würden.«

Dodge führte die Gruppe eine Gasse hinunter und auf den Friedhof, der Ollie schon einmal aufgefallen war. Hier, in einer Ecke des Grundstücks, die auf den ersten Blick völlig überwuchert zu sein schien, befand sich hinter einem Grabstein ein verborgener Eingang, der hinunter in die Kanalisation führte.

Jack, Song und Flea warteten schon auf sie, als sie den Ausrüstungsraum erreichten.

»Sol, bringst du unsere Gäste bitte auf die Krankenstation?«, bat Dodge ihn und zeigte auf die verwahrlosten Kinder, die mit weit aufgerissenen Augen ihre provisorischen Augenbinden abnahmen. »Komm dann zu uns in den Kontrollraum. Harvey, du bleibst bei mir. Und mach's dir nicht zu bequem – du bleibst nicht lange. Komm du auch mit, Keya. Es gibt eine Menge zu besprechen.«

»Ich auch«, sagte Imani. »Egal, was ihr vorhabt, ich will auch dabei sein.«

Dodge sah zu Ollie, der nickte, und gab Imani die Hand. »Ollies Freunde sind auch unsere Freunde.«

Oben im Kontrollraum legten sie erst los, nachdem Sol wieder zu ihnen gestoßen war. Außer Erik waren alle Mitglieder des Ermittlungsteams anwesend und zusätzlich Keya, Harvey und Imani. Sie versammelten sich um den Tisch voller Landkarten. Harvey setzte sich als Einziger hin.

»Das Wichtigste zuerst«, fing Dodge an. »Sobald wir hier fertig sind, bringen wir Harvey dorthin zurück, wo er hingehört, und tauschen ihn gegen Erik aus. Danny Hunter hat uns bis Mittag Zeit gegeben, das heißt, wie haben noch …«, er warf einen Blick auf seine Uhr, »etwas über zwei Stunden.«

»Lily und ich bringen ihn hin«, knurrte Flea. »Ich will dabei sein, wenn Danny Hunter sich entschuldigt. Das wird so 'n Event wie den Halleyschen Kometen zu sehen, ein so einzigartiges Erlebnis, dass man seinen Enkelkindern davon erzählt.«

»Hunters entschuldigen sich bei niemandem«, erwiderte Harvey. »*Niemals*. Das ist Teil unseres Ehrenkodex.«

»Na ja, nur diesmal kommt Onkel Danny nicht drum rum«, gab Flea zurück. »Zumindest, wenn er seinen Sohn wiedersehen will. Was meinst du, *Cousin*? Liebt er dich genug, um seine goldene Regel zu brechen?«

Harvey schluckte und ließ den Blick unsicher durch den Raum huschen. Zu Ollies eigener Überraschung flackerte in ihm kurz Mitgefühl für Harvey auf.

»Ich schätze das Angebot, Flea«, sagte Dodge und kehrte zur eigentlichen Sache zurück, »aber diese Aufgabe übertrage ich Song. Eriks Leben steht auf dem Spiel. Wir können es uns – auf beiden Seiten – nicht leisten, dass jemand die Beherrschung verliert.«

Flea schien protestieren zu wollen, stoppte sich aber. Ihm musste klar geworden sein, dass das nur bestätigen würde, was Dodge gerade gesagt hatte.

»Nimm Verstärkung mit, Song«, wies Dodge sie an. »Drei oder vier deiner besten Schüler aus dem Dojo.«

»Die meisten meiner besten Schüler sind in diesem Raum«, erwiderte Song, »aber in meiner fortgeschrittenen Klasse sind ein paar Braungurte, denen es guttun würde, sich mal zu beweisen. Ich nehme sie mit.«

Song war also die Karateausbilderin im Haven, dachte Ollie. Er war überrascht, dass er nicht schon früher daraufgekommen war.

»Gut«, sagte Dodge. »Dann ist das geregelt. Kümmern wir uns jetzt wieder darum herauszufinden, was zum Teufel Maddy Sikes gerade ausheckt.«

Das war Ollies Stichwort. Er informierte die anderen über alles, was passiert war, von dem Moment an, als seine Hand Dodges Griff entglitten war und man ihn im Lagerhaus gefangen genommen hatte. Ollie erzählte ihnen alles, woran er sich erinnerte, einschließlich dessen, was Sikes über ihre Rolle beim Tod seiner Eltern enthüllt hatte. Er sprach schnell, fast mechanisch, weil er nicht wollte, dass seine Gefühle sich in seiner Stimme niederschlugen.

Als er damit fertig war, herrschte Stille im Kontrollraum. Nur das sanfte Surren der Rechner war zu hören sowie die Hintergrundgeräusche der anderen im Haven, die ihrer Arbeit nachgingen. Im unteren Stockwerk lachte jemand und Ollie merkte, wie er jeden beneidete, der so sorglos war, dass er das in diesem Moment noch konnte.

Sol durchbrach die Stille als Erster. Und, wie vorauszusehen war, sagte er genau, was Ollie hören wollte. »Wir kriegen sie, Ollie. Mach dir da mal keine Sorgen. Auf die eine oder andere Weise werden wir Maddy Sikes besiegen.«

Ohne dass es jemand bemerkt hatte, war Jack zu einem Computerbildschirm gerollt. »Ollie?«, sagte sie. »Ist er das? Der Mann, von dem du gesprochen hast? Dr. Gruber?«

Ollie ging zu Jack hinüber. Auf ihrem Monitor war ein schwarzweißes Foto von dem Mann, den Ollie in Sikes' Büro gesehen hatte. Das Foto war unscharf, wie eine Standaufnahme einer Überwachungskamera, und näher herangezoomt, als es die Auflösung erlaubte. Trotzdem erkannte Ollie die Kopfform des Mannes, die knochigen Ausbuchtungen seines Schädels.

»Das ist er«, bestätigte Ollie.

»Dr. Kurt Gruber«, sagte Jack. »Das ist das einzige Foto, das ich von ihm finden kann. Der Mann ist noch schwerer zu fassen als das Ungeheuer von Loch Ness. Anscheinend ist er Wissenschaftler. Geboren im österreichischen Graz, ausgebildet an der Universität von Cambridge. Hat eine Zeit lang für die britische Regierung gearbeitet, ist dann aber völlig von der Bildfläche verschwunden. Er wird in siebenunddreißig Ländern gesucht. Ich bin mir aber nicht sicher, warum. Ich kann einfach nichts darüber finden …« Jack unterbrach sich mitten im Satz. Sie hatte wie wild Wörter in die Google-Suchmaske eingegeben und war zwischen verschiedenen Suchergebnissen hin und her gesprungen, aber als auf ihrem Bildschirm eine bestimmte Seite erschien, erstarrten ihre Finger. Sie sah sich um und Ollie beobachtete, wie sie leichenblass wurde.

»Jack?«, fragte Lily. »Was ist los? Was hast du gefunden?"

Lily hatte Angst. Ollie konnte es in ihrer Stimme hören. Und auch er spürte sie: eine eisige Kälte, die durch seine Adern schoss.

Jack räusperte sich. »Er baut … er baut Bomben«, sagte sie.

Einen Augenblick lang schwiegen alle benommen.

»Bomben?«, wiederholte Sol. »Wie in …«

»Wie in *große* Bomben«, erwiderte Jack. »Chemische Bomben. Die Art, die Giftgas ausströmt.« Ihr Blick blieb auf Ollie ruhen. »Der Mann, den du gesehen hast, Ollie? Maddy Sikes' neuer bester Freund? Er ist Experte für Massenvernichtungswaffen.«

23 ENDGAME

»Was kannst du uns sonst noch über ihn erzählen, Jack?« Dodge dachte schon weiter. Er lehnte auf dem Schreibtisch, das Gewicht auf den Fäusten. »Jack?«, wiederholte er.

»Ich …« Jack zwang ihre Finger zurück auf die Tastatur. Sie tippte, überflog, tippte wieder und schüttelte dabei die ganze Zeit den Kopf. »Fast nichts«, sagte sie niedergeschlagen. »Es ist so, wie ich gesagt habe, Gruber ist völlig von der Bildfläche verschwunden. Es gibt Gerüchte, dass er für die Nordkoreaner gearbeitet hat, vor allem, weil er das letzte Mal nachweisbar in Changchun, China, gesichtet worden ist. Zumindest bevor Ollie ihn in Sikes' Büro gesehen hat.«

»Changchun?«, hakte Dodge nach.

»Das ist in der Jilin-Provinz«, erklärte Jack. »Direkt an der nordkoreanischen Grenze.«

Dodge betrachtete die Stelle, die Jack ihm auf einer Karte auf ihrem Monitor zeigte. Sein Hals schwoll an, als er schluckte.

Er wandte sich an Ollie. »Diese Kisten«, sagte er. »In Maddys Lagerhaus. Erinnerst du dich noch?«

»Nur, dass sie beim ersten Mal dort waren«, antwortete Ollie, »und dann nicht mehr, als wir zurückgegangen sind. Und du hast gesagt …« Ollie kniff die Augen zusammen. »Du hast gesagt, dass diese Lieferung ungewöhnlich wäre.«

Dodge nickte. »Maddy Sikes hat gegen ein bisschen Schmuggel nichts einzuwenden«, sagte er. »Wir reden hier von gestohlener Kunst, Waffen, Diamanten. Immer Sachen von hohem Wert. Doch diese Kisten … laut der Etiketten waren sie mit Spielzeug gefüllt.«

»Spielzeug?«

»Ja«, sagte Dodge. »Aber mir geht es nicht darum, was *in* den Kisten war. Mir geht es darum, was *auf* ihnen stand. Die Etiketten – Changchun war die Absenderadresse. Die Kisten kamen alle von dort. Demselben Ort, an dem Gruber das letzte Mal gesehen wurde.«

»Und das bedeutet …?«, wollte Sol wissen.

»Das bedeutet, dass in diesen Kisten mehr als nur Spielzeug war«, erklärte Jack, die schneller verstand als der Rest. »Das bedeutet, dass Gruber irgendeine Art von chemischer Waffe entwickelt hat, vermutlich während er in Nordkorea war, und Sikes hat diese Lieferung genutzt, um sie nach London zu schmuggeln.«

»Und jetzt ist sie weg«, sagte Dodge. »Was auch immer Sikes in ihrem Besitz hat, was auch immer Gruber für sie hergestellt hat, wir haben keine Möglichkeit mehr, es zu finden.« Er wandte sich abrupt von Jacks Schreibtisch ab. »Sie ist verrückt. Ich habe es vorher nie wirklich geglaubt, aber sie ist es. Sie ist völlig durchgeknallt.«

»Das ist also ihr Plan?«, fragte Lily. »Sie will irgendeine chemische Waffe mitten in der Stadt hochgehen lassen?«

»Mehr als eine Waffe, wenn du mich fragst«, entgegnete

Dodge, der sich wieder umdrehte. »Die Lieferung, die Ollie und ich gesehen haben, ist *riesig*. Und man braucht nur eine kleine Menge von Chemikalien, um eine einzige Bombe zu bauen. Stimmt's, Jack?«

»Stimmt«, antwortete Jack grimmig.

»Aber *warum*?«, fragte Lily. »Und was hat das alles mit den verschwundenen Kids zu tun? Warum sollte sie sich die Mühe machen, Leute zu entführen, wenn sie letzten Endes vorhat ... Hunderte umzubringen?« Bestätigung suchend blickte sie zu Jack, aber deren Miene verriet, dass sie mit ihrer Schätzung völlig danebenlag. »Tausende?«, korrigierte sie. »*Zehn*tausende?«

Jack senkte den Blick zu Boden. Lily hielt sich eine Hand vor den Mund.

»Um für Ablenkung zu sorgen«, beantwortete Ollie Lilys Frage. »Das waren nicht einfach irgendwelche Kids, die sie entführt hat, schon vergessen? Es waren Gangmitglieder. Die wichtige Positionen innehatten. Alle von rivalisierenden Gruppen. Und sie wollte uns umbringen. Unsere Leichen in ganz London verteilen, sodass Danny Hunter und die anderen Banden uns finden und der angefangene Krieg zum Supergau ausartet.«

»Und das bedeutet, dass alle Polizeikräfte damit beschäftigt gewesen wären, wieder Ordnung herzustellen«, sagte Sol. »Sogar noch beschäftigter, als sie es jetzt schon sind, meine ich. Wie ist die Lage, Jack? Hat sie sich ein wenig beruhigt?«

Jack schüttelte den Kopf, während sie zwischen Fenstern auf ihrem Monitor hin- und herwechselte. »Da draußen herrscht zwar nicht der Supergau, aber wenn überhaupt, ist es schlimmer geworden. Niemand macht einen Rückzieher. Die Kämpfe verschärfen sich, die Brände nehmen zu.«

»Dann hat Sikes die ganze Deckung, die sie braucht«, sagte Lily. »Sie musste die Gangmitglieder gar nicht umbringen.«

»Nein«, bekräftigte Ollie. »Für Sikes wäre das einfach nur ein Bonus gewesen. Sie sammelt Leben, wisst ihr. Sie hat es mir erzählt.«

Ollie hörte den Hass in seiner Stimme. Es schockierte die anderen offenbar ebenso wie ihn selbst.

»Maddy Sikes hat also einen Haufen Bomben in die Finger gekriegt«, sagte Keya. »Wir wissen nicht, wie viele, aber wir vermuten, dass sie sie überall in der Stadt hochgehen lassen will. Ja?« Sie sah die anderen an, damit sie es bestätigten. »Was genau sollen wir jetzt also dagegen tun?«, drängte sie. »Wie können wir verhindern, dass die Bomben explodieren, wenn wir nicht einmal wissen, wo Sikes sie gelegt hat?«

Niemand hatte eine Antwort darauf.

»Doch, wir wissen es«, sagte Ollie und alle Augen drehten sich zu ihm. »Denkt mal nach«, fuhr er fort. »Der Krieg, den Sikes angezettelt hat, dient nicht nur dazu, die Behörden zu beschäftigen. Sie will sichergehen, dass niemand mehr da ist, um sie herauszufordern, nachdem die Bomben hochgegangen sind. Wenn sie sie dort legt, wo die Kämpfe am heftigsten sind, eliminiert sie ihre Rivalen und die halbe Polizei auf einen Schlag.«

»Und verwischt gleichzeitig ihre Spuren«, warf Jack ein. »Wenn du eine Bombe in einem Kriegsgebiet zündest, wird es Jahre dauern, bis die Behörden alle Trümmer durchsucht haben. Das ist ein forensischer Albtraum: ein Puzzle aus Milliarden Stücken, bei dem kein Teil zum anderen passt. Sie werden nichts finden, das die Bomben mit Sikes in Verbindung bringt.«

»Die Krankenwagen!«, entfuhr es Imani. Bisher hatte sie die Diskussion in entsetztem Schweigen verfolgt. »Weißt du noch, Ollie? In der Tiefgarage? Sie wollten nicht darauf schießen. Und ich wette mit euch, dass der Sprengstoff der Grund dafür war.«

Ollie nickte. »So transportiert sie die Bomben überall in die Stadt. In Fahrzeugen, die auf den Straßen sofort durchgelassen werden, weil die Menschen glauben, sie wären unterwegs, um Leben zu retten.«

»Aber da war eine ganze Reihe von ihnen«, sagte Imani entsetzt. »Es müssen mindestens fünfzehn, zwanzig Krankenwagen gewesen sein.«

»Zweiundzwanzig«, präzisierte Keya. »Ich hab sie gezählt.«

Stille trat ein, während die Gruppe verarbeitete, was das bedeutete. Zweiundzwanzig Krankenwagen hieß zweiundzwanzig Bomben. Zweiundzwanzig Gruppen von Opfern.

»Jack«, sagte Dodge, »wie würden diese Bomben gezündet werden?«

»Schwer zu sagen«, antwortete Jack. »Die einfachste Lösung wäre, jede Bombe mit ihrem eigenen Timer zu versehen und sie alle so zu programmieren, dass sie gleichzeitig explodieren. Aber es wäre auch ziemlich einfach, sie alle mit einem zentralen Zünder zu verbinden. Dafür würde ein Laptop oder ein Telefon völlig genügen. Irgendwas, das ein Signal senden kann.«

»So wie ich Maddy Sikes kenne«, sagte Sol, »würde ich Geld

darauf setzen, dass sie die Explosionen selbst auslösen will. Für sie geht es nur um Kontrolle.«

Die anderen verzogen zustimmend das Gesicht.

»Aber wann?«, fragte Lily. »Sie muss eine ganz bestimmte Zeit im Kopf haben, vor allem wenn sie vorhat, selbst den Knopf zu drücken.«

»Heute«, antwortete Ollie. »Es kann nur heute sein. Es ist jetzt … wie viel Uhr? Kurz nach zehn Uhr morgens. Wenn alles nach Plan gelaufen wäre, wäre der von Sikes angezettelte Krieg spätestens am Nachmittag voll ausgebrochen. In dem Fall hätte sie vorgehabt, die Bomben dann detonieren zu lassen, wenn die Unruhen ihren Höhepunkt erreichen.«

»Dann bei Einbruch der Dunkelheit?«, schlug Lily vor. »Da wird die Situation am schlimmsten sein, oder?«

»Aber sie wird auch ein Höchstmaß an Toten wollen«, wandte Dodge ein.

»Dann zur Hauptverkehrszeit«, meinte Jack. »Fünf Uhr nachmittags, plus minus.«

»Sikes hat erwähnt, dass sie um fünf in einem Privatflugzeug sitzen wird, als sie mit Gruber geredet hat«, sagte Ollie. »Es *muss* dann sein.«

Das bedeutete, dass sie weniger als einen halben Tag hatten, um Sikes' Pläne zu vereiteln.

»Was ich immer noch nicht verstehe, ist, *warum*«, meinte Lily. »Was ist Sikes' ultimatives Ziel? Na schön, sie eliminiert ihre Rivalen, dezimiert die Polizei. Aber was hat sie davon, wenn sie bei der Gelegenheit die halbe Stadt zerstört? Sie wäre dann zwar die Herrin im Hause, aber ihr Anwesen wäre nur noch ein Trümmerhaufen.«

»Vielleicht reicht ihr das«, warf Ollie ein, der nicht wirklich daran glaubte. »Vielleicht will sie einfach nur so viel Tod und Zerstörung verursachen, wie sie kann.«

Er bemerkte, dass Jack die Stirn runzelte und sich dann wieder ihrem Computer zuwandte.

»Ich weiß, es fällt dir schwer, darüber zu reden, Ollie, aber … deine Eltern. Wiederhol noch mal, was Sikes zu dir gesagt hat. Über ihre Rolle bei dem Terroranschlag, meine ich.«

Ollie erzählte noch einmal mit zitternder Stimme, woran er sich erinnerte.

Als er fertig war, beobachtete er Jack gemeinsam mit allen anderen. Irgendwie konnte sie schneller von Website zu Website navigieren, als Ollie folgen konnte. Er schaute ihr dabei zu, wie sie Zeitungsartikel über die Busbombe aufrief, die seine Eltern umgebracht hatte, und zuckte zusammen, als er die Fotos sah, die damals auf allen Titelseiten prangten. Glücklicherweise ging Jack jedoch schnell zu anderen Dingen über und kurz darauf war ihr Bildschirm voller Grafiken. Als Nächstes erschien Maddy Sikes in Nachrichten, die sie selbst erzeugt hatte: breite Textspalten, die aus den Wirtschaftsteilen verschiedener Websites zu stammen schienen.

»Ein Experiment«, sagte Jack, während sie gleichzeitig Schlüsselwörter in ihren Computer tippte. »Stimmt doch, Ollie? So hat Sikes es genannt?«

Nickend kräuselte Ollie die Lippen. Dieses Wort – so kühl,

so klinisch – war für ihn fast am unerträglichsten gewesen. Seine Mum und sein Dad waren umgekommen – waren ermordet worden –, nur um Sikes' Neugier zu befriedigen. Und Ollie wusste nicht einmal, worauf.

»Sie hat spekuliert«, erklärte Jack und lehnte sich von ihrem Computer zurück.

»Speku*was*?«, fragte Sol.

Jack drehte ihren Stuhl in seine Richtung. »Spekuliert«, wiederholte sie. »Das bedeutet … wetten. In einem finanziellen Sinn. Im Grunde hat Sikes durch die Bombe, die Ollies Eltern getötet hat, eine Menge Geld gemacht.«

»Wie denn?«, wollte Dodge wissen.

»Wenn in einer großen Stadt eine Bombe hochgeht, geraten Menschen als Erstes in Panik. Nicht nur Leute auf der Straße, sondern auch Geschäftsleute, Investoren, sogar Regierungen. Und dann brechen Börsenmärkte zusammen, Grundstückspreise stürzen ab und alles, was einmal teuer war, wird billig.«

»Weil niemand es kaufen will«, sagte Sol. »Wer würde schon einen Wolkenkratzer in London kaufen wollen, wenn Leute glauben, dass er am nächsten Tag von einem Haufen Terroristen in die Luft gesprengt werden könnte?«

Obwohl es eine rhetorische Frage war, antwortete ihm Ollie darauf.

»Maddy Sikes«, sagte er. »Maddy Sikes kaufte alles, was sie konnte, weil sie wusste, dass es keine Terroristen waren. Weil sie *vorbereitet* war.«

»Genau«, bestätigte Jack. »Deshalb fing Maddy Sikes nach

der Bombe an zu kaufen, während alle anderen verkauften. So hat sie ihr Imperium aufgebaut. Davor machte sie vor allem Geld durch Schmuggel, den Dodge vorhin erwähnt hat, aber durch das Vortäuschen eines Terroranschlags … hat sie gewaltig abgesahnt. Und Geld bringt natürlich Macht.«

»Und jetzt tut sie es wieder«, sagte Sol. »Aber in einem größeren Rahmen diesmal. Mit besserer Planung.«

Die anderen sahen ihn an.

»Nicht *besser* besser«, berichtigte Sol. »Nur … ihr wisst schon, was ich meine.«

»Und deshalb benutzt sie Dr. Gruber«, sagte Dodge. »Du hast davon gesprochen, dass sie nur über einen Trümmerhaufen herrschen würde, aber chemische Waffen verursachen Tod, nicht Zerstörung. Sikes hat nicht vor, London zu zerstören, denn wenn sich der Staub legt, will sie es *besitzen*.«

»Genau«, stimmte Ollie ihm bitter zu. »Sie will nur die Menschen, die hier leben, ermorden. Noch mehr Trophäen, die sie ihrer Sammlung hinzufügen kann.«

In diesem Moment konnte Ollie nur die Gesichter seiner Eltern sehen. Und das von Nancy. Von den Menschen, die er geliebt und die Maddy Sikes umgebracht hatte.

»Dann lasst uns etwas dagegen unternehmen, Leute!«, sagte Flea. »Was stehen wir hier noch rum und blasen Trübsal?«

Ollie drehte sich um und stellte fest, dass Flea ihn direkt angesehen hatte.

»Aber was?«, fragte Lily. »Was können wir tun?«

»Sollten wir zur Polizei gehen?«, fragte Sol.

Keya und Imani prusteten.

»Und ihnen was sagen?«, meinte Jack. »Wo sind unsere Beweise? Für *irgendwas*?«

»Außerdem würde es zu lange dauern«, sagte Dodge. »Bis wir sie dazu gebracht hätten, uns zu glauben – *wenn* wir sie dazu bringen könnten, uns zu glauben –, wäre es zu spät. Nein«, erklärte er und richtete sich ganz auf. »Wir nehmen das selber in die Hand. Keya, Imani, Ollie, ihr seid die Einzigen, die die Krankenwagen gesehen haben. Gibt es etwas – irgendetwas –, das uns helfen könnte, sie ausfindig zu machen?«

Keya und Imani sahen einander hilflos an. Ollie war so damit beschäftigt, über Fleas Worte vor Wut zu schäumen, dass er Dodges Frage fast nicht gehört hätte.

»Sie hatten dasselbe Kennzeichen.«

Alle Anwesenden drehten sich gleichzeitig um. Die Worte kamen von Harvey Hunter. Die anderen hatten sich einer nach dem anderen um Jacks Computer geschart, aber Harvey saß immer noch am Kartentisch. Ollie hatte völlig vergessen, dass er da war.

Und er bemerkte, dass Harvey krank wirkte. Blasser, verängstigter als sie alle.

»Sie hatten dasselbe Kennzeichen«, wiederholte Harvey. »Diese Krankenwagen. Ich erinnere mich daran, weil ich dachte, dass sie wie geklont aussehen. Obwohl es mir in dem Moment nicht wichtig vorkam.«

Natürlich, dachte Ollie. War ihm nicht auch etwas Merkwürdiges an den Rettungswagen aufgefallen?

»Warum würden sie alle dasselbe Kennzeichen haben?«, fragte Lily.

»Weil sie gefälscht sind«, antwortete Keya. »Klone, wie Harvey gesagt hat. Sikes wollte bestimmt, dass man sie nicht aufspüren kann.«

»LD56 …«, sagte Harvey mit zusammengekniffenen Augen auf, während er sich zu erinnern versuchte, verstummte aber dann. »An mehr kann ich mich nicht erinnern. Tut mir leid.« Er schaute auf einmal beschämt. Vielleicht sowohl wegen seines Benehmens als auch deshalb, weil er sich nicht ganz an das Kennzeichen erinnern konnte.

Dodge hatte den Raum durchquert und stand jetzt neben Harvey. Er legte ihm eine Hand auf die Schulter. »Das ist schon mal ein Anfang, Harvey. Danke. Und wer weiß? Vielleicht reicht es uns ja.«

»Also dann, suchen wir die Krankenwagen«, fasste Flea entschlossen zusammen. »Und wenn wir sie finden, finden wir auch die Bomben. Oder? Worauf warten wir also noch? Legen wir los!«

»Moment«, sagte Ollie. »Da ist noch was anderes.« Er funkelte Flea böse an, der daraufhin die Augen verengte. *Wusste Flea, was Ollie sagen wollte?*

»Maddy Sikes hat eine Karte«, sprach Ollie weiter. »In ihrem Büro. Darauf waren die Reviere der verschiedenen Gangs farblich hervorgehoben, aber das war nicht alles. Der Haven war auch darauf gekennzeichnet. So habe ich den Weg hierher gefunden.«

»Aber … das ist unmöglich«, wandte Sol ein. »Woher könnte Maddy Sikes wissen, wo der Haven ist? Wie könnte das *irgendjemand* wissen?«

»Genau das habe ich mich auch gefragt«, erwiderte Ollie, der den Blick fest auf Flea gerichtet hatte. »Und als Dodge, Keya und ich zurück zum Lagerhaus sind, hat uns Maddy Sikes schon erwartet. Sie wusste, dass wir kommen.«

»Was willst du damit sagen, PJ?«, knurrte Flea.

»Ich will damit sagen, dass wir in eine Falle getappt sind«, schoss Ollie zurück. »Ich will damit sagen, dass *jemand* ihr von unserem Kommen erzählt hat. Jemand, der hier in diesem Raum ist.«

Sofort brach empörtes Geschrei aus.

»Auf keinen Fall!«

»Du liegst voll daneben, Ollie!«

»Ist dir klar, was du da sagst?«

Nur Ollie schwieg. Ollie … und Flea. Der Tumult war so laut, dass sie fast den Lärm nicht mitbekamen, der auf dem Flur immer größer wurde.

»RUHE!«

Nachdem Dodge allen befohlen hatte, still zu sein, hörten sie es sofort. Das Donnern von Füßen, das verängstigte Kreischen und dann aus der Ferne – ein unmissverständlicher Schrei.

Das ganze Ermittlungsteam setzte sich gleichzeitig in Bewegung. Lily erreichte die Tür als Erste und warf sie auf, sobald ihre Finger die Klinke berührten.

Bei Ollie dauerte es einen panischen Herzschlag, bis er verstand, was er da sah. Überall war Rauch. Kinder und Jugendliche hetzten durch den Mittelsaal in alle Richtungen, sprengten wie Murmeln auseinander. Und als Ollie aufsah, entdeckte er schließlich, warum sie alle rannten. Über ihnen brannte der Haven.

24 MADDYS RACHE

»Wir werden angegriffen!«

Dodge packte den Jungen, der vorbeigerannt kam. Er wollte gerade die Mitteltreppe hinunterstürmen, die gleich neben dem Kontrollraum war.

»Samir? Wovon redest du? Was ist los?«

»Wir werden angegriffen!«, wiederholte der Junge. »Da sind Männer … auf dem Dach. Sie hatten Flaschen. Mit Lappen oben drin. Sie haben sie angezündet und uns damit beworfen und dann das Feuer, es …« Ollie sah, dass der Junge völlig verängstigt war. Seine Wangen waren vor Panik rot angelaufen und seine Hände und sein Hals waren rußverschmiert. Er musste direkt neben dem Feuer gestanden haben, als es ausbrach.

»Geh«, sagte Dodge zu ihm. »Geh nach unten und bring dich in Sicherheit. Du weißt, was du machen musst. Du hast es schon tausendmal geübt.«

Ollie und der Rest des Teams hörten Schreie und drehten sich zu ihnen um. Noch mehr Kinder flüchteten aus den oberen Stockwerken und Ollie erkannte einige der jüngeren Mädchen und Jungs, denen er in Tante Fays Garten begegnet war. Ihnen folgte Tante Fay, die von zwei etwas älteren Kindern nach unten geführt wurde.

Gemeinsam mit den anderen stürmte Ollie hinüber, um zu

helfen. Sie erreichten Tante Fay auf halbem Weg die Treppe hinunter, die zum zweiten Stockwerk führte, als eine von Tante Fays Helferinnen ausrutschte. Sol fing sie gerade noch rechtzeitig auf. Ollie nahm ihren Platz an Tante Fays Seite ein und stützte die alte Frau.

»Ollie«, keuchte sie. »Danke. Aber du solltest gehen, ihr solltet alle gehen. Ich komme die Treppe allein runter, ich muss mir nur Zeit nehmen. Wenn ich daran denke, dass ich als junges Mädchen immer das Geländer runtergerutscht bin.« Tante Fay lächelte schwach. Sie musste auf ihre Weise genauso verängstigt sein wie Samir. Das waren sie alle.

»Wir lassen dich nicht allein zurück«, sagte Ollie.

»Wir lassen niemanden zurück«, bekräftigte Dodge. »Tante Fay, sind oben noch Kinder?«

»Ich glaube nicht. Als ich gerufen habe, hat niemand geantwortet, aber es war alles so verwirrend. Was ist los, Dodge? Wer sind diese Leute? Und warum greifen sie den Haven an? Wissen sie nicht, dass wir versuchen, Leuten zu *helfen*?«

»Das ist Maddy Sikes' Werk«, sagte Flea an die ganze Gruppe gewandt. »Es kann nur sie sein. Sie rächt sich an PJ und den anderen Kids für ihre Flucht.«

Irgendwie ließ Flea es so klingen, als wäre es Ollies Schuld. Als hätte er selbstsüchtig gehandelt, als er versucht hatte, das Leben der anderen zu retten.

»Ja, das ist ihr Vergeltungsschlag«, stimmte Dodge ihm zu, »aber ich bezweifle, dass das Sikes' Leute sind. Du hast doch gesagt, dass sie wusste, wo der Haven ist, Ollie. Sie musste also nichts weiter tun, als die Nachricht zu verbreiten, dass wir für das Verschwinden der Kids verantwortlich sind. Und jede Gang wäre mehr als froh darüber, *uns* in die Pfanne zu hauen.«

Ollie konnte jetzt die Hitze des Feuers spüren und dichter Rauch füllte die Luft. Er sah, dass die ganze obere Ebene in Flammen stand. Wenn das Feuer im Erdgeschoss gelegt worden wäre, hätte der Haven jetzt schon verloren sein können.

Sie hörten, wie neben ihnen Glas zersplitterte, und sprangen alle gleichzeitig zurück. Eine Flasche landete nicht weit von ihnen entfernt und die Flammen ihres brennenden Dochts schwappten wie Wasser über den Boden. Die Flasche war wohl mit etwas Entzündlichem gefüllt. Benzin, vermutete Ollie.

Sie sahen auf und erblickten einen Mann, der vom Balkon nach unten spähte. Er hatte Tätowierungen auf den Unterarmen und einen Schal vor dem Gesicht. Als sie zu ihm hinaufstarrten, drehte er sich um und floh. Ollie entdeckte dort oben noch andere Männer. Jetzt, da ihre Mission erfüllt war, schienen sie dem ersten Mann zu folgen und über die Dächer zu fliehen.

»Das sind Diamonds«, sagte Imani. »Diese Tätowierungen würde ich überall erkennen.«

»Lasst uns nach oben gehen und ihnen eine Lektion erteilen!«, schrie Flea. Er wollte gerade die Treppe hochrennen, als Dodge ihn zurückzog.

»Das löst unsere Probleme auch nicht. Und wie willst du überhaupt da hochkommen?«

Der Weg nach oben war blockiert. Abgesehen von den Flammen, die gerade den Balkon des dritten Stockwerks verschlangen, füllte auch noch der Schutt der einbrechenden Decke den obersten Treppenabsatz.

»Schaut mal!« Keya zeigte auf die Stelle, an der gerade noch die Diamonds gestanden hatten. Von dort blickte ein etwa acht- oder neunjähriges Mädchen nach unten. Ollie erkannte auch sie aus Tante Fays Garten wieder.

»Tante Fay! Hilf mir!«

»Mia!«, rief Tante Fay, das Entsetzen in ihrer Stimme war herzzerreißend.

Ollie sah, dass das Mädchen gefangen war. Sie war von ihnen ebenso abgeschnitten wie sie von ihr.

Dodge zögerte nicht einmal. »Lily, Ollie: Folgt mir«, sagte er. »Alle anderen: Überprüft noch mal den ersten Stock und geht nach unten. Flea, du musst Jack helfen.«

Die Holzbalken über ihnen knackten so laut wie ein Schuss aus einer Startpistole. Dodge war schon davongeeilt und stürmte auf das hilflose Mädchen zu. Lily war nur einen halben Schritt hinter ihm.

Ollie stützte immer noch Tante Fay. Er betrachtete sie unsicher.

»Geh«, sagte sie und ließ Ollie los. »Sei aber vorsichtig«, rief sie, als Ollie herumwirbelte. »Seid alle vorsichtig!«

Den zweiten Stock zu erreichen war einfach. Sie mussten nur ein paar herabgefallene Trümmer umgehen, und wenn Ollie nicht am Bein verletzt gewesen wäre, hätte er es die Treppe in wenigen Sprüngen hinaufgeschafft. Er holte Dodge und Lily an der Barrikade aus heruntergefallenem Schutt ein, der sich auf halbem Weg zum obersten Treppenabsatz befand.

Mia kreischte über ihnen. Sie hatte gesehen, wie Ollie und die anderen auf sie zukamen, und versucht, ihnen entgegenzugehen. Aber Feuer regnete von der Decke auf sie herab und sie war offenbar unsicher, wo sie hintreten sollte. Ollie erinnerte sich daran, in welchem Zustand sich der Boden des obersten Balkons befunden hatte, schon bevor das Feuer ausgebrochen war. Wie er einem Flickenteppich aus Löchern geähnelt hatte.

»Bleib, wo du bist, Mia!«, rief Dodge. »Wir kommen!«

Ollie zog seinen Pulli über den Mund, um den Rauch wenigstens ein bisschen herauszufiltern. Dodge und Lily folgten seinem Beispiel. Sie tauschten Blicke und Ollie erkannte die Hoffnungslosigkeit in ihren Augen.

Dodge drehte sich zum Trümmerhaufen und fing an zu klettern.

»Warte!«, rief Lily. »Lass mich gehen. Ich bin leichter.«

Dodge zögerte, mit einem Fuß bereits auf dem Schutthaufen. Wie zur Bestätigung von Lilys Worten brach das Stück Holz, auf dem er stand, unter ihm zusammen. Es zerfiel zu Staub wie ein Stück Kohle.

Lily zwang Dodge aus dem Weg. Sie suchte in den Trümmern nach festem Untergrund und verlagerte dann ihr Gewicht darauf. Etwas brach entzwei und bewegte sich, doch worauf Lily auch immer getreten hatte, hielt stand. Doch damit war sie Mia nur einen Schritt näher. Sie hatte noch mindestens zwanzig vor sich.

»Hilfe!«, schrie Mia. »Bitte! Helft mir!«

»Bleib vom Geländer weg, Mia!«, rief Ollie. In ihrer Angst vor den übergreifenden Flammen war sie immer näher ans Geländer getreten und ließ Ollie daran denken, wie lose es war.

Das Mädchen schien ihn nicht zu hören. Sie streckte eine Hand aus, um sich am Handlauf festzuhalten, und schien nicht zu bemerken, wie weit er schon ins Leere ragte. Ollie erkannte, dass er schon bald nachgeben würde.

Dodge beobachtete es auch. »Schneller, Lily!«

Lily war clever genug, nicht zurückzuschauen. Sie sah immer wieder zu Mia hinüber, richtete ihr Augenmerk aber hauptsächlich darauf, wo sie die Füße hinsetzte. Sie kletterte so schnell sie konnte über den Schutthaufen, doch bei fast jedem Schritt zerrte etwas fest an ihrem Bein und drohte, sie tief in den Haufen zu reißen.

Irgendwie schaffte sie es auf die andere Seite. Erst dann erlaubte sie sich einen schnellen Blick nach hinten und Ollie sah, dass ihre Stirn schweißgebadet war. Er erhaschte ihr zittriges Lächeln, bevor sie sich umdrehte und weiter auf das Mädchen zukletterte.

Mittlerweile hatte Mia begonnen zu weinen und starrte dabei in den Abgrund zu ihren Füßen. Ollie konnte den Blick kaum vom Geländer losreißen. Bei jedem Knacken, Knistern oder Zischen des Feuers rechnete er damit, dass es auseinanderbrechen würde.

»Mia!«, rief Lily. »Mia! Sieh mich an, Mia!”

Lily war jetzt knapp eine Armeslänge von ihr entfernt, schien aber nicht näher an das Mädchen herankommen zu können. Ollie erkannte, wie nervös Lily nach unten blickte, und obwohl er den Boden unter ihren Füßen nicht sehen konnte, stellte er sich vor, dass sie am Rand eines klaffenden Lochs schwankte.

In dem Moment hob Mia den Blick und warf sich mit einer Entschlossenheit, die ihre Panik verriet, in Lilys Arme. Gerade, als sie sich vom Geländer abstieß, zersplitterte der Handlauf und brach schließlich weg, doch Lily fing sie knapp auf. Ollie beobachtete, wie das Holz durch die Luft wirbelte und sich nahezu anmutig drehte und wand, bevor es in der darunterliegenden Eingangshalle mit einem lauten Knall in tausend Stücke zerbarst. Dabei verfehlte es zwar die aus den Klassenzimmern fliehenden Kinder, verursachte aber erneutes Geschrei.

Ollie und Dodge tauschten einen Blick, aus dem überwiegend Entsetzen sprach.

»Dodge! Ollie! Lily! *Schnell*!«

Ollie schaute nach unten und sah, dass nur noch Sol vor dem Kontrollraum stand. Er zeigte auf die Decke über Ollies Kopf. Ein riesiger Eichenbalken war aus seiner Verankerung herausgebrochen und drohte, direkt auf sie hinunterzuschwenken. Er ähnelte einem noch nicht vollständig gefällten Baum und wog zweifellos genauso viel.

»Greif nach unseren Händen, Mia!«, rief Dodge. »Streck die Arme aus!«

Er und Ollie waren, so weit sie es wagten, auf den Trümmerhaufen hinaufgeklettert. Lily half Mia von der anderen Seite.

Das Mädchen rutschte aus und schrie, doch Lily bewahrte

sie gerade noch vor dem Abstürzen. Als ihr klar wurde, dass Mia es nicht allein schaffen würde, packte Lily das Mädchen verzweifelt um die Hüfte und warf sie mehr oder weniger in Dodges und Ollies ausgestreckte Arme. Die Anstrengung auf Lilys erschöpfter Miene zeigte deutlich, dass es sie das letzte bisschen Kraft gekostet hatte.

Aber es klappte. Ollie spürte, wie sich seine Finger um Mias Handgelenk schlossen und Dodge sie von der anderen Seite packte. Sie hievten sie gemeinsam über den Trümmerberg und versuchten dabei, nicht auf den schmerzerfüllten Schrei des Mädchens zu achten – und dann hatten sie sie. Mia sprang halb, fiel halb in ihre Richtung und Dodge holte sie vom Schutt herunter.

»Dodge, pass auf!«, rief Ollie gerade noch rechtzeitig.

Dodge bemerkte den großen herabfallenden Brocken Putz und warf sich mit Mia in den Armen zur Seite, bevor er von ihm getroffen werden konnte. Mia hatte die Arme um Dodges Hals geschlungen und klammerte sich so fest an ihn, dass Ollie sich überrascht fragte, wie Dodge noch Luft bekam.

»Bring sie in Sicherheit!«, schrie Ollie ihm zu. »Ich bleibe und helfe Lily!«

Mit einem gepeinigten Blick auf seine Freundin, die bereits halb über den Trümmerberg geklettert war, nickte Dodge ihm bestimmt zu. Und dann war er weg und trug Mia in Richtung des Ausgangs, während er immer wieder herunterfallenden brennenden Teilen ausweichen musste.

»Ollie? Hilf mir, Ollie. Ich stecke fest.«

»Ich komme, Lily. Beweg dich nicht!«

Ollie fing wieder an zu klettern, aber der Berg wurde immer unstabiler. Zweimal rutschte er ab, und als er schließlich mit rudernden Armen Lilys Hand zu erwischen versuchte, bekam er nur Luft zu fassen.

Doch dann fand er mit seinem Turnschuh Halt und konnte sich hochhieven. Lily hatte es fast ganz bis zur Spitze der aufgehäuften Trümmer geschafft, und als Ollie diesmal die Hand nach ihr ausstreckte, wusste er, dass er sie packen konnte.

»Ich bin hier, Lily. Ich muss …«

Ollie erhaschte die Bewegung aus dem Augenwinkel. Der Balken, auf den Sol ihn aufmerksam gemacht hatte, hatte sich gelöst, durchschnitt die Luft wie eine Sense und sauste geradewegs auf sie zu.

»LILY!«

Das riesige Holzstück prallte auf Lilys Seite gegen den Balkon und verpasste nur knapp ihre Beine, krachte aber durch die geschwächten Bodenbretter. Das wirkte sich sofort auf den Schutthaufen aus. Ollie begegnete noch kurz Lilys Blick, bevor sie von dem Loch hinter ihr eingesaugt und verschluckt wurde.

25 TEUFELSPAKT

»Nein!«

Ollie war sich nicht sicher, ob der Schrei von ihm stammte oder von jemandem, der zu ihnen hinaufblickte. Sol, der vom Balkon im ersten Stock hilflos zusehen musste, oder Dodge, der mit Mia irgendwo auf der Treppe war.

Aber er dachte nicht weiter darüber nach. Er warf sich nach vorne an die Stelle, wo Lily gestanden hatte. Der Schutt unter seinen Füßen fing an, durch den Spalt zwischen den Bodenbrettern zu rutschen, so mühelos wie Sand durch eine Sanduhr.

Ollie ließ sich von der Trümmerwelle halb durch das Loch tragen. Dann streckte er einen Arm aus und stemmte sich gegen die schroffe Öffnung, die von dem herabgestürzten Balken geschaffen worden war, und starrte plötzlich zehn Meter in die Tiefe.

»Lily!«, rief er und ließ den Blick über die Trümmer unter ihm schweifen. Aber von ihr fehlte jede Spur. Entweder war sie auf das Stockwerk darunter gestürzt und völlig unter dem Schutt begraben worden oder …

»Ollie!«

Ollie wirbelte in Richtung der Stimme herum.

»Lily!«

Trotz der brenzligen Situation konnte Ollie nicht anders, als vor Erleichterung zu grinsen. Sie war am Leben! Inmitten des Schutts lag eine dicke Kabelrolle, in der Lily gefangen war. Das Kabel hatte sich um ihr Fußgelenk gewickelt und sie klammerte sich mit letzter Kraft an den herabgefallenen Balken. Wenn der Balken weiterrutschte oder das Kabel riss, gab es nichts mehr, das ihren Sturz noch aufhalten konnte.

»Nimm meine Hand, Lily! Schnell!« Ollie bewegte sich vorsichtig seitwärts, während der Boden unter ihm wegrutschte, und streckte seinen Arm bis zum Äußersten durch. Seine Fingerspitzen streiften Lilys, als sie eine Hand vom Balken nahm, aber ihr Schwung bewegte sie wie ein Pendel von ihm weg. Als sie es noch einmal versuchte und ihn wieder verpasste, wusste Ollie, dass ihr nur eine Möglichkeit blieb.

»Spring, Lily! Du musst springen!«

Lily schüttelte entsetzt den Kopf.

»Ich fang dich, Lily«, sagte Ollie zu ihr. »*Versprochen*.«

Lily sah nach unten, dann wieder zu Ollie und schien zu überlegen, wie sehr sie ihm trauen konnte. Sie nickte.

»Du musst deinen Fuß befreien«, wies Ollie sie an. »Mach das Kabel los, sonst wirst du wieder zurückgezogen.«

Es war nicht leicht, doch Lily schaffte es. Sie versuchte ihren Fuß freizuschütteln, musste aber letzten Endes ihre Hand dazunehmen. In den wenigen Sekunden, in denen Lily mit nur einer Hand über dem Abgrund hing, konnte Ollie kaum hinschauen.

»Bist du so weit?«, fragte er, als ihr Bein frei war. »Eins, zwei, drei … spring!«

Lily sprang.

Sie waren nur ein paar Meter voneinander entfernt, aber einen schrecklichen Moment lang glaubte Ollie, dass es zu weit war. Statt ihm näher zu kommen, schien Lily sich von ihm zu entfernen. Doch dann schlossen sich ihre Hände um seine Handgelenke und Ollies Finger legten sich um ihre. Er hielt sie. Zwar nur knapp, doch er hielt sie fest.

Und dann kam er ins Rutschen. Es lag an dem zusätzlichen Gewicht. Ohne es zu wollen, zog Lily wie ein Anker an ihm.

»Ollie? Was ist los, Ollie? Wir fallen!«

Es war, als würden sie auf einem Stapel Kugellager balancieren. Sobald eins anfing zu rollen, gerieten die anderen ebenfalls in Bewegung. Der schlitternde Stapel kam in Fahrt und immer mehr Trümmerstücke fielen durch das Loch. Mit seinen Händen Lilys fest umklammert, konnte Olly nichts tun. Es sei denn, er ließ Lily los.

Aber das wollte er auf keinen Fall tun. Wenn sie starb, dann er auch. Während er seinem bevorstehenden Tod ins Auge blickte, bedauerte er lediglich, dass es ihnen nicht gelungen war, Maddy Sikes aufzuhalten.

»Hab dich.«

Ollie hatte nicht bemerkt, dass er die Augen geschlossen hatte. Als er sie wieder aufschlug, sah er Lilys Gesicht, das zu ihm hinauf grinste. Ja, sie grinste sogar an ihm *vorbei* jemanden an, der Ollie an den Fußgelenken gepackt hatte.

»Sol!«

»Mannomann, Ollie«, sagte Sol, während er ihn hochzog. »Und ich dachte, Flea wäre schwer.«

»Das bin nicht ich«, antwortete Ollie, der zusammenzuckte, als er mit dem Bauch über den Schutt schrappte. »Das ist Lily. Schwere Knochen liegen wohl in der Familie.«

Sol prustete. »Ich warne dich, Alter, bring mich nicht zum Lachen!« Er kniff die Augen zusammen, stemmte die Füße gegen den Boden und machte einen Buckel.

»Und ich warne euch beide«, hörten sie Lilys Stimme von weiter unten. »Behauptet noch einmal, ich hätte schwere Knochen, und ihr werdet euch wünschen, ihr hättet mich fallen lassen!«

Sie ließ einen Schrei fahren, als Sol den Halt verlor. Obwohl sie nur ein paar Zentimeter herabsanken, kam es Ollie wie mehrere Meter vor. Sein Magen sprang ihm fast bis in die Kehle.

»Weniger quatschen«, keuchte Sol. »Mehr *klettern*.«

Mit einem letzten Ruck hievte er zuerst Ollie und dann Lily durch das Loch. Ollie hätte nie gedacht, dass er so dankbar sein würde, sich auf dem obersten Stockwerk eines brennenden Gebäudes wiederzufinden. Er grinste Sol an und Sol strahlte atemlos zurück.

Aber sie hatten keine Zeit, das zu feiern. Das Feuer wurde stärker und die prasselnde Flammenwand würde sie jeden Augenblick von den anderen abschneiden. Wenn sie nicht bald die Treppe hinunterstiegen, würden sie ihr Glück letztendlich doch mit Springen versuchen müssen.

»Rennt!«, rief Sol. Er schubste Ollie vor sich, packte Lilys Hand und half ihr, sich aufzurappeln.

Auf halbem Weg die Treppe hinunter sahen sie, wie Dodge

aus der entgegengesetzten Richtung auf sie zustürmte. Er hatte Mia wohl in Sicherheit gebracht und eilte ihnen jetzt zu Hilfe.

Als er bei ihnen war, stürzte er sich sofort auf Lily, schlang die Arme um sie und warf sie dabei fast um. Lily schnappte nach Luft und umarmte Dodge genauso stürmisch.

»Ich dachte, ich hätte dich verloren«, flüsterte Dodge beinahe verzweifelt in Lilys Ohr. »Ich dachte, du würdest in die Tiefe stürzen!«

Lily kniff die Augen zusammen und grinste. »So leicht wirst du mich nicht los«, gab sie zurück.

»Ähm ... Leute?«, sagte Sol und räusperte sich. »Ich unterbreche euch ja nur ungern, aber das Gebäude steht in Flammen, falls es euch noch nicht aufgefallen ist.«

Dodge und Lily lösten sich voneinander. »Richtig«, sagte Dodge. Er ließ schnell den Blick um sie herumschweifen. »Da lang. Folgt mir.«

Er führte sie hinunter in die Eingangshalle, wo immer noch Kinder aus den Klassenzimmern strömten. Aber was Ollie von oben für Panik gehalten hatte, entpuppte sich hier unten als das genaue Gegenteil. Die älteren hatten Rettungsteams gebildet und gingen die Korridore ab, um sich zu vergewissern, dass keins der jüngeren Kinder zurückgelassen worden war. Die Gestalten, die Ollie vor und zurück hatte eilen sehen, waren alle Teil eines gut eingeübten Evakuierungsplans, der in die Tat umgesetzt wurde.

»Oh, dem Himmel sei Dank!«, sagte Tante Fay, als das Ermittlungsteam wieder zusammen war. Sie und die anderen warteten im Schutz einer der riesigen Steinbögen, die die Eingangshalle des Haven rundherum säumten. Von ihrem Aussichtspunkt hatten sie gebannt mitverfolgt, was auf den oberen Stockwerken passierte.

»Dem Himmel sei Dank, ihr seid unverletzt«, wiederholte Tante Fay noch einmal. Sie streckte die Hand nach Lily aus und zog sie an sich, bevor sie sie ihrem Bruder überließ. Flea hielt Lily vor sich und suchte sie hektisch nach irgendwelchen versteckten Schrammen ab.

»Bist du verletzt?«, wollte er wissen. »Hast du dich verbrannt? Was um alles in der Welt hast du dir dabei gedacht?«

»Ich bin auch froh, dass es dir gut geht, Bruderherz«, antwortete Lily und überraschte Flea, als sie ihn in die Arme schloss. Flea stand erstaunt da, gab dann aber nach und erwiderte ihre Umarmung. Er begegnete Ollies Blick über der Schulter seiner Schwester.

»Wir haben keine Zeit zu verlieren«, sagte Dodge. »Song, du schnappst dir Harvey und rettest Erik, genau wie wir es besprochen haben. Du musst jetzt allein gehen. Wir haben nicht genug Zeit, die Gruppe von Braungurten zusammenzutrommeln. Lasst euch auf keinen Fall aufhalten, hörst du mich?«

Song nickte ihm zu, aus ihrer Miene sprach nichts als grimmige Entschlossenheit.

»Ich sorge dafür, dass sie sicher dort ankommt«, sagte Harvey, der sich nach dem Kontrollraum an die Gruppe gehängt hatte. »Und euren Freund bringe ich euch auch zurück. Tut mir leid wegen … allem«, fügte er hinzu. »Ihr seid echt in Ordnung.«

Dodge nickte anerkennend. Ollie hatte regelrecht ein schlechtes Gewissen, weil er zuvor so streng über Harvey geurteilt hatte.

»Keya, Imani«, sagte Dodge, »holt die Leute, die auf der Krankenstation waren. Ihr müsst sie unbedingt zurück in ihre Heimatreviere bringen. Teilt ihren Anführern mit, dass ihnen nichts zugestoßen ist und dass Sikes hinter der ganzen Sache gesteckt hat. Wir müssen diesen Krieg so schnell wie möglich beenden und wir brauchen die Hilfe aller Banden, um nach den Krankenwagen zu suchen.«

»Sol und ich werden sie begleiten«, sagte Jack. »Und den Gangs erklären, wonach sie suchen müssen.«

Dodge gab sein Einverständnis. »Aber hört zu«, warnte er Jack und Sol. »Falls ihr die Krankenwagen findet ...«

»*Wenn* wir sie finden«, korrigierte Sol.

Dodge lächelte. »*Wenn* ihr sie findet, nähert euch ihnen nicht. Bringt alle von dort weg und ruft die Polizei. Ich weiß, dass du eine dieser Bomben vermutlich entschärfen *könntest*, Jack, aber du kannst das nicht bei zweiundzwanzig. Dabei werden wir Hilfe brauchen. Und wenn die Polizei die Bomben mit eigenen Augen sieht, wird sie uns glauben *müssen*, was Sikes vorhat.«

Jack nickte zustimmend.

»Alle anderen«, fuhr Dodge fort, »bleibt hier und beaufsichtigt die Evakuierung. Wir haben das schon tausendmal geübt, alle wissen also, was sie zu tun haben. Wenn ich zurückkomme, hole ich euch beim ...«

»Moment mal«, unterbrach ihn Lily. »Was meinst du damit, wenn du zurückkommst? Wo gehst du hin?«

Dodge spannte den Kiefer an. Sein steinerner Blick richtete sich fest auf das Feuer, das hinter Ollie wütete.

»Ich mache mich auf die Suche nach Sikes und dem Sprengzünder«, erklärte er und drehte sich bestimmt um, als wollte er alle davor warnen, seine Entscheidung infrage zu stellen.

»Na schön«, sagte Lily. »Ich auch.«

»Was? Nein!«, protestierte Dodge lautstark, »das ist zu gefähr…«

»Und ich«, sagte Flea und ließ seine Fingerknöchel knacken. »Ich komme auch mit.«

Dodge, Lily und Flea sahen Ollie an. »Sikes hat Nancy umgebracht", sagte Ollie. »Sie hat meine Eltern ermordet. Es kommt überhaupt nicht infrage, dass ihr sie ohne mich verfolgt.« *Außerdem*, dachte er, *lasse ich Flea nicht aus den Augen. Nicht nach allem, was passiert ist.*

»Aber … dein Bein, Ollie«, wandte Lily ein. »Du kannst kaum laufen.«

»Ich krabbele auf allen vieren, wenn ich muss«, erwiderte er schärfer als beabsichtigt und bemerkte, dass Flea daraufhin grinsen musste.

»Ollie?«, hörte er eine besorgte Stimme. Tante Fay hatte sich einen Weg zu ihm gebahnt. »Ihr alle«, verbesserte sie sich. »Denkt daran, Kinder, Gerechtigkeit ist eine Sache. Rache ist etwas völlig anderes. Rache ist ein Pakt mit dem Teufel. Und der hat immer seinen Preis. Glaubt mir«, sagte sie, wobei es den

Anschein hatte, als würde sie diesmal Ollie direkt ansehen, »ich weiß das.«

Ollie sah, wie sich das Feuer in Tante Fays Augen spiegelte. In deren Glanz beobachtete er, wie Tante Fays Lebenswerk unaufhaltsam in Rauch und Flammen aufging.

»Ich weiß das«, sagte sie noch einmal. *»Ich weiß das.«*

26 RAUCHFAHNEN

Ollies Bein pochte bei jedem Schritt, aber das, was er zu Lily gesagt hatte, hatte er ernst gemeint. Er würde die anderen auf keinen Fall ohne ihn gehen lassen.

Dass Sikes vorhatte, sich in einem Privatflugzeug davonzumachen, bedeutete laut Jack, dass sie mit Sicherheit vom City-Flughafen starten würde. Als Dodge sie gefragt hatte, wie sie sich so sicher sein konnte, hatte Jack entschieden geantwortet: *Weil Sikes ihn besitzt*. Und so machten sich Ollie, Dodge, Lily und Flea auf den Weg dorthin. Sie mussten darauf hoffen, dass sie Sikes' Zeitplan richtig ausgeklügelt hatten und sie nicht schon abgeflogen war.

Und sie mussten darauf hoffen, dass die anderen ihre Missionen ohne sie erfolgreich erfüllen würden. Song, die für Eriks Rettung nur noch wenig Zeit hatte. Tante Fay und die Kinder im Haven. Ollie war zuversichtlich, dass sie sich in Sicherheit bringen würden, nur wusste er nicht, wo sie danach hingehen sollten. Wo sie hingehen *konnten*.

Was den Rest von ihnen betraf, hatten Jack, Sol, Keya und Imani womöglich die schwierigste Aufgabe von allen. Wenn es Ollie und den anderen nicht gelang, den Sprengzünder in die Finger zu bekommen, würden sie sich um die Bomben kümmern müssen. Aber dafür mussten sie sie überhaupt erst einmal finden und die Gangs, die gerade damit beschäftigt waren, die Stadt auseinanderzunehmen, davon überzeugen, zusammenzuarbeiten.

»Hier lang, Ollie.«

Ollie war links in den Tunnel vor dem Ausrüstungsraum abgebogen. Dodge und die anderen waren nach rechts gegangen.

»Aber … ist das nicht der schnellste Weg zur Kanalisation?«

»Ja«, bestätigte Dodge. »Aber heute gehen wir einen anderen Weg. Wenn wir die ganze Strecke zu den Docklands laufen, liegt Sikes, bis wir ankommen, schon längst am Strand und nippt an einer Piña Colada.«

»Aber wie können wir denn noch schneller dort sein?«

»Wie bewegt man sich in London sonst fort, wenn man es eilig hat?«, erwiderte Dodge. »Wir nehmen die U-Bahn.«

Sie stürmten den Zugangstunnel entlang und kurz darauf durch einen etwas größeren Tunnel voller Wasserpfützen.

Es dauerte nicht lange, bis sie eine Türöffnung in der mit Schleim überzogenen Wand fanden, die Dodge mit seinem Handy erleuchtete. Ollie hatte sein eigenes Handy nicht wiederbekommen, nachdem Sikes' Männer es ihm abgenommen hatten, und musste sich nun auf die anderen verlassen, ihm den Weg zu zeigen.

»Startklar?«, fragte Dodge, bereit, die Tür aufzuziehen.

»Startklar«, wiederholte Lily, während Flea ihm nur grimmig zunickte.

»Wartet mal«, sagte Ollie verwirrt. »Startklar wofür?«

Dodge riss die Tür auf und der Tunnel füllte sich sofort mit einem donnernden Tosen. Flea und Lily stemmten sich dagegen, doch Ollie wurde mit einer ernormen Kraft nach hinten gedrängt. Es war, als hätte Dodge die Tür zu einem Wirbelsturm geöffnet.

Er spürte, wie Dodge ihn am Oberarm packte und ihm so half, aufrecht stehen zu bleiben.

»Halt durch, Ollie!«, schrie Dodge. »Es ist gleich vorbei!«

Tatsächlich legte sich der Sturm fast genauso plötzlich, wie er aufgekommen war, und das Donnern wurde durch absolute Stille ersetzt. Ollie war sich zuerst nicht sicher, ob vielleicht etwas mit seinen Ohren nicht stimmte.

»Okay«, sagte Dodge und klang dabei unerwartet normal. »Gehen wir. Schnell. Zu dieser Tageszeit haben wir höchstens vier Minuten.«

Er ging durch die Tür voran und Ollie sah, dass er in einen Bahntunnel getreten war. Das Tosen war eine vorbeidonnernde U-Bahn gewesen.

Ollie wollte Dodge gerade folgen, als Flea ihn an seiner Kapuze zurückzog.

»Hey«, protestierte Ollie. Er hielt sich die Hand an den Hals, wo sein Pulli ihm fast die Luft abgeschnürt hatte.

Flea schob sich an ihm vorbei und rempelte Ollie mit seinem Rucksack an. Sobald er über der Schwelle war, leuchtete er mit dem Handy auf den Boden des Bahntunnels. »Durch die Schiene, auf die du gerade fast getreten wärst, fließen vierhundert Volt. Aber wenn dir in deinem Leben der zündende Funke fehlt, dann bitte …«, er machte eine ausschweifende Bewegung und lud Ollie dazu ein, auf die Schiene zu treten, »tu dir bloß keinen Zwang an.«

Ollie kam sich dumm vor und konnte nur auf die harmlos aussehende Bahnschiene blicken.

Lily zwängte sich ein wenig sanfter an ihm vorbei.

»Flea ist nur sauer auf dich wegen der Sache, die du im Kontrollraum gesagt hast«, versuchte sie ihn zu beschwichtigen. Sie wollte sich gerade ihrem Bruder anschließen, als sie abrupt stehen blieb. »Du musst verstehen«, fügte sie hinzu, »dass Flea sein Leben für den Haven geben würde. Das würden wir alle.«

Einen Moment lang schien sie zwischen einem Lächeln und einem Stirnrunzeln hin- und hergerissen zu sein. Schließlich wandte sie sich einfach ab und folgte den anderen zwischen den Bahnschienen.

Ollie musste rennen, um sie einzuholen, was nicht leicht war, da das Handylicht seiner Freunde von ihm wegtänzelte und er sich jetzt der Gefahr bewusst war, die neben ihm durch die Schienen floss.

»Die nächste Station ist gleich um die Kurve«, erklärte Dodge. »Wir müssen sie erreichen, bevor der nächste Zug in unsere Richtung kommt, und auf den Bahnsteig klettern, ohne dass uns irgendjemand sieht. Es versteht sich von selbst«, fügte Dodge hinzu und blickte über seine Schulter zu Ollie, »dass wir diesen Weg nur in Notfällen benutzen. Das Risiko ist einfach zu groß.«

Als wollten sie bestätigen, was Dodge gesagt hatte, begannen die Schienen zu beben: die frühe Vorwarnung, dass sich von hinten ein Zug näherte. Dodge hatte auf eine vierminütige Gnadenfrist gehofft. Nach Ollies Einschätzung hatten sie Glück, wenn man ihnen zwei volle Minuten gewährte.

»Typisch, dass ausgerechnet heute die Züge pünktlich sind«, grummelte Dodge. »Ich meine, jetzt mal im Ernst. Wann sind die Züge auf der Northern Line *jemals* pünktlich?«

Er rannte los. Flea war direkt hinter ihm, gefolgt von Lily. Ollie fiel immer weiter zurück, da ihn sein verletztes Bein ausbremste.

Das Beben der Schienen wurde lauter und kurz darauf füllte sich der Tunnel hinter ihm mit Licht. Ein reißender Schmerz in seinem verletzten Bein brachte Ollie zum Stolpern und ließ ihn schließlich zu Boden stürzen. Er legte eine Bruchlandung hin, schlitterte über die Bahnschwellen nach vorne, und als er aufsah, bemerkte er, dass seine ausgestreckte Hand die elektrisierte Schiene nur um Zentimeter verfehlt hatte.

»Ollie! Steh auf, Ollie!«

Die anderen hatten den Eingang zur U-Bahn-Station erreicht. Es war nicht mehr weit – aber auch der Zug kam näher.

Ollie sprang auf die Füße und sprintete so schnell er konnte los, angetrieben von dem Luftstoß, der sich hinter ihm aufbaute. Der Lärm des Zugs hatte ihn bereits überholt, sodass Ollie zwar sehen konnte, dass die anderen ihm etwas zuschrien, doch er verstand kein Wort davon.

Ollie stolperte noch einmal, schaffte es aber diesmal irgendwie, nicht hinzufallen. Er schrie jetzt selbst, sein eigener Schrei von dem ohrenbetäubenden Donnern des Zugs übertönt. Weiter vorne knieten Flea und Lily schon auf dem Bahnsteig und beugten sich vor, um in den Tunnel zu spähen. Dodge wartete auf halber Strecke zwischen der Fahrbahn und dem Bahnsteig, mit einer Hand hielt er sich an Fleas fest und die andere hatte er ausgestreckt, damit Ollie sie packen konnte.

Der Zug wurde nicht langsamer. Ollie hatte keine Zeit, sich zu fragen, ob der Fahrer am Steuer eingeschlafen war. Er wollte sich umdrehen, um zu sehen, wie nah der Zug ihm schon war, konnte es aber nicht riskieren, noch einmal hinzufallen. Außerdem konnte er *spüren,* wie nah er ihm war. Wie ein Monster, das ihm im Genick saß.

Dann sprang er und einen Moment lang glaubte Ollie, dass es zu früh gewesen war. Aber Dodge warf sich in seine Richtung und packte seinen Arm, woraufhin Flea beide auf den Bahnsteig hievte. Sie brachen in einem Haufen aus verknoteten Gliedmaßen zusammen.

Ein, zwei, drei Sekunden später rauschte der Zug an ihnen vorbei und verlangsamte endlich sein Tempo, während er an dem gekrümmten Bahnsteig entlangfuhr, als wäre nichts gewesen. Ollie und die anderen konnten nur zusehen, wie sich die Türen des Zugs zischend öffneten. Einer der Passagiere machte missbilligende Geräusche, als er sie auf dem Bahnsteig liegen sah. Ein kleines Kind, das neben seiner Mutter saß, lachte.

Es fühlte sich komisch an, in der U-Bahn zu sitzen, aber Ollie war dankbar für die Verschnaufpause. Von all den Dingen, die er in den letzten achtundvierzig Stunden durchgemacht hatte, fühlte sich erst das hier annähernd normal an. Und obwohl U-Bahn-Fahren alltäglich für ihn war, verunsicherte es ihn plötzlich auf eine merkwürdige Weise.

In London Bridge stiegen sie um und waren schon fast am Ende der Linie, als der Zug im Tunnel quietschend zum Halten kam. Über die Lautsprecheranlage informierte der Fahrer alle Fahrgäste darüber, dass sie eine Weile feststecken würden. In der Nähe von Canning Town gäbe es irgendeine Störung.

»Der Krieg«, murmelte Flea. »Dann tobt er also immer noch.«

Dodge nickte ihm mit düsterer Miene zu. Er warf einen Blick durch das halb leere Abteil und stand dann auf. »Kommt«, forderte er die anderen auf.

Sie bewegten sich durch den Zug zum hintersten Waggon bis zum Notausgang ganz an dessen Ende. Dodge zog an dem Klemmhebel und die Tür sprang auf. Die Fahrgäste, die in der Nähe saßen, wandten ihnen den Blick zu.

»Entschuldigung, meine Damen und Herren«, sagte Dodge. »Hoffentlich finden Sie nie heraus, wie groß dieser Notfall ist.«

Sie sprangen vom Zug auf die Gleise und mussten den ganzen Weg bis zur vorherigen Station zurückgehen. Nur erwischte sie diesmal ein Wachmann dabei, wie sie auf den Bahnsteig kletterten. Zum Glück schafften sie es aber, sich in einer Menge von Pendlern zu verlieren, bevor er die Verfolgung aufnehmen konnte.

Sie gingen hinauf zur Eingangshalle und mogelten sich

durch die Schranken, indem sie sich an Leute mit Fahrkarten hängten. Kurz danach standen Ollie und die anderen draußen auf der Straße. Ollie freute sich darauf, frische Luft einzuatmen, hatte aber keine Zeit, es zu genießen. Sobald sie draußen waren, sahen sie mit eigenen Augen, warum ihre Fahrt unterbrochen worden war.

Es war, als wären sie aus dem Untergrund mitten in einer Demonstration wieder aufgetaucht. Nur dass niemand mit Plakaten herumwedelte und Ollie auch nicht sagen konnte, welche Gruppe welche Sache lauthals vertrat. Auf einer Seite der Straße direkt gegenüber der U-Bahn-Station stand ein aufgebrachter Mob und ein wenig weiter die Straße hinunter ein anderer. Zwischen ihnen befand sich eine schmale blaue Reihe von Polizisten in Schutzausrüstung, die sich alle Mühe gaben, die beiden Meuten auseinanderzuhalten. Was die Gruppen auch immer einander zuschrien, blieb für Ollie in dem wütenden Zusammenprall der Worte unverständlich.

Kurz darauf duckten sich Ollie und die anderen unter einer Flasche weg. Die Polizeibeamten schoben sich auf einen der Mobs zu, aber als jemand eine Feuerwerksrakete von der anderen Seite warf, waren sie sich einen Moment lang offenbar unsicher, in welche Richtung sie sich wenden sollten. Hier draußen herrschte das totale Chaos, genau wie Jack gesagt hatte.

»Sollten wir nicht irgendwas tun?«, fragte Lily besorgt, als Dodge sie in eine Seitenstraße drängte. »Sollten wir nicht versuchen, ihnen zu sagen, was gerade passiert?«

»Schau sie dir an«, antwortete Flea, stieß einen Daumen über seine Schulter und hakte ihn dann unter dem Tragegurt seines Rucksacks ein. »Die würden doch eh nicht zuhören.«

»Wir müssen Jack und den anderen vertrauen«, stimmte Dodge ihm zu. »Unser Job ist es, Maddy Sikes aufzuhalten.«

Bis zum Flughafen brauchten sie schließlich über eine Stunde. Es war bereits Nachmittag, als sie dort ankamen. Ollie machte sich die ganze Zeit über Sorgen um Erik. Danny Hunters Frist war abgelaufen und das bedeutete, dass Song ihn mittlerweile entweder in Sicherheit gebracht hatte oder …

Ollie schüttelte den Kopf. Er wollte nicht an die andere Option denken.

Der Flughafen lag gleich hinter der Isle of Dogs, in einer Biegung der Themse. Die Start- und Landebahn verlief parallel zu einem Streifen Wasser, sodass sie keine andere Wahl hatten, als sich von Süden her zu nähern. Das Flugterminal war keine Option. Wenn man sie nicht schon bei der Ticketausgabe stoppte, würde man sie garantiert bei der Sicherheitskontrolle erwischen. Ihnen blieb nichts anderes übrig, als einen Weg durch den Zaun zu finden.

»Jack hat gesagt, die privaten Flugzeughallen sind in der südöstlichen Ecke«, rief ihnen Dodge in Erinnerung. »Wenn Sikes hier ist, finden wir sie dort.«

Sikes war tatsächlich dort.

In einer Bucht am hinteren Ende der Start- und Landebahn stand ein riesiger Gulfstream G650, der größte, schnellste und protzigste Jet, der für Geld zu haben war. Ollie wusste das – er hatte ein Foto von einem als Bildschirmhintergrund auf seinem Computer. Und dieser hier hatte ein personalisiertes Kennzeichen: G650*MS*.

»Wie's aussieht, hatte sie es doch nicht so eilig«, meinte Flea. »Ihr Flugzeug ist noch nicht mal voll aufgetankt.«

»Wahrscheinlich wollte sie den Anfang der Show nicht verpassen«, erwiderte Ollie bitter.

»Zu unserem Glück«, warf Dodge ein.

»Und wie kommen wir jetzt rein?«, fragte Lily, die auf den Zaun starrte. Er war etwa zehn Meter hoch und Sicherheitskameras deckten jeden Winkel ab.

Dodge holte sein Handy raus. »Zuerst kümmern wir uns um die Kameras«, sagte er mit einem Stirnrunzeln, während er etwas auf seinem Touchscreen antippte. Als er Ollies Blick sah, ergänzte er: »Noch eine von Jacks selbst entwickelten Spezial-Apps, die sie nur für mich installiert hat. Mit dieser hier kann ich die Bilder von Überwachungskameras stören, jedenfalls für eine Weile.«

»Streber«, sagte Flea. »Ich verstehe immer noch nicht, warum ich das nicht auf *meinem* Handy haben kann.«

»Dein Speicher ist mit Spielen vollgestopft«, antwortete Dodge und richtete sein Handy auf die nächste Kamera. »Da«, sagte er und schaute wieder auf sein Display. »Das sollte uns Deckung geben, bis wir auf der anderen Seite sind. Sie werden jemanden herschicken, um zu überprüfen, was los ist, aber mit ein wenig Glück sind wir dann schon längst weg.«

»Aber … der Zaun«, wandte Ollie ein. »Über den können wir doch niemals klettern.«

»Wer hat was von klettern gesagt?«, fragte Dodge. »Um den Zaun kümmern wir uns auf die altmodische Art. Flea?«

Flea ließ seinen Rucksack auf den Boden fallen, griff hinein und holte stolz einen Hochleistungskabelschneider heraus.

»Manche Probleme kann man halt nicht mit Technologie lösen«, erklärte Flea und ließ die Zange in der Luft schnappen. Doch dann zögerte er und blickte besorgt. »Erzähl Jack aber nicht, dass ich das gesagt habe, okay? Das letzte Mal, als sie nicht gut auf mich zu sprechen war, hat sie mein Handy konfisziert.«

»Und wir können doch nicht zulassen, dass du Bildschirmzeit verpasst«, frotzelte Lily. »Stimmt's, Bruderherz?«

Sie eilten aus ihrer Deckung auf den Zaun zu und Flea machte sich mit seiner Zange an die Arbeit. Kurz darauf hatte er eine Klappe in den Maschendraht geschnitten, die groß genug war, damit sie sich hindurchzwängen konnten.

»Vergesst nicht«, sagte Dodge, als sie startklar waren, »wir müssen Sikes überrumpeln. Wenn sie uns kommen sieht, wird sie die Bomben auslösen, ohne auch nur mit der Wimper zu zucken.« Er sah nach Westen in Richtung der Londoner Innenstadt und der Rauchfahnen der Brände, die in der ganzen Stadt wüteten. »Und wenn sie hochgehen«, fügte er hinzu, »sterben unsere Freunde als Erste in den Explosionen.«

27 ALLE AN BORD

»Sie sind mit dem Auftanken fertig, Ms Sikes. Der Kapitän sagt, sie können starten, wann immer Sie wollen.«

Sikes saß zurückgelehnt auf dem Ledersofa ihrer privaten Abfluglounge. Ohne die Augen aufzuschlagen, hob sie einen Finger, um anzuzeigen, dass sie Grimwigs Ankündigung gehört hatte, und wartete dann reglos, bis er den Raum wieder verlassen hatte.

Es bestand kein Grund zur Eile. Eigentlich wäre Sikes am liebsten geblieben, um den »Festivitäten« beizuwohnen, wie sie sie Gruber vor dem Panoramafenster ihres Büros beschrieben hatte. Aber es brachte nichts, auch nur das geringste Risiko für ihr eigenes Wohlergehen einzugehen, nicht so kurz vor dem Ziel, das sie sich gesetzt hatte.

Außerdem würde Sikes, wenn sie es richtig timte und der Pilot sich an seinen Flugplan hielt, alles vom Fenster ihres Privatjets aus beobachten können. Nur die Klangkulisse aus Schreien würde fehlen.

Sikes bedauerte ein wenig, dass Dr. Gruber nicht da sein würde, um die Ereignisse mitzuerleben. Nur selten begegnete sie jemandem, der den Tod im selben Maße genoss wie sie. In einem anderen Leben hätte sie sich mit Gruber möglicherweise stundenlang über dieses Thema unterhalten. Sein Interesse hätte dabei mehr den technischen Details gegolten – wie zum Beispiel der genauen molekularen Funktionsstörung, die seine einzigartige Weiterentwicklung von Saringas im menschlichen Körper verursachen würde –, während Sikes sich leidenschaftlich für die Ästhetik des Todes interessierte: wie er aussah, roch, klang, *sich anfühlte*. Aber sie hätten dennoch bestimmt ein fesselndes Gespräch geführt.

Das war jetzt natürlich nicht mehr möglich, nachdem Grimwig den Mann von der Aussichtsplattform auf Sikes' Wolkenkratzer geworfen hatte. Das war ein Tod, den Gruber *nicht* voll und ganz geschätzt haben musste.

Sikes spürte Bullseyes wachsende Nervosität neben ihr und schlug die Augen auf. Das Böse ruht nie, lautete das Sprichwort nicht so?

Sie warf einen Blick auf ihre Uhr und nahm sich wie immer einen Augenblick Zeit, den exquisiten Schliff der unbezahlbaren Diamanten zu bewundern, die das Band schmückten, und erhob sich schließlich elegant. Sie strich die leichten Knitterfalten in ihrem Prada-Zweiteiler glatt und vergewisserte sich, dass sie alles hatte, was sie brauchte.

Selbstverständlich trug sie ihr Gepäck nicht selbst. Von ihrem Schmuck und ihrer Uhr abgesehen hatte Sikes nur ihr Tablet und eine Leine für Bullseye bei sich. Normalerweise legte sie ihm keine um, aber da er nicht gerne im Flugzeug reiste, wurde eine Leine bei solchen Gelegenheiten oft notwendig. Sikes hatte keinen Zweifel, dass Bullseye von dem bevorstehenden Flug wusste. Das war vermutlich der Grund, warum er so rastlos war und nervös an seinem Platz herumzappelte. Auch seine Ohren zuckten ständig. Er konnte das Flugzeug bestimmt hören, dachte Sikes. Da sie fertig aufgetankt hatten, liefen mittlerweile sicher die Motoren warm.

Oh, und Sikes hatte noch etwas anderes bei sich. Einen billig aussehenden Gegenstand, den sie normalerweise nicht mal in einem Radius von einem Meter in ihrer Nähe geduldet hätte. Es war ein Handy, eins von der Sorte, die grässliche kleine Kinder bei sich trugen oder Leute, die so geizig waren, dass sie sich mit dem erstbesten Gerät zufriedengaben, das ihnen ihr Dienstleister kostenlos anbot. Anders gesagt, es war aus Plastik und voller lockerer Tasten. Die Art Gerät, die man leicht mit einem Spielzeug verwechseln konnte.

Warum Gruber nicht etwas Modischeres hatte benutzen können, würde Sikes nie herausfinden. Es war ja nicht so, als wäre das Budget, das sie ihm zur Verfügung gestellt hatte, begrenzt gewesen.

Aber egal, solange es funktionierte. Das war die Hauptsache. Und Sikes hatte nicht den geringsten Zweifel, dass es funktionieren würde. Sie war sogar versucht, den Code, den Gruber ihr gegeben hatte, gleich jetzt einzugeben. Vier Tasten, wie ein Pin, dann *Senden* … und in der ganzen Stadt würden zweiundzwanzig glorreiche Explosionen gleichzeitig erblühen.

Aber nein.

Es brachte nichts, die Dinge zu überstürzen. Und ganz gleich, wie man Sikes sonst noch beschreiben könnte, leichtsinnig war sie mit Sicherheit nicht. Wenn sie die Bomben auslöste, bevor sie in der Luft war, wäre das Risiko für sie zwar gering, aber nicht ausgeschlossen. Gruber hatte sein Giftgas so entwickelt, dass es sich schnell zerstreute, sobald es den ersten Schub Menschenleben gefordert hatte, trotzdem würde es noch mindestens ein oder zwei Tage in der Luft liegen. Und heute wehte eine leichte Brise stetig ostwärts durch die Stadt.

Außerdem mussten auch die Explosionen an sich in Erwägung gezogen werden. Zwar würde sich die Zerstörung in Grenzen halten, weil es keinen Sinn ergab, die Stadt, die sie besitzen wollte, dem Boden gleichzumachen – doch die nächstgelegene der zweiundzwanzig Bomben war gerade einmal einen Kilometer von Sikes' momentanem Standort platziert worden.

»Bullseye? Bei Fuß, Bullseye. *Bei Fuß*.«

Also wirklich, was um alles in der Welt war mit diesem Hund los? Er war jetzt nicht nur extrem unruhig, sondern knurrte auch noch.

Sikes legte den Hund an die Leine – eine speziell angefertigte Kette aus gebürsteten Platin-Gliedern – und rechnete fast damit, dass Bullseye noch mehr Theater machen würde. Doch er bemerkte es kaum und fletschte stattdessen immer wieder die Zähne in Richtung des Fensters, vor dem er irgendetwas erspäht haben musste.

Ein startendes Flugzeug, dachte Sikes, was nichts Gutes verhieß in Bezug auf die Reaktion des Köters beim vertrauten Anblick von Sikes' Gulfstream.

Sie führte Bullseye aus der Lounge und durch das Abfluggate. Obwohl es zugegebenermaßen vielmehr so aussah, als würde Bullseye *sie* führen. Wenn Sikes es nicht besser gewusst hätte, hätte sie schwören können, dass Bullseye versuchte, *ins* Flugzeug zu steigen, statt sich von ihm zu entfernen. Aber das war natürlich Unsinn. Bullseye war kein Feigling, doch es gab in seinem Leben zwei Dinge, vor denen er auf jeden Fall weglaufen würde: Flugreisen und Bäder.

Als sie vom Gate aus das Rollfeld zum Gulfstream überquerten, zog Bullseye an der Leine, knurrte und bellte wild. Ein Stich schoss durch Sikes' Schulter. Das war für sie der Tropfen, der das Fass zum Überlaufen brachte.

»Grimwig!«

Ihr Assistent wartete auf sie am Ende des Teppichs, der sich wie eine Zunge von der Tür des Flugzeugs über die Stufen nach unten erstreckte.

»Grimwig!«, rief Sikes noch einmal, und als der Mann endlich zu ihr herübereilte, drückte sie ihm Bullseyes Leine in die Hand. »Geh mit ihm spazieren, bevor du ihn an Bord bringst. Vielleicht muss er ... keine Ahnung. Sein Geschäft erledigen oder so was.«

Grimwig hatte Mühe, den Hund ruhig zu halten, und rümpfte seine bereits verunstaltete Nase.

»Ja, Ms Sikes«, antwortete er in einem Tonfall, den Sikes mehr als unbefriedigend fand. Sie hatte den Kandidaten nicht vergessen, den sie als Ersatz für ihn im Sinn hatte, und wenn Grimwig sich nicht zusammenriss, könnte ihren Assistenten schon bald dasselbe Schicksal ereilen wie den toten Doktor.

Sikes marschierte weiter und war sich dabei bewusst, wie

viel Mühe Grimwig hinter ihr hatte, Bullseye mit sich zu zerren. Sie stieg die Treppe hoch, die zur vorderen Tür des Flugzeugs führte. *Wo ist der Pilot?*, überlegte Sikes und ärgerte sich darüber, dass sich ihre Laune verschlechterte. Der Kapitän hatte sie gefälligst oben an der Treppe mit einem Wodka Martini auf einem Tablett zu begrüßen. Vielleicht war Grimwig nicht der einzige Angestellte, den sie bald würde ersetzen müssen …

Auf der letzten Stufe drehte sich Sikes um und ihre Verärgerung ließ ein wenig nach, als sie noch einmal die Skyline der Stadt betrachtete. *Ihrer* Stadt. Sie atmete tief ein in Erwartung des süßen Dufts des Todes und genoss mit geschlossenen Augen diesen Moment.

Ihren Moment.

Aber das war ein Fehler. Als sie spürte, wie jemand sie am Handgelenk packte, begriff Sikes, dass sie nicht unachtsam hätte werden dürfen. Bevor sie reagieren konnte, wurde sie ins Flugzeug gezerrt und dessen einzige Tür knallte hinter ihr zu. Zu ihrer Beschämung stürzte sie und Schatten ragten plötzlich über ihr auf. Fuchsteufelswild hob Sikes den Blick, aber als sie die Gesichter erkannte, die böse auf sie herabfunkelten, konnte sie nur mit Mühe ein Lächeln unterdrücken.

So so, dachte Sikes. *Ollie Turner.* Und da hatte sie geglaubt, dass das Leben nicht noch schöner werden könnte.

28 VERZERRTER BLICK

Ollie gefiel das Funkeln nicht, das er in Sikes' Augen sah. Für einen kurzen Moment hatte er das schreckliche Gefühl, dass er und die anderen in eine Falle getappt waren und nicht sie.

Sikes hatte etwas fallen lassen, als Dodge sie ins Flugzeug gezerrt hatte, und Ollie bemerkte, wie sie den Blick über den Boden schweifen ließ. Direkt vor ihr lag ein teuer aussehendes Tablet, aber das war offenbar nicht, was Sikes am meisten interessierte.

Vielmehr galt ihr Interesse einem altmodischen Handy, das hinter den nächsten riesigen Lederpassagiersitz gerutscht war und dem Telefon ähnelte, das Nancy Ollie gegeben hatte, als er an die St.-Jerome-Schule wechselte.

Sikes krabbelte los und streckte die Hand nach dem Handy aus, doch Ollie war schneller. Als er es aufhob, verschwand das Funkeln sofort, das er in ihren Augen gesehen hatte.

»Gib das her«, sagte Sikes, die immer noch auf allen vieren kniete.

Ollie musterte das Handy. Es konnte nur einen Grund geben, warum Sikes so ein Telefon bei sich hatte. Der Sprengzünder. Das Gerät, das Sikes brauchte, um die Bomben detonieren zu lassen. Das war es. Ollie hielt es in den Händen.

»Es ist vorbei«, sagte er. Er redete mehr oder weniger mit sich selbst, aber als er die Worte laut ausgesprochen hörte, wiederholte er sie und blickte Sikes diesmal direkt an. »Es ist vorbei, Sikes. Sie haben verloren.«

»Ist er das?«, fragte Lily »Ist das der Sprengzünder?« Sie stand neben der Tür und vergewisserte sich, dass sie sie richtig zugemacht hatte. Flea stand an der Schwelle zum Cockpit. Es war Fleas Aufgabe gewesen, sich um den Piloten zu kümmern, der nun bewusstlos auf seinem Stuhl neben dem Steuerpult saß. Dodge stand neben Ollie und starrte auf Maddy Sikes hinunter.

Sikes erhob sich langsam und glättete dabei ihr Outfit. Das Ermittlungsteam umringte sie und war vorbereitet, falls sie irgendetwas versuchen sollte. Aber sie konnte nichts tun. Ollie hatte recht. Es war vorbei.

Ein Hämmern an der Tür ließ sie hochfahren. Durch das Fenster konnte Ollie Sikes' Assistenten Grimwig sehen, der versuchte, ihre Männer herbeizukommandieren. Draußen vor der Flughalle hatten nur vier Wachen gestanden. Ollie und die anderen waren ihnen mühelos ausgewichen, weil ihre Aufmerksamkeit dem Flugterminal galt.

Ollie hörte einen Hund bellen und begriff, dass Sikes' Warg auch da draußen war.

»Sie können hier nicht rein«, sagte er zu Lily. »Oder? Nicht jetzt, wo du die Tür verriegelt hast?«

»Jedenfalls nicht, indem sie dagegen hämmern«, stimmte Lily ihm zu. »Aber ich kann nicht garantieren, dass sie nicht noch was anderes im Schilde führen. Ich werde versuchen, das Flugzeug in Bewegung zu setzen«, informierte sie ihn und zwängte sich an ihrem Bruder vorbei ins Cockpit. »Um Zeit zu gewinnen. Du hast Jack doch eine Nachricht geschickt, Dodge? Und ihr gesagt, dass sie die Polizei mitbringen soll?«

Dodge starrte Sikes an. Ollie hatte ihn noch nie so wütend gesehen. »Hilfe ist unterwegs«, bestätigte er. »Und Ollie hat recht, Sikes. Ihr kleiner Plan endet sofort.«

Sikes hatte sich wieder ganz gefasst. Von allen Seiten umringt, stand sie aufrechter denn je. Obwohl sie den Blick unentwegt auf Ollie gerichtet hielt, wusste er, dass sie eigentlich das Handy beobachtete. »Ich habe dich unterschätzt, Ollie Turner. Du bist genauso nervtötend hartnäckig wie deine Polizistinnenfreundin. Deine *tote* Freundin. Was dir einen kleinen Hinweis darauf geben sollte, wie das alles für dich ausgehen wird.«

Ollie umklammerte das Telefon noch fester. Er verspürte den Drang, es Sikes entgegenzuschleudern, was ihr zweifellos wunderbar in den Kram gepasst hätte.

»Weißt du, dass sie die Einzige war, die mich verdächtigt hat?«, sagte Sikes. »Sie hat mich von dem Tag an verdächtigt, als ich deine Eltern umgebracht habe, obwohl sie damals nichts beweisen konnte. Sie hat es zu ihrem Lebensziel gemacht, mich zu erwischen, und am Ende war sie bewundernswert nah dran.«

Während sie sprach, kam Sikes immer näher. Ollie wich unwillkürlich einen Schritt zurück.

»Sie hat von meiner Lieferung aus China Wind bekommen«, fuhr Sikes fort, »weshalb ich ihren Tod arrangieren musste. Über einen Mittelsmann versteht sich. Es darf ja nicht sein, dass man mich mit dem Verschwinden einer Polizeibeamtin in

Verbindung bringt. Was für ein Pech, dass ich nicht darauf bestanden habe, dass mein Kollege gleichzeitig auch dich mit aus dem Weg räumt. Das hätte uns allen eine unglaubliche Menge Ärger erspart.«

Das Hämmern von draußen wurde lauter. Sikes' Männer benutzten nicht mehr länger ihre Fäuste. Ollie warf einen Blick aus dem Fenster und sah, dass sie eine Metallstange gefunden hatten, die ein wenig größer war als ein Gerüstteil. Lily hatte recht: Irgendwann würden sie es schaffen, reinzukommen. Die Fenster waren offensichtlich verstärkt, aber sie mussten nichts weiter tun, als ein Loch in der Größe eines Pistolenlaufs einzuschlagen.

»Wie kommst du voran, Schwesterherz?«, rief Flea mit Nachdruck. »Hast du schon rausgefunden, wo das Gaspedal ist?«

Als Antwort bewegte sich das Flugzeug auf einmal den Asphalt entlang, parallel zur Start- und Landebahn. Sikes' Männer waren davon ebenso überrascht wie Ollie. Obwohl der Jet nur langsam fuhr, konnten sie nichts tun, als nebenherzulaufen und zu versuchen, auf gleicher Höhe zu bleiben. Doch schon kurz darauf fielen sie immer weiter ab.

»Zurückbleiben!«, brüllte Ollie.

Gerade noch rechtzeitig hatte er gesehen, wie Sikes die Ablenkung nutzen und nach vorne springen wollte.

»Noch ein Schritt und ich zertrete das Handy«, warnte Ollie sie. Er streckte eine Handfläche nach vorne, um Sikes abzuwehren, und hielt das Handy mit der anderen Hand hoch über den Kopf. »Kapieren Sie es nicht?«, sagte er. »Sie sind erledigt. Ich und Nancy haben gewonnen. Sie hat Sie am Ende doch drangekriegt.«

Sikes verzog das Gesicht wie eine Lehrerin, die am Ende ihrer Geduld war. »Genug davon«, erklärte sie. »Genug von dir, Ollie Turner.« Sie blickte über Ollies Schulter. »Töte ihn«, befahl sie. »Bring den Job zu Ende, für den ich dich bezahlt habe.«

Für einen kurzen Moment erstarrte Ollie. Er konnte nur blinzeln, während er zu verarbeiten versuchte, was Sikes gerade gesagt hatte. Langsam drehte er sich um. Es war, als würden seine Bewegungen von einem eisigen Griff um den Hals kontrolliert und er stetig – gnadenlos – weiter herumgedreht.

Instinktiv blickte er zu Flea und erkannte die Wahrheit sofort. Ollie hatte Flea verdächtigt. Er hatte sich die ganze Zeit am meisten über Ollies Anwesenheit geärgert und jede Entscheidung infrage gestellt, die das Ermittlungsteam getroffen hatte. Er war ein Unruhestifter, ein Großmaul, ein Rüpel …

Aber kein Verräter.

Und seine Schwester ebenso wenig. Lily blickte von ihrem Platz neben dem Piloten zu ihnen hinüber und auf ihrem Gesicht zeichnete sich dieselbe Verwirrung ab, die Ollie verspürte.

Denn sie hatte es auch begriffen.

Dodge, rot vor Scham, hielt eine Waffe auf Höhe von Ollies Herzen.

»Es tut mir leid, Ollie.«

Dodge wich zurück in Richtung Kabinenwand und ging auf Abstand zu den anderen.

»Lily?«, sagte er. »Flea? Es tut mir leid. *Ehrlich*.«

»*Du*?«, presste Ollie heraus. »*Du* bist der Verräter?«

Bei dem Wort lief Dodge noch röter an. Flea gab ein Brüllen von sich und sprang nach vorne, erstarrte aber, als Dodge die Waffe auf ihn richtete.

»Tu's nicht«, warnte ihn Dodge. »Bitte nicht.«

»Dodge?«, fragte Lily. Das Flugzeug bewegte sich weiter vorwärts, vor ihnen breitete sich der Asphalt aus, doch Lily hatte vor Schreck die Steuerung losgelassen. »Was ist los, Dodge? Was machst du da?«

»Setz dich hin, Lily. Ich tue, was ich tun muss, das ist alles.«

»Aber ... wovon redest du überhaupt? Warum hast du eine ... eine *Waffe*? Wo hast du die her? Und warum richtest du sie auf ...«

»Setz dich«, fauchte Dodge und Lily zog sich sprachlos auf ihren Platz zurück.

»Worauf wartest du noch?«, meldete sich Sikes zu Wort. Ollie hatte fast vergessen, dass sie da war. »Töte sie. Töte sie alle. Und fang mit *ihm* an.« Sie hob einen Finger und zeigte auf Ollie. Dann bewegte sie sich auf ihn zu, zweifellos, um den Sprengzünder wieder an sich zu reißen, aber sobald sie den ersten Schritt tat, richtete Dodge die Waffe auf sie.

»Keine Bewegung!«, sagte er mit zittriger Stimme. »Wehe Sie ... tun Sie nichts!«

Sikes schien keine Angst zu haben. Sie blickte nur enttäuscht. »Ich fange an, meine Entscheidung, dir zu vertrauen, infrage zu stellen«, erklärte sie säuerlich. »Vielleicht ist Grimwig doch kein so schlechter Assistent.«

»*Assistent*«, wiederholte Flea ungläubig. Er fuhr Dodge an. »Darum geht es hier? Das ist dein Vorsprechen, um Mad Maddys *Hundeausführer* zu werden?«

»Ich spreche für gar nichts vor!«, erwiderte Dodge scharf. »Und *dazu* habe ich mich nie verpflichtet!«, sagte er zu Sikes. »Kindesentführung. Bomben legen. Das ist … das ist *Terrorismus*.« Bei dem Wort musste er fast würgen.

»Du hast dich zu allem verpflichtet, was ich dir sage!«, schoss Sikes zurück. »Du weißt, wer ich bin, was ich mache. Du hast es immer gewusst. Tu also nicht so unschuldig! Du hattest kein Problem damit, mir Nancy Bedwin auszuliefern. Ob eins, hundert, hunderttausend Leben. Sag mir, Junge, was ist der Unterschied?«

Dodges Blick streifte Ollie. »Was mit Nancy passiert ist … das waren Sie, Sikes! Ich habe sie Ihnen nur gebracht, das ist alles. *Sie* haben die Männer zur Verfügung gestellt. Ich habe nur … alles organisiert. Ich wollte nie, dass irgendjemand stirbt!«

Sikes brüllte ihre Belustigung heraus. Unwillkürlich starrte Ollie Dodge an und konnte das blanke Entsetzen in seinem Gesicht nicht verbergen.

»Du warst dort«, sagte Ollie. »In der Nacht, als sie in unsere Wohnung gekommen sind. Das warst *du*, der auf der Treppe gewartet hat.« Ollie erinnerte sich an einen kleineren Mann, der mit verschränkten Armen dagestanden hatte. Der Mann, von dem er angenommen hatte, dass er das Sagen hatte. Es war überhaupt kein Mann gewesen. Es war ein Junge.

Es war Ollies *Freund*.

Ollie spürte, wie er in seiner Wut einen Satz nach vorne machte.

»Du hast sie umgebracht«, sagte er und seine Stimme erhob sich aus einem bedrohlichen Flüstern. »*Du* hast es getan! Und die ganze Zeit über hast du versucht, *mich* umzubringen!«

Jetzt ergab alles einen verdrehten Sinn. Es war Dodge, der sie zurück zum Lagerhaus geführt hatte, und Dodge war als Einziger entkommen. Und als Ollie die Leiter hochgestiegen war und Dodge die Hand ausgestreckt hatte, um ihn zu retten … hatte er Ollies Armband umklammert und den Peilsender von seinem Arm gerissen.

Und später, als Ollie lebend im Haven auftauchte, war der Ausdruck auf Dodges Gesicht nicht Überraschung gewesen. Es war Schock.

»Ich habe dich gerettet«, verteidigte sich Dodge. »Siehst du das nicht, Ollie? Gleich am Anfang. Sikes' Männer hätten dich umgebracht, wenn ich dich nicht mit zum Haven genommen hätte. Was hast du denn gedacht, dass ich dir einfach über den Weg gelaufen bin, nachdem sie Nancy erschossen haben? Ich war aus einem bestimmten Grund dort. Für dich, Ollie. Um dich zu beschützen. Es ist, wie ich es gesagt habe, ich wollte nie, dass irgendjemand stirbt!«

»Und seitdem?«, entgegnete Ollie. »Was ist seitdem passiert, Dodge? Sikes war nicht froh darüber, dass du mich hast gehen lassen, oder? Deshalb hast du versucht, mich ihr wieder auszuliefern. Sogar hier, jetzt, tust du das. Sie hat dir gesagt, dass du mich hierherbringen sollst, und du hast es getan!« Ollie spürte, wie er den Kopf schüttelte, teils, weil er es nicht wahrhaben wollte, teils vor Abscheu. »Du warst bereit, deine Freunde zu opfern«, fuhr Ollie fort. »Flea, Lily. Deine *Freundin*!«

»Ich habe versucht, mich allein darum zu kümmern!«, gab Dodge zurück. »Aber ihr habt darauf bestanden, mitzukommen!« Er warf Lily einen Blick zu, die das Ganze in einem offensichtlichen Schockzustand beobachtete.

»Was ist mit Keya?«, fragte Ollie. »Als wir im Lagerhaus waren? Du hast ihr gesagt, dass sie mitkommen soll. Du hast sie dazu gebracht. Du hast sie verraten, so wie du mich verraten hast!«

»Sie hätte erst gar nicht weglaufen sollen! Ich habe sie nur dorthin zurückgebracht, wo sie hingehörte!«

»Sie gehört zu ihren Freunden. Zu ihrer Familie«, fuhr Ollie ihn an. »Nicht in die Fänge von irgendeiner durchgeknallten Frau!«

Dodge kniff die Augen zusammen und schüttelte den Kopf. Der Pistolenlauf zuckte gefährlich in seinem Griff.

»Vergiss Keya«, sagte Dodge. »Keiner von uns kennt sie wirklich. Und du, Lily. Du, Flea. Es ist eure Schuld, dass ihr hier seid, nicht meine. Warum bin ich immer für alles verantwortlich? *Was sollen wir tun, Dodge?*«, ahmte er sie nach. »*Oh, Dodge, hilf uns, rette uns,* führe *uns.*«

Dodge schüttelte noch einmal den Kopf, diesmal aus Wut.

»Ich *versuche* zu führen«, presste er hervor. »Versteht ihr das nicht? Das, das alles hier …«, er wedelte mit der Waffe in Sikes' Richtung, »habe ich getan, um den Haven zu retten. Er war im Begriff zu sterben und Sikes, sie hat uns Geld versprochen. Um uns beim Wiederaufbau zu helfen. Um uns zu helfen, den Haven so wiederherzustellen, wie er einmal war. Hast du das nicht gesagt, Flea? Hast du nicht immer dafür gekämpft, dass wir mehr Leute aufnehmen sollen? Na ja, so können wir es tun. Indem wir das Geld benutzen, das Sikes uns gibt.«

Flea sah Dodge an, als wäre er ihm völlig fremd.

»Du hast ihr verraten, wo der Haven ist«, presste Lily hervor. »Es ist genau so, wie Ollie es im Kontrollraum gesagt hat. Du hast den Haven nicht gerettet, Dodge. Du hast ihm den Todesstoß versetzt.« Tränen liefen über Lilys Wangen.

»Ihr versteht das nicht«, erwiderte Dodge. »Ich wusste, dass ihr es nicht verstehen würdet, und so ist es auch! Ihr seid genauso verbohrt wie Tante Fay, ihr alle. Ihr hängt zu sehr der Vergangenheit nach. Ihr seid zu *idealistisch*.« Er sprach das Wort aus, als wäre es etwas Widerliches. »Manchmal muss man einen Pakt mit dem Teufel schließen«, beharrte er. »Manchmal ist das die einzige Möglichkeit, um zu überleben.«

Auf einmal war es nicht mehr Wut, die Ollie spürte. Es war Trauer. Um seine Freunde, um den Haven, um Dodge. Er hatte gewusst, dass kein Mitglied des Ermittlungsteams dem Haven jemals *absichtlich* schaden würde, und in dieser Hinsicht hatte er zumindest recht behalten. Denn Dodges Auffassung nach erfüllte er nur die Aufgabe, um die er nie gebeten hatte. Er hatte eine Wahl getroffen, hatte ein Opfer gebracht: seine Seele für die Zukunft des Haven.

Jedenfalls hatte er das damals geglaubt.

»Es ist keine Hilfe unterwegs«, sagte Ollie leise. »Oder, Dodge? Du hast Jack keine Nachricht geschickt. Du hast die Polizei nicht gerufen. Hier sind nur wir, allein, mit Sikes.«

Er blickte zu Sikes und sah ihr Lächeln. Wieder trat ihr dieses Funkeln in die Augen, das Ollie aufgefallen war, als sie sie ins Flugzeug gezerrt hatten. Er begriff, dass sie die ganze Sache genoss. Sich an jedem bitteren Moment ergötzte.

»Wir können die Sache immer noch aufhalten«, sagte Dodge nicht sonderlich überzeugend. »Wir können die Detonation der Bomben immer noch stoppen. Deshalb bin ich hergekommen. Das ist der einzige Grund, warum ich hier bin!«

Er sah abwechselnd Ollie, Flea und Lily an, als wollte er sie anflehen, ihm zu glauben.

»Warum stehst du dann da und richtest eine Waffe auf uns?«, fragte Flea, der aussprach, was sie alle dachten.

Dodge wusste keine Antwort darauf. Sein Finger bewegte sich zum Abzug.

»Gib mir den Sprengzünder, Ollie. Und verschwindet von hier. Ich verspreche dir, ich werde es nicht zulassen, dass Sikes die Bomben hochgehen lässt. Ich *sorge* dafür, dass sie es nicht tut.«

Sikes hatte mittlerweile genug gehört.

»Hör auf, dir etwas vorzumachen, du dummer Junge. Es gibt nichts, was du tun kannst, um auch nur das Geringste aufzuhalten. Erschieß ihn einfach und dann gib mir die Waffe und den Sprengzünder.« Wieder machte sie einen Satz nach vorne und wieder stoppte Dodge sie mit der Waffe.

»Nein!«, sagte er. »Ich werde nicht zulassen, dass Sie Tausende von Menschen ermorden! Auf keinen Fall!«

»Du wirst tun, was ich dir sage!« In Sikes' Stimme schwang die blanke Wut, aber als sie weitersprach, klang sie ein wenig sanfter. »Du kannst immer noch deinen geliebten Haven retten, weißt du«, säuselte sie verheißungsvoll. »Vielleicht nicht das Gebäude, aber deine Freunde, die Kinder, für deren Schutz du die Verantwortung übernommen hast. Bau den Haven wieder auf, nur besser.«

Dodges Blick schnellte unsicher zu ihr. Ollie konnte ihm ansehen, dass er ihr glauben wollte. Dass er ihr glauben *musste*.

»Und du hast recht«, fuhr Sikes fort. »Es gibt keinen Grund, warum diese herrliche Stadt leiden sollte. Ich werde die Bomben deaktivieren. Jede einzelne von ihnen. Ich gebe dir mein Wort, Junge. Mein Versprechen.«

»Sie ... Sie versprechen es? Sie *schwören* es?«

»Hand aufs Herz«, sagte Sikes. Sie sah Ollie an, ihr widerliches Lächeln verwandelte sich in etwas noch Abscheulicheres. »Jetzt erschieß ihn. Erschieß Ollie Turner.«

»Dodge, tu es nicht, bitte«, flehte Lily ihn an. »Hör nicht auf sie. Sie lügt. Sie hat dich von Anfang an belogen. Es ist nicht deine Schuld – du hast nur versucht, das Richtige zu tun. Bitte, Dodge! Bitte tu's nicht!«

Ollie konnte nicht sagen, ob Dodge sie hörte oder nicht. Aber er war sich sicher, dass er sie nicht beachtete. Weil er zu einer Entscheidung gelangt war. Eigentlich hatte er seine Entscheidung schon seit Langem getroffen.

Er richtete die Waffe auf Ollie und seine Hände zitterten. Dann schluckte er und der Pistolenlauf regte sich nicht mehr.

»Es tut mir leid, Ollie«, sagte Dodge. »Das tut es wirklich. Aber es muss sein.«

Und sein Finger drückte den Abzug.

29 TODESSCHUSS

Ollie hörte den Schuss, bevor er ihn spürte, und wusste instinktiv, dass die Reihenfolge nicht stimmte. Wenn die Kugel ihn getroffen hätte, wäre er tot gewesen, bevor das Geräusch des Schusses ihn erreicht hätte.

Als er den Kopf hob, sah er, dass Lily aus dem Cockpit gesprungen war und sich aus Dodges totem Winkel heraus auf ihn gestürzt hatte. Sie konnte seinen Waffenarm nach oben zwingen und so wurde die Kugel in die Decke gefeuert.

»Lily!«

Dodge war größer als Lily und stärker. Sie klammerte sich so hartnäckig an seinen Arm wie Sikes' Warg sich in Ollies Bein festgebissen hatte, aber es war gewiss nur eine Frage von Sekunden, bis Dodge sie abschüttelte.

Mit der freien Faust schlug er wild um sich und traf Lily dabei in den Magen. Sie hielt Dodges Unterarm mit beiden Händen fest, sodass sie keine Möglichkeit hatte, die Schläge abzuwehren. Ollie und Flea eilten nach vorne, um ihr zu helfen, doch in dem beengten Innenraum des Jets war es nicht leicht, sich ihnen zu nähern. Dodge und Lily drehten sich im Kreis wie kopflose Tanzpartner, die in einem hektischen Walzer ineinander verkeilt waren.

Flea kam ihnen am nächsten, aber als Lily und Dodge herumwirbelten, knallte der Griff der Waffe mit voller Wucht gegen Fleas Schläfe. Er taumelte und brach über der Lehne eines nahe liegenden Sitzes zusammen.

Ollie versuchte, Dodge an der Schulter zu packen. Doch Dodge und Lily kämpften so wild miteinander, dass er sie nicht zu greifen bekam. Wenn er beide Hände frei gehabt hätte, wäre es vielleicht leichter gewesen, aber er würde den Sprengzünder auf keinen Fall loslassen. Er war sich bewusst, dass Sikes direkt hinter ihm stand und das Handy so genau im Auge behielt wie Ollie und die anderen die Waffe.

Lily gab einen Schrei von sich wie einen Schlachtruf und machte einen letzten verzweifelten Versuch, Dodge den Revolver abzunehmen. Sie griff nach Dodges Fingern, ohne den Schlag zu beachten, den er ihr in die Nieren versetzte, und einen Augenblick lang dachte Ollie, Lily wäre es tatsächlich gelungen. Er sah, wie die Pistole aus Dodges Griff glitt und Lilys Finger sich um den Lauf legten. Doch dann zwang Dodge Lily mit seiner freien Hand nach hinten und die Waffe fiel auf den Boden.

Entweder bei der Landung oder kurz vor dem Fall ging der Revolver noch einmal los. Der Lauf hatte wohl auf das Cockpit gezeigt, denn die Kugel verfehlte den bewusstlosen Piloten nur um Zentimeter. Sie traf das Steuerpult, woraufhin Glas zersplitterte und Rauch daraus aufstieg.

Mit einem Ruck schwenkte das Flugzeug vom Asphalt auf das Gras ab, das die Hauptlandebahn umsäumte. Es nahm stetig an Geschwindigkeit zu.

Noch schlimmer war, dass Ollie den Sprengzünder hatte fallen lassen. Als die Kugel das Steuerpult getroffen hatte und das Flugzeug abgedriftet war, wurde er zur Seite geworfen und das Handy rutschte ihm aus der Hand.

Er blickte sich panisch um, denn er war sich sicher, dass es nicht weit gekommen sein konnte. Ein paar Meter entfernt sah er Lily auf dem Boden, während Dodge benommen auf ihr lag und Flea immer noch über dem Sitz hing. Er entdeckte die Waffe, die herrenlos in der Mitte des Gangs lag … aber vom Handy war keine Spur.

Sikes war neben ihm. Als das Flugzeug ausscherte, war sie ebenfalls hingefallen und Ollie wusste, dass sie dasselbe suchte wie er. Die Frage war nur, wer es als Erster entdecken würde.

Sikes setzte sich in Bewegung und wand sich einer Schlange gleich den Gang entlang. Sie zischte sogar, als sie auf Ollies Höhe kam – ihre Verzweiflung, den Sprengzünder zurückzubekommen, ein tierischer Urinstinkt.

Ollie suchte danach … und fand es. Das Handy war gleich neben Flea im Schatten des Ledersitzes versteckt. Flea erholte sich noch von dem Schlag, den er gegen die Schläfe bekommen hatte. Selbst wenn Ollie ihm zuschrie, wo das Handy lag, würde Sikes es vor ihm erreichen.

Während sie sich weiter wie eine Schlange fortbewegte, sprang Ollie wie eine Katze nach vorne. Er landete auf Sikes' Hand und spürte das Knacken ihrer Finger unter seiner Ferse.

Sikes stieß einen Schrei aus, ob vor Schmerz oder aus Frustration konnte Ollie nicht sagen.

Und es war ihm auch egal. Es war nur wichtig, dass er den Sprengzünder als Erster erreichte. Er war jetzt an Sikes vorbei und blockierte ihren Weg. Es spielte auch keine Rolle, dass Ollie das Handy bei seiner Landung weiter unter den Sitz kickte. Er musste nur unter die Fußstütze greifen und der Sprengzünder wäre wieder sicher in seinen Händen.

»Flea!«, brüllte er. Durch das Cockpitfenster sah er flüchtig, wohin der Jet steuerte: geradewegs in die Fahrbahn eines landenden Flugzeugs. »Die Steuerung, Flea! Du musst das Flugzeug davon abhalten, auf die Landebahn zu fahren!« Ollie war wieder auf allen vieren, die Schulter tief unter den Sitz gezwängt. »Flea!«, rief er noch einmal und diesmal bemerkte er, wie dieser sich regte. Flea sah zu Ollie hinunter, dann hinter sich und mit kaum einer Sekunde Zeit, um herauszufinden, was passierte, warf er sich in Richtung Cockpit.

Ollie jagte weiter nach dem Sprengzünder, und legte jetzt den Kopf schief und versuchte auf diese Weise, das Handy zu sehen. Es hatte direkt vor ihm gelegen. Er musste nur aufpassen, es nicht noch weiter nach vorne zu schlagen, weil seine Arme sonst nicht lang genug gewesen wären, um …

Geschafft.

Ollie wusste nicht, ob er sich schon jemals so erleichtert gefühlt hatte. Er musste nur noch das Handy hervorholen und drauftreten, so wie er es gleich hätte tun sollen, als er es das erste Mal aufgehoben hatte. Und dann konnte Jack und den anderen nichts mehr passieren, ganz gleich, was mit Ollie und seinen Freunden geschah. London wäre in Sicherheit und Nancys Mission – die Arbeit, der sie ihr Leben verschrieben hatte – wäre erfüllt.

Der Schuss, der jetzt ertönte, war schockierend genug, doch der Schrei, der darauf folgte, war wie ein Messer in Ollies Eingeweiden.

Er wirbelte herum und suchte nach Lily, denn es war sie gewesen, die er gehört hatte, da war sich Ollie ganz sicher. Er konnte sich vorstellen, dass Dodge die Waffe wieder in seine Gewalt gebracht hatte, bevor sie es konnte, aber er hätte sie bestimmt nicht *erschossen*. Er liebte sie doch, oder? Nicht alles an Dodge konnte vorgetäuscht gewesen sein.

Es war tatsächlich Lily gewesen, die geschrien hatte. Sie beugte sich neben Dodge nach vorne, auf ihn nahezu, während Dodge ausgebreitet im Gang lag. Er drückte die Hände gegen den Bauch ... konnte aber nichts tun, um das Blut zu stoppen. Es tränkte sein T-Shirt, seine Hose und den Boden unter ihm und hörte nicht mehr auf, aus seiner Schusswunde zu sickern.

Maddy Sikes blickte triumphierend auf ihn hinunter. Sie hatte den Sprengzünder wohl abgeschrieben, als ihr klar wurde, dass Ollie ihn vor ihr erreichen würde, und stattdessen nach der Waffe gegriffen.

»So eine Verschwendung«, sagte Sikes sarkastisch, als würde sie es nicht wirklich glauben. »Aber leider widerfährt das allen meinen Angestellten, sobald sie mir nicht mehr von Nutzen sind.«

Dodge blickte verzweifelt zu Ollie und seine Miene spiegelte den Schock wider, der sich mit Sicherheit auch auf Ollies Gesicht abzeichnete. Dodge streckte die Hand nach ihm aus und Ollie versuchte, ihm zu Hilfe zu kommen, aber Sikes richtete sofort die Waffe auf Ollie.

»Bleib, wo du bist! Und du …«, sie wandte die Waffe zum Cockpit und zielte diesmal auf Flea, »bring das Flugzeug unter Kontrolle. *Sofort*!«

»Es … es reagiert nicht«, stammelte Flea. »Die Steuerung … sie ist kaputt.«

Der Jet fuhr immer weiter in Richtung Fahrbahn. Auch wenn es ihnen gelang, dem Flugzeug auszuweichen, das seinen Landeanflug nun begonnen hatte, befanden sich geparkte Flughafenfahrzeuge unmittelbar in ihrem Weg. Und eines von ihnen sah wie ein Tanklastwagen aus, dachte Ollie.

Wie aus dem Nichts explodierte etwas. Einen Moment lang glaubte Ollie, er hätte es sich eingebildet, dass er eine Vorahnung der noch bevorstehenden Explosion gehabt hatte. Aber die anderen hatten sie auch gehört – Sikes eingeschlossen. Es klang wie eine entfernte Feuerwerksrakete. Allerdings eine große, wie das Finale eines Feuerwerks.

Die Bomben. Eine von ihnen war hochgegangen. Und das bedeutete – ganz gleich, was jetzt passierte –, dass Ollie und die anderen bereits zu spät waren.

Doch dann erinnerte sich Ollie daran, dass er den Sprengzünder in den Händen hielt. Es konnte auf keinen Fall eine der Bomben gewesen sein, es sei denn …

Ollie sah zu Sikes, die mit einer Mischung aus Wut und Verwirrung auf ihre Uhr blickte.

»Sie haben sie gefunden!«, hörte Ollie sich rufen. »Jack und die anderen haben die Krankenwagen gefunden!«

Er konnte sich nicht hundertprozentig sicher sein, aber sein Bauchgefühl bestärkte es. Die Detonation, die sie gehört hatten, war eine *kontrollierte* Explosion gewesen. Es war der Polizei gelungen, eine der Bomben zu entschärfen. Mindestens eine jedenfalls. Vielleicht hatten sie auch schon andere deaktiviert, die weiter entfernt waren.

Sikes kreischte vor schierer Wut. Sie wirbelte die Waffe herum und richtete sie auf Ollie.

»Vorsicht, Sikes«, sagte Ollie und hielt den Sprengzünder vor sich. »Sie würden doch so etwas Kostbares nicht beschädigen wollen.«

Sikes war kurz davor, das Risiko einzugehen, Ollie erkannte es an ihrem angespannten Griff.

Stattdessen erwiderte sie: »Du hast recht«, und zielte auf Lily. »BLEIB ZURÜCK!«, brüllte Sikes, als Flea Anstalten machte, sich schützend vor seine Schwester zu werfen. Lily kauerte immer noch neben Dodge. Sie hatte es geschafft, Dodges Arm um ihre Schulter zu legen, aber er blutete stark aus dem Bauch. Er war bei Bewusstsein, doch selbst wenn es ihnen gelang, ihn aus dem Flugzeug zu bringen, bezweifelte Ollie, dass Dodge überleben würde.

»Gib mir den Sprengzünder«, forderte Sikes. »*Sofort*, Ollie Turner. Jede Sekunde, die du mich warten lässt, feuere ich eine weitere Kugel ab.«

»Nein!«

Sikes wollte gerade den Abzug drücken. Ollie hatte keine andere Wahl, als das zu tun, was sie sagte.

»Ollie, tu's nicht!«, schrie Lily. »Gib ihn ihr nicht! Sie wird uns sowieso alle umbringen!«

Ollie wusste, dass Lily recht hatte. Aber wenn er Sikes den Sprengzünder nicht gab, würde sie sie einfach erschießen und sich dann den Sprengzünder selbst holen. So konnte er wenigstens ein paar kostbare Sekunden rausschlagen, auch wenn er nicht hätte sagen können, wofür.

Ollie bewegte sich von dem Sitz aus auf die anderen zu und hielt dabei beide Hände über dem Kopf. Er versuchte nachzudenken, sich etwas einfallen zu lassen, wie sie trotzdem gewinnen könnten. Aber der Jet steuerte unnachgiebig auf die Landebahn zu. In weniger als einer Minute würden sie mit dem Tanklastwagen zusammenprallen, wenn das absteigende Flugzeug nicht zuerst auf ihnen landete.

Sikes war sich dessen genauso bewusst. Sie hatte angefangen, sich in Richtung einer der Notausgänge zurückzuziehen, zweifellos hatte sie vor, die Tür im selben Moment aufzuwerfen, in dem Ollie ihr das Handy gab. Die ganze Zeit über hielt sie die Waffe auf Ollies Freunde gerichtet, bereit zu feuern, sollte sich einer von ihnen rühren.

Es war hoffnungslos.

Außer …

Dodge. Sikes hielt ihn bereits für tot, doch Ollie konnte noch Leben in seinen Augen entdecken. Und als sich Sikes immer weiter näherte, nickte Dodge ihm fast unmerklich zu.

Ollie zögerte. Er erkannte, was Dodge vorhatte, und wusste sehr gut, was das bedeuten würde. Aber als Sikes in seine Richtung sprang, um sich den Sprengzünder zu schnappen, wurde Ollie die Entscheidung aus der Hand genommen.

Dodge warf sich nach vorne und überraschte Lily ebenso sehr wie Sikes.

Sikes wirbelte herum, doch es war zu spät.

Dodge begrub sie und die Waffe unter sich. Sie ging los und Ollie sah den Schmerz, der in Dodges Augen aufflackerte, als er nach vorne fiel.

»Der Pilot, Flea!«, brüllte Ollie. »Schnapp ihn dir!«

Flea reagierte so schnell, wie Ollie gehofft hatte. Er eilte zum Kapitän, zerrte ihn aus seinem Sitz und auf den Ausgang zu. Ollie packte Lilys Hand, hievte sie hoch und zog sie zur Tür. Lily drückte mit aller Kraft den Nothebel herunter und die Tür fiel augenblicklich ab. Sie drehte sich, überschlug sich und schepperte über den vorbeiziehenden Asphalt. Sie hatten jetzt die Landebahn erreicht und Ollie wusste, was das bedeutete: Ihnen blieben bestenfalls Sekunden.

»Dodge?«, wimmerte Lily und drehte sich um. Aber auch sie konnte erkennen, dass Dodge tot war. Sein lebloser Körper lag ausgestreckt auf Sikes und drückte Mad Maddy auf den Boden.

»Spring, Lily!«, brüllte Ollie über den Motorenlärm, der durch den plötzlichen Windstoß noch lauter war. »Du musst springen!«

Der Tanklastwagen tauchte drohend im Cockpitfenster auf und wurde immer größer.

Lily warf Dodge einen letzten Blick zu und verzerrte vor Schmerz das Gesicht. Dann drehte sie sich um und sprang auf den Asphalt. Ollie sah, wie sie sich abrollte, als sie auf dem Boden landete.

»Geh!«, brüllte Ollie Flea zu. Flea begegnete Ollies Blick nur für eine Sekunde, bevor er mit dem Piloten in den Armen durch die Tür stürzte. Sie landeten in einem uneleganten Knäuel und wichen nur knapp dem Flugzeugrad aus.

»Nein!«

Ollie wollte gerade selbst springen, als er einen Griff um sein Fußgelenk spürte. Es war Sikes, die mit ihrer freien Hand um sich schlug, um Ollies Entkommen zu vereiteln. Aber es war ihre schwache Hand, auf die Ollie vorhin getreten war, und er konnte ihre Finger mühelos aufstemmen. Bevor er sich mit einem Sprung in Sicherheit brachte, den Sprengzünder fest in der Hand, hatte er noch Zeit für eine letzte Sache.

30 ABSCHIEDS-GESCHENK

Das Flugzeug prallte mit dem Lastwagen genau in der Mitte des Benzintanks zusammen und das Knirschen von Glas und Metall klang wie ein Müllauto, das von einem Erdbeben verschluckt wurde. Das austretende Benzin entzündete sich mit einem *Pfump*, fast wie ein nachträglicher Gedanke. In Sekundenschnelle herrschte eine höllische Hitze.

Ollie lag ausgestreckt auf dem Asphalt. Das Feuer tobte direkt hinter ihm, was bedeutete, dass bis zur Kollision weniger Zeit gewesen war, als er sich ausgerechnet hatte. *Glück gehabt*. Ja, Sikes war tot, aber Dodge auch. Vielleicht hatte Tante Fay das gemeint, als sie sagte, dass Rache immer einen Preis hätte.

Ollie hob den Kopf und versuchte so, seine Freunde zu finden. Sie waren weiter hinten auf der Landebahn, als er erwartet hatte. Das Flugzeug musste schneller gefahren sein, dachte Ollie. Lily war schon auf dem Weg zu Flea, der neben dem bewusstlosen Piloten kniete, und auch Ollie rappelte sich mühsam auf, um zu ihnen hinüberzugehen.

Unterwegs fand er den Sprengzünder, der bei seinem Sturz aus dem Flugzeug herausgefallen sein musste. Er war in Stücke zersprungen. Die Antenne war abgebrochen und der Akku hing heraus. Ollie trat darauf, nur um auf Nummer sicher zu gehen, und zerdrückte die Platine unter seinem Turnschuh.

»Ollie«, hörte er Lily, als er näherkam. »Meine Güte, du siehst … Ist mit dir alles in Ordnung? Wie kannst du überhaupt aufrecht stehen?«

Ollie kniete sich neben Flea an die Seite des bewusstlosen Piloten. »Lebt er?«

»Er lebt«, antwortete Flea. »Er hat nicht mal einen Kratzer.«

Das konnte man weder von Lily noch von Flea behaupten. Offenbar hatte nur der Flugkapitän den Sturz ohne Verletzungen überstanden.

»Kommt«, sagte Ollie. »Wir müssen von hier verschwinden.«

In der Ferne hatte er eine Gruppe Leute bemerkt, die auf sie zustürmten. Er konnte nicht erkennen, ob es Angestellte des Flughafens oder Sikes' Männer waren, aber er hatte nicht vor, lange genug zu bleiben, um es herauszufinden.

»Was ist mit ihm?«, fragte Flea und zeigte auf den Piloten.

Ollie sah auf ihn hinunter. »Mit dem ist alles in Ordnung. Wer weiß? Wenn er aufwacht, glaubt er vielleicht, dass das alles ein Traum war.«

Auf dem Rückweg zum Haven sprach niemand ein Wort. Da alle öffentlichen Verkehrsmittel stillstanden, hatten sie keine andere Wahl, als die Strecke zu Fuß zu gehen. Unterwegs machten sie sich auf das Geräusch von Explosionen und die Schreie unschuldiger Passanten gefasst. Aber es war nichts zu hören.

Obwohl Ollie wusste, was sie bei ihrer Heimkehr vorfinden würden, war der Anblick des ausgebrannten Gebäudes ein weiterer schwerer Schlag.

Der Haven war nur noch eine leere Hülse. Es war die Ruine einer Ruine, ein einstmals prächtiges Bauwerk, von dem nur noch eine geschwärzte Hülle übrig geblieben war. Für Ollie war der Anblick schon schlimm genug. Für Lily und Flea musste es sich anfühlen, als würden sie auf ein Grab starren. Der Haven war nicht nur ein Zuhause, sondern ihr Zufluchtsort gewesen: ein Ort, der sie vor den Stürmen des Lebens beschützt hatte. Und jetzt war er weg. Aus ihrem Leben gerissen wie ihr Freund. Es war ein Sieg, der sich gleichermaßen wie eine Niederlage anfühlte.

Flea fasste sich als Erster wieder. »Hier lang«, brummte er, drehte sich abrupt um und bemühte sich sichtlich, seine Gefühle zu verbergen.

Lily weinte offener. Sie stand da und starrte das Gebäude an, während ihr Tränen über die Wangen liefen. Sie trauerte um den Haven, das wusste Ollie, aber er konnte ihr anmerken, dass sie vor allem an Dodge dachte.

»Lily?«, sagte Ollie sanft. Er nahm ihre Hand.

Lily lächelte ihn an und ließ sich zu ihrem Bruder führen. Flea wartete zwischen zwei Löschfahrzeugen und verbarg weiterhin sein Gesicht.

Sie mussten sich unter dem von den Notfalldiensten gespannten Absperrband hindurchducken, aber niemand sah in ihre Richtung. Flea führte sie auf den Friedhof, über den sie den Haven auch das letzte Mal betreten hatten, und blieb neben demselben überwucherten Grab stehen.

»Wo gehen wir hin?«, fragte Ollie ihn.

»Zum Rettungsboot«, erwiderte Flea und machte sich daran, ohne weitere Erklärung runter in die Tunnel zu steigen. Lily folgte ihm und ließ Ollie keine andere Wahl, als dasselbe zu tun.

Unten angekommen entfernten sie sich vielmehr vom Haven, als auf ihn zuzulaufen. Sie gingen nach links, rechts und wieder rechts, bis Ollie jegliche Orientierung verloren hatte.

Schließlich blieb Flea neben einer Wand am Ende eines engen Seitentunnels stehen. Es erinnerte Ollie an die Tür, durch die er den Haven zum ersten Mal betreten hatte, die mit der versteckten Kamera und dem Fingerabdruckscanner. Das ließ ihn an Dodge denken und die Erinnerung war wie ein Stich ins Herz.

Genau wie Dodge und Ollie damals drückte jetzt auch Flea einen Finger auf eine Stelle in der Wand. Fast widerwillig öffnete sich eine geheime Tür, als wäre sie nicht daran gewöhnt, dass Menschen durch sie hindurchgingen.

Flea trat zur Seite. Zum ersten Mal seit dem Moment im Flugzeug begegnete er Ollies Blick.

»Nach dir«, sagte er.

Ollie glaubte, dass ihn nichts mehr überraschen könnte, und doch gelang es ihm nicht, sein Erstaunen zu verstecken. Obwohl sie immer noch im Untergrund waren, fanden sie sich nach der Dunkelheit und der Feuchtigkeit der Kanalisation auf einmal in einem mit Licht durchfluteten Gang wieder.

»Ist das …?«, setzte er an, aber Ollie wusste genau, was es war. Er hatte schon von Orten wie diesem gelesen und sogar selbst ein oder zwei auf seinen U-Bahn-Fahrten bemerkt, aber er hatte keine Ahnung gehabt, dass manche noch in einem so guten Zustand waren. »Es ist eine Geisterstation«, sagte er. »Stimmt's? Eine stillgelegte U-Bahn-Station.«

Flea nickte. »Dodge hat sie immer unser Rettungsboot genannt«, erklärte er. »Er hat darauf bestanden, dass dieser Ort jederzeit für den Notfall gut ausgestattet ist. Wir haben hier Strom, fließendes Wasser und genug Platz für uns alle. Es ist zwar keine langfristige Lösung, denn niemand möchte gerne unter der Erde leben. Aber zumindest müssen wir nicht auf der Straße schlafen.«

»Erik!«

Als Flea fertig war, erschien eine Gruppe Jugendlicher am anderen Ende des Gangs. Jack war da und Song … und Erik.

Lily stürmte schon auf sie zu. Bevor Ollie ihr folgen konnte, packte Flea ihn am Ellbogen.

»Hör mal, PJ«, sagte er und stellte sich so hin, dass niemand sonst ihn hören konnte. »Glaub ja nicht, dass ich deine Anschuldigungen einfach so vergessen werde. Und ich habe gesehen, wie du mich im Flugzeug angeschaut hast.« Flea drückte Ollies Arm fest, seine speckigen Finger bohrten sich in Ollies Fleisch. Doch dann ließ er ihn los und hielt ihm die Hand hin, damit er einschlug. »Aber du hast Sikes aufgehalten. Und du hast meine Schwester gerettet. Wir sind also fürs Erste quitt.«

Ollie nahm Fleas ausgestreckte Hand und schüttelte sie einmal. Dann drehten sie sich um und waren endlich wieder mit ihren Freunden vereint.

»Ollie!«

Jack begrüßte ihn als Erste. Dann kam Song herübergestürmt, um ihn zu umarmen, und Ollie, Flea und Lily fanden sich plötzlich in der Mitte eines Kreises wieder. Es war, als wäre die gesamte Bevölkerung des Haven zusammengekommen, um sie zu begrüßen. Ollie entdeckte Tante Fay am hinteren Ende der Gruppe. Irgendwie schien sie zu wissen, wo Ollie stand, und schickte ein Lächeln in seine Richtung.

Hierhin waren Tante Fay und die anderen also geflüchtet. *Ins Rettungsboot.* Es war möglicherweise eine passendere Beschreibung von diesem Ort, als Dodge hätte ahnen können.

Dodge.

Ollie betrachtete die Gesichter seiner Freunde, als sie sich um ihn versammelten, und erkannte, dass Lily ihnen schon erzählt hatte, was passiert war. Ihr Lächeln war mit Trauer gemischt.

»Sind alle in Sicherheit?«, fragte Lily. »Konnten alle dem Feuer entkommen?«

»Alle sind in Sicherheit«, bestätigte Jack. »Einschließlich Erik hier, dank Song. Sie hat Danny Hunter noch rechtzeitig erreicht.«

Lily umarmte Erik noch einmal, bevor er sich von ihr löste und sich zu Ollie drehte.

»Danke, Ollie«, sagte Erik zu ihm. »Wie ich hörte, habe ich es dir zu verdanken, dass ich noch an einem Stück bin. Buchstäblich«, fügte er hinzu in Richtung aller, die zuhörten. »Danny Hunter hatte schon angefangen, Wetten darüber abzuschließen, wie viele meiner Finger er abhacken könnte, bevor ich das Bewusstsein verlieren würde.«

»Ich … ich bin froh, dass du unverletzt bist, Erik«, erwiderte Ollie. »Es tut mir nur leid, dass du das durchmachen musstest.« Er drückte seine Faust gegen Eriks und schätzte sich glücklich, dass sie das beide noch tun konnten.

Im Gang war kaum genug Platz für alle Kinder und Jugendlichen. Bei genauerer Betrachtung merkte Ollie, dass es eigentlich ein weiterer Tunnel war, breiter als die meisten wegen der Treppe, die einmal an einem seiner Enden existiert hatte. Das Treppenhaus selbst war schon seit Langem gesperrt, was den Raum praktisch in zwei teilte, aber das war egal. Es fühlte sich gut an, so eng aneinandergedrängt zu sein. Nach allem, was passiert war, fühlte sich das irgendwie richtig an.

»Wo ist Sol?«, fragte Ollie und schaute sich um. »Und Keya, Imani …?«

»Sie sind immer noch da draußen«, antwortete Jack. »Aber wir sind weiter in Kontakt. Wir wissen, dass es ihnen gut geht.«

»Und die Krankenwagen?«, fragte Ollie. »Die Bomben …«

»Wir haben sie gefunden«, sagte Jack. »Jede einzelne. Das haben wir Keya, Imani und den anderen Kids, die du befreit hast, zu verdanken. Es hat ein bisschen gedauert, bis wir die Polizei überzeugen konnten, aber als Sol und ich ihnen ein Foto von dem gezeigt haben, was in den Rettungswagen war, haben sie sich schneller in Bewegung gesetzt als ein Fünfjähriger bei der Weihnachtsbescherung.«

Ollie bekam vor Erleichterung weiche Knie. Es war vorbei.

Jetzt, da er zu hundert Prozent wusste, dass alle in Sicherheit waren, konnte er sich kaum mehr aufrecht halten.

»Boah«, stieß Erik hervor und stützte ihn. Auf der anderen Seite fing Song Ollies Gewicht auf.

»Sorgen wir dafür, dass sich jemand um euch drei kümmert«, meinte Jack und betrachtete Lily, Flea und Ollie stirnrunzelnd. »Ihr seht aus, als hätte euch jemand aus einem Flugzeug geworfen und vergessen, vorher Fallschirme zu verteilen.«

Ollie lächelte schwach, unsicher, ob Jack ihren eigenen Witz verstanden hatte.

Die Kinder und Jugendlichen um sie herum machten den Weg frei und Ollie, Flea und Lily wurden vom Gang in einen anliegenden Tunnel geführt. Dieser war enger und an einer Seite mit Kojen gesäumt.

Erik half Ollie auf eine Matratze und legte ihm ein Kissen unter den Kopf. Er sagte etwas zu ihm über seine Verletzungen und darüber, dass er vermutlich eine Spritze für sein Bein brauchte. Auch Jack war dort und betrachtete Ollie besorgt, aber genauso wie Eriks Stimme anfing, mit jeder Sekunde leiser zu werden, schien sich Jacks Gesicht vor ihm nahezu aufzulösen. Ollie wusste, was passierte, war aber unfähig, dagegen anzukämpfen, und fiel allmählich in einen tiefen Schlaf.

»Ollie? Ollie. Wach auf, Ollie.«

»Nancy?«, stöhnte Ollie. Er schüttelte die Hand ab, die an seiner Schulter zerrte.

»Ich bin's, Ollie«, sagte die Stimme. »Sol.«

»Sol?« Ollie zwang sich, die Augen zu öffnen. »Sol«, wiederholte er noch einmal und schenkte seinem Freund dabei ein erschöpftes Lächeln. »Du bist zurück«, sagte Ollie. »Du bist in Sicherheit.«

Sol grinste auf ihn hinunter. »Das bin ich. Aber um ehrlich zu sein, habe ich nicht das Gefühl, dass ich jemals wirklich in ernst zu nehmender Gefahr gewesen bin. Jedenfalls nicht im Vergleich zu dir.«

Ollie rieb sich mit den Handflächen über die Augen. »Wie lange habe ich geschlafen?«

Sol warf einen Blick auf seine Armbanduhr. »Na ja, es ist jetzt acht Uhr morgens. Und es müsste so gegen elf gewesen sein, als ich gestern Abend zurückgekommen bin. Also mindestens neun Stunden.«

»Neun Stunden?« Ollie setzte sich schlagartig auf. Das war ein Fehler. Sein böse zugerichteter Körper war auf solche plötzlichen Bewegungen nicht vorbereitet. »Au«, stieß Ollie lange und gedehnt aus.

»Ollie, geht's dir gut?«, fragte Sol besorgt. »Wo tut es weh?«

»Einfach nur ...« Aber Ollie tat sich schwer, es einzugrenzen. »Alles«, sagte er schließlich. Und er meinte das nicht nur körperlich. Jetzt, da er ganz wach war, erinnerte er sich daran, was passiert war. Er sah seinen Freund an. »Hast du das von Dodge gehört?«

Sol nickte. »Hab ich.«

»Er war ein Held, weißt du«, erklärte Ollie. »Wir hätten es da nicht rausgeschafft, wenn er nicht gewesen wäre.«

Sol nickte noch einmal. »Alle reden darüber«, erwiderte er. »Sie reden auch über dich, weißt du. Darüber, was du getan hast.«

Ollie fragte sich, wovon Sol sprach. Soweit er wusste, hatte er nicht mehr getan, als richtig übel aus einem sich bewegenden Flugzeug zu fallen.

»Ich habe eine Überraschung für dich«, verkündete Sol und versuchte damit, die Stimmung aufzulockern. »Hier.« Er drückte Ollie einen Müsliriegel in die Hand.

»Ein Müsliriegel?«, sagte Ollie. »Du hast mich aufgeweckt, um mir einen Müsliriegel zu geben?«

»Was?«, fragte Sol verwirrt. »Oh. Ja. Nein. Ich meine, ja, aber …« Er schüttelte den Kopf. »Der Müsliriegel ist nicht die Überraschung. Komm, beweg deinen faulen Hintern aus dem Bett und ich zeig's dir. Du kannst den Müsliriegel unterwegs essen. Ach und übrigens, keine Ursache.«

Widerwillig schlüpfte Ollie aus dem Bett. Er trug immer noch dieselben Kleider, die er anhatte, seit … er war sich nicht ganz sicher. Er wusste nur, dass er irgendwann ein frisches T-Shirt und vielleicht – hoffentlich – eine Dusche gebrauchen könnte.

Sol führte ihn zurück in die Eingangshalle. Er machte den anderen Haven-Kindern in ihren Betten ein Zeichen und hielt dabei einen Finger an die Lippen. Ollie sah Flea, der das Gesicht in sein Kissen gedrückt hatte, und Lily, die im Schlaf düster vor sich hinmurmelte. Er hätte sie gerne aus ihrem Albtraum gerüttelt, aber er wusste, dass ihr das Träumen letztendlich guttun würde. Ollie hatte letzte Nacht keine Träume gehabt, zumindest soweit er sich erinnern konnte, doch er hatte keinen Zweifel, dass ihm seine Albträume noch bevorstanden.

Dennoch fühlte sich Ollie besser. Nicht körperlich. Körperlich war er ein Wrack. Er fühlte sich vielmehr geistig erholt. Wie sehr hatte er diese neun Stunden Schlaf wohl gebraucht.

Sie bogen in den Haupteingang ein und Ollie blieb abrupt stehen. Grinsend ging Sol zur Seite.

Direkt vor ihm standen Keya und Tante Fay. Daneben unterhielt sich Imani mit Jack. Aber das war nicht alles. Hinter ihnen tummelten sich noch etwa zwanzig weitere Kinder und Jugendliche und Ollie erkannte sie alle. Es waren die Straßenkids, die Maddy Sikes entführt hatte, die Gangmitglieder, die mit Ollies Hilfe befreit worden waren.

Eines der Kinder erblickte Ollie – der Junge, der seine Uhr geopfert hatte – und Ollie beobachtete sprachlos, wie er anfing zu klatschen. Kurz darauf klatschte der gesamte Gang. Ollie wandte Sol sein verdutztes Gesicht zu, der darauf nur mit einem Achselzucken antwortete.

»Was ist los?«, fragte Ollie, als er in die Mitte wanderte.

Keya brachte ihn noch mehr aus dem Konzept, als sie sich vorbeugte und ihn auf die Wange küsste. »Sie sind dankbar, Ollie. Das sind wir alle. Du hast sie gerettet und so konnten sie ihre Freunde retten.«

»Aber …«

Mehr konnte Ollie nicht sagen. Und dann sah er etwas, das an Keyas Oberteil geheftet war. Ein kleines *H*. Die Mittellinie war schräg und länger, als sie hätte sein sollen, und der Buchstabe war von einem Dreieck umrahmt. »Was ist das?«, fragte Ollie sie und zeigte darauf. »Bedeutet das …«

»Es bedeutet, dass ich bleibe«, bestätigte Keya. »Wir bleiben alle. Jeder von uns.«

Ollie schaute genauer hin und stellte fest, dass auch die anderen das Zeichen des Haven trugen. Jack hatte eine Schachtel auf dem Schoß. Offenbar hatte sie die Abzeichen ausgeteilt.

»Ihr habt sie alle zusammengetrommelt?«, fragte Ollie. »Das ist es, was ihr gemacht habt?« Er betrachtete Sol, Keya und Imani einen nach dem anderen.

»Wenn wir wieder alles neu aufbauen wollen«, sagte Jack, »brauchen wir zusätzliche Leute, die mit anpacken.«

»Neu aufbauen?«, wiederholte Ollie und sah jetzt Tante Fay an. »Aber der Haven … er wurde zerstört. Wir können doch bestimmt nicht ewig in der Geisterstation bleiben. Ich dachte, wir würden alle irgendwann von hier wegmüssen. Und zurückgehen zu … zu …«

»Wohin zurückgehen, Ollie?«, fragte Tante Fay. »Die meisten Kinder haben keinen Ort, an den sie zurückgehen können. Und der Haven ist nicht bloß ein Gebäude, schon vergessen? Er ist eine Idee. Eine Ideologie. Es braucht mehr als ein Feuer, um so etwas Mächtiges zu zerstören.«

Ollie ließ den Blick über die versammelten Gesichter schweifen. Bei so viel Optimismus war es schwierig, enttäuscht zu sein. Ollie bedauerte, dass er nirgends Harvey Hunter entdeckte, aber vielleicht wäre das auch zu viel des Guten gewesen.

»Oh«, sagte er und tastete sich ab. »Das hätte ich fast vergessen. Das könnte helfen. Ihr wisst schon, beim Wiederaufbau.«

Er grub die Hand in seine Hosentasche. Als er den anderen zeigte, was sie beinhaltete, schnappten viele nach Luft.

»Ist das nicht …«, setzte Keya an.

»Maddy Sikes' Uhr«, beendete Ollie den Satz. Er hatte sie Sikes vom Handgelenk gerissen und sie tief in seine Hosentasche gesteckt, kurz bevor er sich aus dem Flugzeug geworfen hatte. Da er jetzt wusste, dass er nur knapp der Explosion entronnen war, hätte er sie rückblickend wohl dort lassen sollen. Aber in Anbetracht ihres Werts hatte sich die Sache definitiv gelohnt. Nach dem Feuer im Haven würde sie sich bestimmt als nützlich erweisen.

»Hier«, sagte Jack. Mit weit aufgerissenen Augen nahm sie die Uhr von Ollie, bot ihm aber etwas im Gegenzug an. Ein Abzeichen wie die, die sie an alle anderen ausgeteilt hatte. Es war das letzte in der Schachtel.

Ollie verstand, was das bedeutete. »Aber ich bin nicht … ich meine, ich kann nicht …«

»Du hast ›wir‹ gesagt«, erwiderte Jack sachlich.

»Wie bitte?«

»Du hast ›wir‹ gesagt. Als du davon gesprochen hast, den Haven wiederaufzubauen. Du hast also schon beschlossen, dass du ein Teil davon bist.«

»Sie hat recht, Alter«, warf Sol unterstützend ein. »Du hast auf jeden Fall ›wir‹ gesagt.«

Ollie spürte einen Kloß im Hals. Das war, was er wollte, daran bestand kein Zweifel. Und eigentlich wusste er gar nicht, warum er zögerte. Er war schon lange zu dem Schluss gekommen, dass der Haven die Arbeit übernahm, der sich Nancy verschrieben hatte. Die Art Arbeit, die Ollie schon immer hatte machen wollen, auch wenn er nie ganz herausgefunden hatte, in welcher Funktion. Nancy, die Kinder und Jugendlichen vom Haven, Tante Fay – sie alle versuchten, aus der Welt einen besseren Ort zu machen.

Er fragte sich nur, ob Nancy es gutgeheißen hätte, dass Ollie blieb. Er hatte hin und her überlegt und versucht, zu einem Entschluss zu kommen, aber jetzt … Vielleicht war es Wunschdenken, doch Ollie konnte nicht anders, als davon auszugehen, dass sie ihn dabei unterstützt hätte. Sie hätte ihm gesagt, vorsichtig zu sein und sich nicht in Gefahr zu bringen, aber sie wäre stolz auf ihn gewesen, dessen war sich Ollie sicher. So wie er auf *sie* stolz war.

Ollie nahm das Abzeichen in seiner ausgestreckten Hand entgegen. Er spürte, wie Tante Fay ihm eine Hand auf die Schulter legte.

»Dann ist das ja geregelt«, sagte Jack, »wir werden auch jemanden brauchen, der uns anführt.«

»Ich … was?«

»Der Haven führt sich nicht von alleine, Ollie Turner.«

»Nein, ich weiß, aber *du* solltest das übernehmen. Du bist die offensichtlichste Kandidatin.« Von Nancy und Tante Fay abgesehen war Jack bei Weitem die klügste Person, der Ollie je begegnet war.

Jack schnitt eine Grimasse, die Ollie an ihre erste Begegnung erinnerte, als sie mit ihrem Rollstuhl beinahe über seine Zehen gerollt wäre. »Die Verantwortung zu tragen würde bedeuten, dass ich mit Leuten *reden* muss«, entgegnete sie. »Und ich kann mir niemanden vorstellen, dem das noch weniger Spaß machen würde als mir. Außerdem", fügte sie hinzu, »wann hätte ich dann noch Zeit, auf meinem Computer zu spielen?«

»Dann … Lily«, schlug Ollie vor. »Einer der anderen.«

»Lily würde auf keinen Fall in Dodges Fußstapfen treten«, sagte Jack. »Und was die anderen betrifft … Erik würde den Job ablehnen, wenn man ihn ihm anbieten würde. Dasselbe gilt für Sol. Er würde es nicht mal tun, wenn du ihn dafür bezahlen würdest. Stimmt's, Sol?«

»Bietest du mir an, mich zu bezahlen?«, fragte Sol. »Denn, weißt du, abhängig vom Gehalt …«

»Das Gehalt ist dasselbe wie immer. Eine Menge Gefahren und nicht genug Schlaf.«

»In dem Fall, danke, aber nein danke«, erwiderte Sol. »Sonntags schlafe ich einfach viel zu gerne aus.«

»Dann eben Flea«, schlug Ollie vor. »Was ist mit Flea?«

Er sah, wie Jack und Sol einen Blick tauschten. »Flea … könnte ein Problem sein. Er wird sich auf die Hinterbeine stellen, das ist schon mal sicher. Er hat sich nach Dodge immer als der Nächste in der Reihe betrachtet. Aber nach dem, was mit Dodge passiert ist, sind wir uns, glaube ich, alle einig, dass wir jemand … Demokratischeren brauchen.«

Ollie betrachtete die Gesichter vor ihm. Er war sich bewusst, dass die meisten der anderen Haven-Leute jetzt auch anwesend waren, weil der Applaus sie aus ihren Betten geholt hatte.

»Aber warum ich?«, wollte er wissen. »Warum sollte ich qualifizierter sein als irgendjemand anders? Als Keya, zum Beispiel. Oder Imani.«

»Du bist ein Naturtalent, Ollie«, sagte Imani zu ihm. »Das erkennen alle.«

Keya, die neben ihm stand, nickte eifrig.

»Wenn ich so frei sein darf«, sagte Tante Fay, »Ollie scheint sich ein klein wenig zu sträuben.«

Ollie schmolz fast vor Erleichterung und war Tante Fay unendlich dankbar dafür, dass sie zu seiner Rettung eilte.

Aber dann beendete sie den Gedanken, den sie begonnen hatte. »So wie ich das sehe, macht das aus ihm den idealen Kandidaten«, sagte sie. »Meiner Erfahrung nach sollte jeder, den es danach verlangt, die Führung zu übernehmen, automatisch für den Job disqualifiziert werden.«

Jack blickte triumphierend zu Ollie. »Also?«, fragte sie ihn. »Was sagst du?«

Ollie sah sie hilflos an und hatte sich noch nie weniger wie ein Anführer gefühlt. Er betrachtete Sol und Keya und all die anderen und richtete dann seinen Blick auf die gewölbte Decke über ihren Köpfen. Schließlich lächelte er, trotz allem, und öffnete den Mund, um seine Antwort bekannt zu geben.

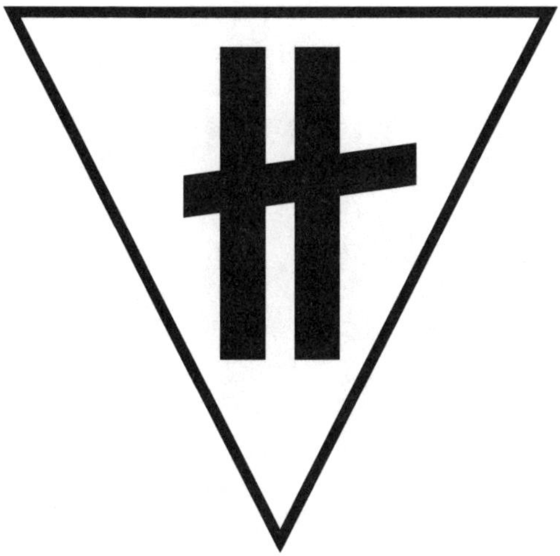

OLLIES ABENTEUER
GEHEN WEITER IN ...

THE HAVEN

BAND 2

ERSCHEINT IM SOMMER 2020

PROLOG

Errol war schon tief in den Wald vorgedrungen, als er das Monster bemerkte.

Natürlich hatte er bereits Gerüchte über dessen Existenz gehört. Das hatten sie alle. Das war nahezu das Erste, was man als Neuankömmling in *Forest Mount* zu Ohren bekam. Die meisten der Schüler taten so, als würden sie nicht daran glauben: *Ein Monster im Wald? Das ist doch Kinderkram. Das haben die Lehrer nur erfunden, um uns Angst einzujagen – damit wir tun, was sie sagen*.

Aber Errol wusste, dass sie es insgeheim eigentlich doch alle taten. Er konnte es daran erkennen, wie sogar die älteren Jungs nachts durch die Fenster des Schlafsaals spähten und bei jedem knarzenden Dielenbrett und jeder schreienden Eule zusammenschreckten.

Und jetzt bestand kein Zweifel mehr. Hier draußen in der Dunkelheit, ganz allein, *spürte* Errol, dass das Monster real war. Er hatte Schritte gehört, dessen war er sich sicher. Aber keine menschlichen. Vielmehr den leisen, schleichenden Gang von etwas, das im Wald zu Hause war.

Er eilte weiter, der tanzende Schein der Taschenlampe zu seinen Füßen offenbarte seine Panik. Ein Ast griff nach seinem Rucksack, versuchte, ihn Errol zu entreißen, und nach einem kurzen Kampf ließ er ihn zurück. Es war sowieso nichts von Wert darin. Wechselkleidung, ein paar Brötchen, die er vom Frühstück geklaut hatte … nichts, wofür es sich lohnte, kostbare Zeit zu verlieren. Alles Wichtige – eigentlich das einzig Wichtige: ein Foto seiner schon lange verschollenen Schwester –, steckte in der vorderen Tasche seiner Jeans. Sollte irgendjemand auch nur *versuchen*, ihm das wegzunehmen – ein teuflischer Baum, ein Monster im Wald oder gar Colton Crowe, der Schülersprecher und Schultyrann –, würde Errol sich mit aller Kraft zur Wehr setzen.

Für einen kurzen Moment machte ihm der Gedanke an seine Schwester Mut und er marschierte mit neuer Entschlossenheit weiter durch das Dickicht. Er würde entkommen. *Auf jeden Fall.* Und er würde seine Schwester an dem Ort wiederfinden, den sie den *Haven* nannte. Seit Tagen schon hatte Errol seine Flucht geplant und er würde unter keinen Umständen versagen. Nicht, wenn er so nah dran war.

Und dann tauchte er vor ihm auf. Er war es doch, oder? Der Waldrand. Der Schatten der Mauer: die letzte Hürde, die ihn von der Freiheit trennte. Sie lag knapp zwanzig, dreißig Meter entfernt von ihm.

Ein Knurren durchbrach die Stille.

Errol stolperte vor Angst und war kurz davor hinzufallen, als er es zum zweiten Mal hörte. Ein fieses, kehliges Knurren.

Er wirbelte herum und prallte gegen einen Baum – der, er hätte es schwören können, zuvor nicht da gewesen war. Die Taschenlampe glitt dabei aus seiner Hand, traf auf etwas Hartes am Waldboden und erlosch daraufhin sofort. Der Mond hoch über den Baumkronen war jetzt die einzige Lichtquelle und schien auf ihn hinunter wie der Scheinwerfer eines Wachpostens.

Und Errol begann zu rennen.